《中国家庭基本藏书》

新闻出版总署优秀畅销书奖
全国优秀古籍图书普及读物奖
第十七届山西省优秀图书一等奖
第二届山西出版政府奖
山西出版集团2008年度十种好书

全套藏书累计销售500万册

中国家庭基本藏书（修订版）

诸子百家卷

《诗经》 《楚辞》 《论语·大学·中庸》 《孟子》 《老子》
《庄子》 《荀子》 《韩非子》 《孙子兵法·尉缭子·鬼谷子》
《墨子》 《周易》 《山海经》 《吕氏春秋》 《三十六计》

名家选集卷

《三曹诗集》 《陶渊明集》 《王勃集》 《孟浩然集》 《高适集》
《王维集》 《李白集》 《杜甫集》 《岑参集》 《韩愈集》
《白居易集》 《刘禹锡集》 《柳宗元集》 《元稹集》 《李贺集》
《杜牧集》 《李商隐集》 《李煜集》 《柳永集》 《欧阳修集》
《王安石集》 《苏轼集》 《黄庭坚集》 《秦观集》 《周邦彦集》
《李清照集》 《陆游集》 《范成大集》 《杨万里集》 《辛弃疾集》
《姜夔集》 《元好问集》 《文天祥集》 《唐伯虎集》 《李贽集》
《三袁集》 《张岱集》 《傅山集》 《纳兰性德集》 《郑板桥集》
《袁枚集》 《龚自珍集》

史著选集卷

《左传》《国语》《战国策》《史记》《汉书》《后汉书》《三国志》
《资治通鉴》

综合选集卷

《唐诗三百首》《宋词三百首》《元曲三百首》《千家诗》《古文观止》
《汉魏六朝小赋骈文选》《唐宋八大家文选》《明清小品文选》

笔记杂著卷

《蒙学六种——三字经·百家姓·千字文·增广贤文·幼学琼林·格言联璧》
《颜氏家训·朱子家训》《世说新语》《曾国藩家书》《金刚经·坛经》
《菜根谭·小窗幽记·幽梦影》《浮生六记》《闲情偶寄》《近思录》
《徐霞客游记》《古代书信精选》

戏曲小说卷

《元杂剧精选》《西厢记》《牡丹亭》《长生殿》《桃花扇》《今古奇观》
《三国演义》《水浒传》《西游记》《红楼梦》《聊斋志异》《儒林外史》
《封神演义》《古代话本小说选》《古代文言小说选》

欧阳修集

[宋]欧阳修 著
沈利华 倪培翔 解评

中国家庭基本藏书 名家选集卷

山西出版集团
三晋出版社

博学工作室

智慧之府 经验之薮 学说之藏 引证之门

·山西大学教授姚奠中先生为《中国家庭基本藏书》题词

前言

名家选集卷
欧阳修集·前言

欧阳修(1007—1072),字永叔,吉州吉水(今江西永丰)人,四十岁时自号醉翁,晚年又号六一居士,是北宋杰出的文坛领袖,兼擅诗、词、文、赋的文学大家,也是杰出的思想家、政治家、史学家、经学家。欧阳修出身于小官僚家庭,父亲欧阳观做过几任地方官。四岁丧父,家境贫寒,母亲用芦荻画地教他识字,传为佳话。年龄稍长,所作诗赋文字,下笔已如成人。

欧阳修二十四岁中进士后,初仕洛阳,被任为西京留守推官,在西昆派文人、西京留守钱惟演的幕府里,与梅尧臣、尹洙等人声气相通,唱和诗歌并倡导古文,逐渐成为著名的文坛领袖。欧阳修也是北宋中叶重要的政治人物,担任过朝廷和地方的许多官职。他有胆有识,直言敢谏,因此在仕途上几起几落,历尽波折。但由于他的政治、文学才能为朝廷所重,故又能屡贬屡起。

宋仁宗景祐元年(1034),欧阳修被授馆阁校勘,修纂《崇文总目》。景祐三年(1036),范仲淹因论事触犯宰相吕夷简,被贬为饶州(今江西波阳)知州,朝中大臣多为之鸣不平,可是身为谏官的高若讷不但不进谏诤,反而在背后诋毁范的为人。欧阳修激于义愤,写了《与高司谏书》,斥责高"不复知人间有羞耻事",因而得罪权贵,被贬为夷陵(今湖北宜昌)令。仁宗庆历二年(1042)调任滑州(今河南滑县)通判。次年,范仲淹、韩琦、富弼等推行"庆历新政",欧阳修积极参与。庆历五年(1045),新政失败,革新派因所谓"党论"而被相继罢官,欧阳修因在年前写了《朋党论》等文,批驳"朋党之说",为范仲淹等辩诬,因此也遭到了权奸的打击,由河北都转运按察使降为滁州(今安徽滁州)知州,后又调扬州(今江苏扬州)、颖州(今安徽阜阳)、南京(今河南商丘)等地。至和年间回京任翰林学士。仁宗嘉祐元年(1056),奉使契丹。次年,主持礼部贡举,痛抑时文,提倡平实文风,录取了苏轼、苏辙、曾巩等一大批具有真才实学之人。嘉祐五年(1060),拜枢密副使,次年任参知政事。由于敢说敢做,刚正不阿,再次遭群小嫉恨,被诬陷与长媳有暧昧之嫌,结果虽真相大白,但欧阳修已心灰意懒,屡次上章力辞,于神宗治平四年(1067)出为亳州(今安徽亳州市)知州。后又多次上书要求退休,终于在神宗熙宁四年(1071)以太子少师告老退居颍州,次年卒于该地,谥"文忠"。有《欧阳文忠公集》传世。

　　欧阳修不仅是北宋时期的重要政治家,而且也是文化事业上的多面手,我国文学史上开一代风气的重要作家。他擅长诗、词、文、赋各体,著有《六一诗话》,开创了"诗话"这一文艺评论的新体裁,并在史学、经学、金石学方面都有很高的造诣。宋·吴充《欧阳公行状》云:"居三朝数十年间,以文章道德为一世学者宗师。……公之文备众体,变化开阖,因物命意,各极其工。其得意处,虽退之未能过。"这一评价并非过誉,作为北宋诗文革新运动的领袖,欧阳修在散文和诗歌两方面的成就和影响更值得重视。欧阳修的散文内容充实,富有创新精神。他在同五代以来靡丽柔弱、怪僻艰涩文风的斗争中,着重发扬了韩愈散文中"易"的一面,建立了一种平易流畅、委曲婉转的文学风格。后世散文家大都继承并发展了这一风格。这是欧阳修也是宋代古文运动的主要贡献。关于欧阳修的散文成就、历史地位和影响,苏轼有一段著名的评述:"愈之后三百馀年而后得欧阳子,其学推韩愈、孟子以达于孔氏,著礼乐仁义之实以合于大道。其言简而明,信而通,引物连类,折之于至理,以服人心,故天下翕然师尊之。自欧阳子之存,世之不说者,哗而攻之;能折困其身,而不能屈其言。士无贤不肖,不谋而同曰:'欧阳子,今之韩愈也。'"(《经进东坡文集事略》卷五十六《六一居士集叙》)所谓"天下翕然师尊之",足见欧阳修散文影响之大。所谓"今之韩愈",足见欧阳修于宋代古文运动功绩卓著。从一定的意义上讲,欧阳修倡导古文运动获得胜利的过程,也就是他的散文影响当时文风的过程。

虽然欧阳修自己也标榜学习韩愈,但实际并不为其所拘,而是另辟蹊径,自成一家。正如清·袁枚所说:"欧公学韩文,而所作文全不似韩,此八家中所以独树一帜也。"(《随园诗话》)清·刘熙载也认为欧文"幽情雅韵,得骚人之旨趣为多"(《艺概·文概》)。确实,如果说韩愈的散文如浑浩流转的长江大河,那么欧阳修的文章就像微波荡漾的清池曲水;韩愈的文章雄奇奔放,表现出一种阳刚之美,欧阳修的散文则委婉曲折、平易自然,表现为阴柔之美。韩文滔滔雄辩,欧文娓娓而谈;韩文沉着痛快,欧文委婉含蓄。欧阳修继承并发展了韩愈散文文从字顺的正确作法,而避免了韩愈尚奇好异的作风。

在欧阳修的散文里,常常回响着声声悠长咏叹,饱含着一种幽情风神。这不仅表现在抒情文、记叙文中,就是在议论文中也很明显。如《五代史伶官传序》,以古鉴今感慨淋漓,写得很有抒情意味。文章起手一提,点出题旨;中间叙事,抑扬有致;最后用两对排偶句式"忧劳可以兴国,逸豫可以亡身","祸患常积于忽微,而智勇多困于所溺",归结出发人深思的至理名言,增强了文章的议论气势。因此,清·沈德潜说它"直可与史迁相为颉颃"。就是像《朋党论》那样精悍犀利、论辩剀切的政论文,也显示了欧文的语言婉转流畅、笔端富有感情的特点。为了辨明是非曲直,文章一开头就从正面切入论题:"臣闻朋党之说,自古有之,惟幸人君辨其君子小人而已。"接着,出人意表地提出"大凡君子与君子,以同道为朋;小人与小人,以同利为朋,此自然之理也",一针见血地挑明其分野就在于"同道"还是"同利"。然后具体申说,曲折往复,婉切周至,引而不发,却能破千古人君之疑。在列举史实以证"退小人之伪朋,用君子之真朋"必要性的论述中,在文章"兴亡治乱之迹,为人君者,可以鉴矣"的结束语里,也都渗透着一种深沉的感慨,悠长的嗟叹,饱含敬"君子之朋",憎"小人之朋"的强烈感情。正是这种浓郁的情味,使得欧阳修的散文,往往显示出婉曲轻柔、深蕴容与的特点。

欧阳修的散文,无论状物写景,叙事怀人,都写得摇曳生姿,具有较强的感人力量。他的名篇《秋声赋》,多用散文的笔调,通过多种譬喻,描摹无形的秋声,烘托出变化多端的秋天景象,一变辞赋凝重呆滞、了无生气的面貌,表现了他在艺术上的独创性。欧阳修对事物细致观察,用心体味,深思熟虑然后融会于心,写成文字,往往能把事物复杂、细微的地方揭示出来。因此在表达方式上，文笔纡徐舒缓，千回百折，从容闲易。这方面最典型的例子就是《醉翁亭记》、《丰乐亭记》等文。《醉翁亭记》写滁州山间朝暮变化，四时不同的景色以及滁人和自己在山间的游乐，层次利落分明，语言自然流畅，表达了摆脱约束、从容委婉的情致。又如《樊侯庙灾记》，虽然主要不是叙事，而是说理，但由于作者对所要写的内容烂熟于心，所以在驳斥樊侯神灵降灾之说时，写得环环相扣，有理有据，显得很有说服力，而行文转折不穷，跌宕有力，所以明·唐顺之赞扬说："文不过三百，而十馀转折，愈出愈奇，文之最妙者也。"(《唐宋八大家文钞·欧阳文忠公文钞》)

欧阳修散文婉曲闲易、妙丽轻柔风格的形成，和用词造句的平易、精美也有很大关系。欧文除了简洁外，突出的一点，就是贯彻"易知"、"易明"的散文主张，在措辞用语上十分平易自然，明晓通畅。这在不事藻饰、朴实无华的《泷冈阡表》、《读李翱文》等文章中有明显的体现，就是《醉翁亭记》、《秋声赋》等比较讲究词藻的散文中也是如此。请看《祭石曼卿文》中的一段描写："奈何荒烟野蔓，荆棘纵横，风凄露下，走磷飞萤？但见牧童樵叟，歌吟而上下，与夫惊禽骇兽，悲鸣踯躅而咿嘤。"这段文字真切生动地展示出一幅荒凉凄寂的图画，这和作者选用具有特征性的事物，择取富有色泽、动感的词语，予以细致、精确的描写是分不开的。

欧阳修散文语气纡徐容与，声韵和谐悠扬，当然首先取决于其文气势的旺盛和幽深，但多用虚词也是一个重要原因。宋·罗大经说："韩、柳犹用奇字重字，欧、苏唯用平常轻虚字，而妙丽古雅，自不可及。"(《鹤林玉露》卷十五)的确，欧文中常用轻字、虚词，像呜呼、岂、矣、哉、邪、欤等字不时出现，至于"也"字更是常见。《醉翁亭记》中二十一个"也"是最著名的例子，再如《与高司谏书》中就有十个"也"字，《与尹师鲁书》有十二个"也"字。如此多用虚词，造成了欧文咏叹和舒缓婉曲的语气，有助于增强文章的风神。

总之，欧阳修的散文叙事简括有法，而议论纡徐有致；章法曲折变化，而语句圆融轻快，略无滞涩窘迫之感，又注意语气的轻重和声调的谐和，故苏轼称他为"今之韩愈也"。确实，正像韩愈是唐代古文运动的领袖一样，欧阳修在散文方面的成就，作为当时文学革新运动的领袖，也是毫无愧色的。

创作诗歌，对欧阳修来说是其馀事。《六一诗话》有云："退之笔力无施不可，而尝以诗为文章末事。故其诗曰：'多情杯酒伴，馀事作诗人。'"欧阳修称引韩愈这席话，实为夫子自道。统观《欧阳文忠公集》，诗、词多为外补时所作。

欧阳修少年得志，气宇轩昂，自云"余本浪漫者"，"醉必如张颠"。也许因为个性相近或由于李白诗歌"超越飞扬"易为感动的缘故，李白深得欧阳修的"赏爱"。他"不甚喜杜诗，谓韩吏部绝伦"。南宋·叶梦得《石林诗话》说："欧阳文忠公诗始矫昆体，专以气格为主，故其言多平易疏畅。"欧阳修的诗取法于李白、韩愈而加以新变，用一种平易疏畅的风格影响了一代诗风。其古体长篇多效韩愈，设想奇特，笔力豪横，以文为诗而多议论，但又不像韩愈那样故作盘空硬语，在力主"发声通下情"这一点上又与白居易相似。今人钱钟书先生尝谓其"苦学昌黎，参以太白、香山"，"要想一方面保存唐人定下来的形式，一方面使这些形式具有弹性，可以比较的畅所欲言而不至于削足适履似的牺牲了内容，希望诗歌不丧失整齐的体裁而能接近散文那样的流动潇洒的风格"（钱钟书《宋诗选注》），可谓独具慧眼。

欧阳修要求诗歌创作贴近现实，抒发真实性情，反对无病呻吟和奇僻怪涩。《赠杜默》诗中有云："京东聚群盗，河北新点兵。饥荒与愁苦，道路日以盈。子盍引其吭，发声通下情。上闻天子聪，次使宰相听。"诗从正面规劝杜默要改弦更张，应以关心民瘼为己任。"发声通下情"，是欧阳修明确的诗歌创作主张，与白居易《采诗官》所谓"欲开壅蔽达人情，先向歌诗求讽刺"是同一个意思。在欧阳修看来，作为诗歌应该而且必须发挥补察时政、劝世救时的社会功能。欧阳修自己正是实践了这种主张，许多诗作能反映出某些重要的社会现实，如《食糟民》反映出作者对官民对立的社会形势的焦虑与不安，《边户》反映出边界人民"两地供赋租"的苦况以及他们对反抗斗争受宋朝统治者压抑的不满。《答杨辟喜雨长句》等诗也是积极干预生活的杰作。

欧诗就总体风格而言，平易流畅。但因体而异，成就也高下不等。近体诗矫正西昆派雕琢之失，用典、议论不多，不尚藻饰，音节工整和谐，用语浅近自然。如七言律诗《晚泊岳阳》："卧闻岳阳城里钟，系舟岳阳城下树。正见空江明月来，云水苍茫失江路。夜深江月弄清辉，水上人歌月下归。一阕声长听不尽，轻舟短楫去如飞。"全诗隐寓着浓重的前程渺茫、漂泊无依的失落感，但从字面上看只写月下江上见闻，化虚为实，更显得空灵蕴藉，意味深长。又如《戏答元珍》，意脉绵密，情致完足，可说是继唐诗之后，蹊径独辟之作。但其近体诗，总的来说格调不高，较为平弱，往往有句无篇。

与近体诗相比，欧阳修的古体诗更有特色，成就也更大，尤以七言歌行体写得最好,所以苏轼说他"诗赋似李白"。如《春日西湖寄谢法曹歌》,全篇反复出现"春"字,回环往复,一唱三叹,笔调自然流畅,收放自如,一种深长的叹息和挥之不去的春愁,从貌似旷达的情怀中流出,具有极强的艺术感染力。这是欧阳修诗文的主体风格,也是歌行体的特征。欧阳修学习李白,但不满足于模仿,因而在语言形式上有意把一唱三叹之妙发挥得淋漓尽致,并改李白的飞扬跋扈之气为留连婉转,力求馀韵悠长的效果,从而形成了自己的独特风格。正如清·王士禛所说:"宋承唐季衰陋之后,至欧阳文忠公始拔流俗,七言长句高处直迫昌黎,自王介甫辈皆不及也。"(《带经堂诗话》)清·田雯也说:"七言古诗,至唐末式微甚矣!欧阳文忠公崛起宋代,直接杜、韩之派而光大之,诗之幸也。"(《古欢堂集》)

  欧阳修七言歌行最主要的特点表现为散文化、议论化创作倾向。清·李调元认为:"欧阳文忠公诗,则全是有韵古文,当与古文合看可也。"(《雨村诗话》卷下)清·方东树也说:"诗莫难于七古……观韩、欧、苏三家,章法剪裁,纯以古文之法行之,所以独步千古。"(《昭昧詹言》卷十一)检视欧集,以文为诗随处可见,只是七言歌行显得更为突出。前人已经指出他的一些设想奇怪的诗,如《菱溪大石》、《石篆》、《紫石砚屏歌》等,都是模仿韩愈的《赤藤杖歌》(见陈善《扪虱新话》下集)。但一般地说,欧阳修诗吸收韩愈的议论化、散文化的特点,又避免了韩诗的造语险怪和生僻,因此他的诗语言自然流畅,无韩诗艰涩拗口之弊,风格清新而不流于柔靡,在谋篇布局上表现为或顺题布放,舒卷自如,或往复逆折,翻卷倒插。遣词造句常用语助词、介词入诗,多以关联词语承上启下。夹叙夹议,述论结合,层见叠出。如欧阳修自己的得意之作《明妃曲和王介甫》、《再和明妃曲》,借王昭君的传说故事,不屑拾人牙慧,翻出新意,推出己见。尤其是"耳目所及尚如此,万里安能制夷狄"一联与七律《唐崇徽公主手痕和韩内翰》"玉颜自古为身累,肉食何人与国谋"一联,同样借古讽今,发人深省,从而广传人口。

  总之,欧阳修的诗歌创作,既保持了唐诗的格局,又写得比较流利洒脱,清新自然,对扫除西昆派的浮艳诗风,有其良好的作用。尽管欧阳修在诗歌创作上的成就不能与散文相比并,却和梅尧臣等一起为宋诗的散文化、议论化开辟了道路,宋诗从此初露峥嵘,奠定了"唐宋皆伟人,各成一代诗"的基础。

  欧阳修不但是著名的诗人和散文作家,而且是一位大词人。传世的欧词有《六一词》(近体乐府)和《醉翁琴趣外篇》,前者包括写景、抒情、咏史等内容,后者则主要是艳词,中间杂有他人的作品,实存词约240首左右。以数量论,超过了在他以前的所有作家;就影响看,也不在欧诗之下。一些学者认为,欧词比欧诗的成就更高,影响更大。

词起于隋、唐,盛于宋代,所谓"秦楼楚馆,竞赌新声",说的是在都市日趋侈靡的生活中,士大夫们比赛填词作歌的情景。欧词在内容上,亦大多属于"金樽檀板"、"聊佐清欢"之类;但在艺术性上,则继承和发展了南唐·冯延巳一派清隽的风格,摒弃了花间派铺金缀玉、脂香粉腻的习气,表现为清疏隽永、蕴藉深厚的风格特色。

欧词中写男女相悦、密约幽期、宴乐歌舞、惜春赏花之属约占四分之三。欧阳修的诗与文,大都态度庄重,很少涉及儿女私情,但在词里,却更多披露了其生活感情的另一个方面。从内容与风格看,与作为政治改革实践家的身份极不相称,与儒家传统观念也显得格格不入。因此,自南宋以来,不少学者以为欧词中羼杂着伪作。如南宋·曾慥《乐府雅词序》就曾指出:"欧公一代儒宗,风流自命,词章幼眇,世所矜式。当时小人或作艳曲,谬为公词,今悉删除。"随后王灼《碧鸡漫志》亦谓:"欧阳永叔所集歌词,自作者三之一耳。其间他人数章,群小因指为永叔,起暧昧之谤。"陈振孙也说:"其间多有与《花间》、《阳春》相混者,亦有鄙亵之语一二厕其中,当是仇人无名子所为也。"(《直斋书录解题》)

前人将欧词中的艳词和"浅近"者视为伪作,其实大可不必。这类欧词的产生,其根源在于当时士大夫们的享乐生活和狎妓饮酒之类风习。宋词中描摹"绮罗香泽之态,绸缪宛转之度"的,几乎俯拾即是。欧词自然也不例外。他的〔临江仙〕(柳外轻雷池上雨),相传是因所眷官妓遗失一枚金钗,在钱惟演座上为她向"公库"乞偿之作。欧阳修还有不少艳词是恋爱相思的写实,一改严肃的卫道士面孔,表现了文人风流倜傥的格调。最著名的有〔生查子〕《元夕》:

去年元夜时,花市灯如昼。月上柳梢头,人约黄昏后。
今年元夜时,月与灯依旧。不见去年人,泪满春衫袖。

写男女约会,朴实生动,毫不拘谨,与他的诗文相比,判若两人,以至有人误以为是朱淑真之作。又如〔南歌子〕塑造了一位蜜月中新娘子的形象:

凤髻金泥带,龙纹玉掌梳。走来窗下笑相扶,爱道"画眉深浅入时无"？　　弄笔偎人久,描花试手初。等闲妨了绣功夫,笑问"鸳鸯两字怎生书？"

以通俗亲切的语言和一系列富有戏剧性的动作,点画出了新娘天

真娇憨的情态。再如〔南乡子〕(好个人人)写情侣幽会的场面；更有〔醉蓬莱〕(见羞容敛翠)一词，具体细致地刻画青年男女于红药阑边艳遇的神情体态，情致缠绵，直率大胆，很难想像竟出自欧阳修之手。这类词脱尽铅华，清隽疏朗，与《花间》异趣。

　　欧阳修还有一些描写自然景物的词。最有代表性的是十首歌咏颍州西湖风光的〔采桑子〕。其三云："行云却在行舟下，空山澄鲜，俯仰留连，疑是湖中别有天。"其四云："笙歌散尽游人去，始觉春空。垂下帘栊，双燕归来细雨中。"其五云："谁知闲凭栏杆处，芳草斜晖，水远烟微，一点沧洲白鹭飞。"这些词，于鲜明的形象中，洋溢着浓厚的诗情画意，格调清新，语言精美，在当时同类作品中，亦属上乘。

　　欧阳修的词中，还有一部分感慨遭际、伤时叹老之作。这些词多写于作者两次遭贬之后，更能显示其蕴藉深沉的风格特色。像〔浣溪沙〕："浮世歌欢真易失，宦途离合信难期，尊前莫惜醉如泥。"〔临江仙〕："记得金銮同唱第，春风上国繁华。如今薄宦老天涯，十年歧路，空负曲江花。"复杂的生活感受，难言的今昔之感，蕴含在深深的叹息之中，言近意远，发人联想。尤其是至和元年(1054)服除，重返京师时所作〔圣无忧〕，回顾庆历新政流产后十年间的切身经历，蹉跎了青春年华，一腔愤懑诉说无门，只得借酒浇愁，于浅直中见深沉，含蕴着作者对人生价值的执著追求。这类词作就数量来看，所占比重只占欧词的四分之一，却有益于拓宽词的题材，得到了时人广泛的重视。南宋初曾慥选《乐府雅词》，以欧词为有宋之冠，绝非偶然。清·刘熙载云："冯延巳词，晏同叔得其俊，欧阳永叔得其深。"(《艺概·文概》)

　　欧阳修是位"蓄道德而能文章"的政治思想家与实践家、经学家、史学家和文学家。他在从政之馀，主要精力用于对诗文进行全方位、深层次的革新，以其丰硕的创作成果，显示出北宋文坛的繁荣。欧阳修是当之无愧的北宋领袖文坛的一代宗师！

　　本书精选欧阳修诗、词、文加以解评、注释。为方便读者使用，末附"欧阳修年谱简编"、"欧阳修研究主要文献"及"《欧阳修集》名言警句"(正文中用着重号标出)。不当之处，敬请赐教。

沈利华　倪培翔
2008 年 6 月

欧阳修与诗文变革的完成（代序）

葛兆光

北宋中期的文学变革，是在宋代文学总体上处于衰退的情况下产生的。它一面顺应着思想控制强化的时代文化，一面寻求文学的新的立足点和艺术风格。在这里起着中枢作用的是欧阳修。

欧阳修（1007—1072）字永叔，吉水（今属江西）人，出身于低级官吏家庭，父早亡，幼时家贫。天圣八年（1030）进士，初仕洛阳，与梅尧臣、尹洙等人声气相通，提倡文学变革。景祐初入京后，因支持范仲淹的政治改革主张被贬，庆历年间，再度积极参与范所主持的"庆历新政"，新政失败后，又长期贬外。至和年间入朝，逐渐上升至枢密副使、参知政事等权要职位。晚年对王安石新法持反对态度，这大抵是因为欧阳修虽主张政治改革，但态度比较稳健，以为王安石激烈变法流弊甚多。有《欧阳文忠公集》。

欧阳修在北宋文学变革中的领袖地位，是由多方面原因造成的。首先，这一场文学变革作为宋王朝思想文化建设的一部分，既与当时政治方面的改革相互关联，又是自上而下、依靠政权的力量推进的。早在天圣年间，范仲淹就提出过"时之所尚，何能独变"，希望朝廷"敦谕词臣，兴复古道"（《奏上时务书》），而朝廷也确实几次下诏，从政治意义上提出改变文风的问题，如仁宗天圣年间曾诏斥文人"竞为浮夸靡蔓之文"，要求学者"务明先圣之道"，并指令从朝廷文件入手"矫文章之弊"（《续资治通鉴长编》卷106、108）。领导这种性质的变革，当然需要相当高的政治地位，而欧阳修具备这一基本条件。

其次，欧阳修在当时的文人群中，具有很强的号召力。他在政治活动中表现出的人格修养既为重视道德节操的士大夫所尊重，同时他又喜扬人之美，并利用其知贡举的权力地位举荐人才，当时几乎所有的著名的文学家都曾得到欧阳修的帮助，因此在他周围形成了集团性的力量，从而更便于扩大影响，推行他们的主张。如梅尧臣、苏舜钦二人名位不显，欧阳修却以诗坛宗主相视，使他们声誉大张；曾巩落第，欧阳修为他写序饯行，令人刮目相看，后又在知贡举时把他录为进士；对王安石，欧阳修不仅两次加以推荐，而且在赠诗中给予极高的称评；三苏中，苏洵以一默默无闻的布衣身份，经欧阳修的推荐和鼓吹而名动海内，苏轼、苏辙则是欧阳修知贡举时选拔于前列的，苏轼尤其受到他的推重。作为一个封建时代的文人和政治家，欧阳修的眼光、涵养，确实是不同一般的。

还有一个直接和非常重要的因素是：欧阳修不仅本人具有相当高的文学修养，在诗歌、散文、词的创作方面有特出成就，而且在当时的条件下，他还有着比较合理、富有调和性、包容性的文学主张。北宋立国以来，由于约制个性的儒家伦理观念的强化，在文学方面以道统文、以道代文的理论盛行到空前的地步，它虽然触及北宋初以西昆体为代表的文学风气的某些弊病，但对文学生机，却在另一个方向上形成更强的扼制。而欧阳修的态度，一方面对这种占主流地位的文学思想在原则上表示赞同，承认道对文的决定作用，对石介、尹洙等人表示相当的尊重，另一方面也反对过分偏激的主张。他虽说过"道胜者文不难而自至"，但也看到有事功、道德的人未必一定能文，"如唐之刘、柳无称于事业，而姚、宋不见于文章"（《薛简肃公文集序》）；认为文采还是有其必要的，"君子之所学也，言以载事而文以饰言，事信言文，乃能表见于后世"（《代人上王枢密求先集序书》）；文章（当然是指符合于道的）有着不朽的价值，"英雄白骨化黄土，富贵何止浮云轻。唯有文章烂日星，气凌山岳常峥嵘"（《感二子》）。虽说这些表述较之宋以前文学理论已经达到的成就而言,并没有什么发展,但在当时的环境中,仍有它重要的意义。

在一些具体问题上,欧阳修的态度要更合理些。譬如对西昆体,他有不少好评,甚至称赞杨亿"真一代之文豪也"(《归田录》),而批评石介对西昆诗人的极端态度是"好异以取高","以惊世人"(《与石推官第一书》)。再如对骈体文,欧阳修的持论也较公允。他说过,"时文虽曰浮巧,其为功亦不易也"(《与荆南乐秀才书》),"俪偶之文,苟合于理,未必为非"(《论尹师鲁墓志》),并赞扬苏氏父子的骈文"委曲精尽,不减古人"(《苏氏四六》),他认为骈文的缺点是在形式的严格限制下造成说理和叙述的不清晰,不畅通。所以,欧阳修所领导的文学变革虽有反对西昆体和骈文的一面,但它的核心问题,其实是怎样使文学在建立完善的社会秩序方面起到更积极更实际的作用。在这个基本前提下,他们维护了文学的存在权利,同时也维护了文学作为一种艺术创作活动的价值。同时,欧阳修他们也抵制了尊崇和效仿韩愈、走向僻怪险涩的文学风气。尊韩本来是欧阳修提出的主张,据其《记旧本韩文后》,韩文的流行同他校定《昌黎集》直接有关。但这恐怕主要着眼于提倡"古文"和发扬韩愈的文学主张,韩文那种个性发露、奇崛雄肆甚至是险怪僻涩的风格,未必为欧阳修所喜好;尤其是,它和宋代的文化风气,和宋人儒雅敛束的个性很难投合。所以欧阳修他们倡导的"古文",需要走一条不同于唐人的道路。当时有所谓"太学体"(国子学中流行的文体),其代表人物为刘几,据说其文使"学者歙然效之"(《梦溪笔谈》)。它的面貌现在已无法看到,据《梦溪笔谈》所引片断,有"天地轧,万物茁,圣人发"之句。倘以韩愈及其周围文人的怪诞之语相比,这实在不算怎么奇特。但欧阳修为了提倡一种朴素流畅的文风,嘉祐二年主持科举时,将刘几的文章用红笔从头到尾,一下抹倒,"判大纰缪字榜之",并将"凡为新文者,一切弃黜"(同上)。这激起举子哗变,群聚嘲骂,甚至在大街上拦住欧阳修的马头哄闹,而欧阳修不为所动,终于使"场屋之习,从是遂变"(《宋史》本传)。科举文章与士人一生前途相关,它对社会上文章风格的影响自然不言而喻。

通过以欧阳修为首的文学集团的努力,北宋中叶的这一场文学变革终于获得成功,并由此主要在诗、文两方面确立了宋代文学的基本风格。这当然很难加以简单概括,从大的方面来说,以文而言,是虽以散体为主,实融合骈体,可以说结束了骈体与散体的截然对立,文字以浅易流畅为多,节奏徐缓宛转,较少激烈跳荡的表现(尤其是非政治性的抒情散文);以诗而言,情感的力度减弱,所反映的心理状态比较平衡,相应的色彩和意象都比较疏淡,而对事物观察和体验比前人更细腻,总体上带有重理智的特点,特别在古体诗中,散文化的叙述和说理成分往往占很大比例。

对于这一场文学变革的评价是复杂的事情。概要而言,一方面需要看到它是士大夫集团所倡导的思想文化变革的一部分,是自上而下具有政治意义的行动,它对文学自由发展是有约束作用的;另一方面,也需要看到它有效地抵制了更为极端的道学家的主张,在时代的限定条件下,孕育了中国文学的一些新的特色,丰富了中国文学的总体面貌。而且,同历史上的各种文学运动一样,作家的实际创作并不是完全被他们的理论和阴影所笼罩的。

欧阳修本人的诗文创作,在当时也具有典范意义。他的诗中,如《答朱案捕蝗诗》、《食糟民》、《答杨子静两长句》等,都是涉及具体社会问题、有感而发的,并且就此陈述己见,或表示内心的道德自责。他的政治诗的数量并不多,这大约因为他是一个实际的政治家,不同于一般文人急于用诗歌来表现自己。欧阳修诗中一些古体长篇,好发议论,好铺排叙事,散文化的倾向非常严重,如《洛阳牡丹图》像一篇《洛阳牡丹记》,《吴学士石屏歌》"吾嗟人愚,不见天地造化之初难……"像一篇别扭的古文,《鬼车》以"嘉祐六年秋九月二十有八日"开头,中间又有"不见其形,但闻其声,其初切切凄凄,或高或低……",实在不能算作"诗"了。另外,《扪虱新话》指出他的《菱溪大石》等篇系模仿韩愈,这也是和时代风气一致的地方。不过,他很少用生僻字眼、险怪意象。

那些极度散文化的古体长篇,以其新异的面貌起到了打破诗歌常规体制的作用,但从艺术性来说,确实找不到多少诗趣。不过欧阳修的一些以近体为主的短篇之作,常以浅近自然的语言写景抒情,但琢磨很细,意脉完足,有一种亲切流畅的风格。如著名的《戏答元珍》:

春风疑不到天涯,二月山城未见花。残雪压枝犹有橘,冻雷惊笋欲抽芽。夜闻归雁生乡思,病入新年感物华。曾是洛阳花下客,野芳虽晚不须嗟。

首二句是欧阳修很得意的。据《苕溪渔隐丛话》引《西清诗话》,他曾对人说:"若无下句,则上句不见佳处,并读之,便觉精神顿出。"后人也说它"起得超妙"。这两句一果一因,语气连贯;次序上先以"疑"领起,引出对于"疑"的解释,因此显得有波折而不平板;另外,它还寓含着诗人在受贬谪时既期待又失望的心情。所以,虽说是有如口语的句子,其实写得很讲究。全诗的关系,也是一联紧接一联,意脉含蓄而绵细。唐人律诗多用平列的意象、断续或跳跃的衔接,欧阳修则力图将八句诗构成流动而连贯的节奏,这无疑是唐诗之后的一条新路。再如《别滁》:

  花光浓烂柳轻明,酌酒花前送我行。我亦且如常日醉,莫教弦管作离声。

从眼前景色引出事件、人物,再引出人物的心情,也是流动而连贯的笔法。唐人写别离诗有"长路关山何日尽,满堂丝管为君愁"(张谓《送卢举使河源》),"况是池塘风雨夜,不堪弦管尽离声"(武元衡《酬裴起居西亭留题》),都是以景物为衬托、把情绪托向高潮的写法,两相比较,可以看出宋诗含意深婉、脉络细密的特点。

  欧阳修散文的成就比诗歌更显著。当时人吴充《欧阳公行状》中说他"文备众体,变化开阖,因物命意,各极其工",指出了他的散文创作的一些主要特点,即第一,文体多样,有各种类型的议论文、叙事及抒情散文;第二,兼采"古文"与骈文之长,根据内容需要熔铸剪裁,形成新的散文风格;第三,变化多端,开阖自如,气脉流动,富于内在节奏感与韵律感。欧阳修的政论性的文章如《朋党论》、《五代史伶官传序》是传统"古文"中的名篇,对结构和文采都颇有讲究,但并不是文学性的作品,故不予多论。最能体现他的文学技巧与艺术成就的,是记事兼抒情的散文。在这一类文章中,他尤其不持狭隘的"古文"观念,在注意散体文意脉结构、句法上的特点的同时,又汲取骈体文在音律、辞采方面的长处,并且重视文中情绪变化与文章节奏变化的协调,时而舒展,时而收敛,呈现一种纡徐流转、抒情性和音乐感都很强的风格特点。例如《丰乐亭记》、《相州昼锦堂记》、《泷冈阡表》等都是如此。而最著名的《醉翁亭记》,从"环滁皆山"的扫视开始,将读者的视线逐渐引向西南诸峰,推近到琅琊山,入山中溪泉旁,随峰回路转,又引人抬头看见泉上小亭,再从作亭者为谁、命名为谁的设问,推出主人公——号"醉翁"的太守,和"醉翁之意不在酒,在乎山水之间也,山水之乐,得之心而寓之酒也"的感慨议论,趁势导向山中四时之景,收转来写"醉翁"的酒宴和醉态,酒宴散后的情景,"醉翁"与人不同的心境,最后点明太守为"庐陵欧阳修"即作者本人。全文既萦回曲折,又连绵不绝,无一句跳脱。文中每一个意义完足的句子都用叹词"也"结束,共出现二十一次,构成咏叹的声调;又把骈文中对偶相映的句法变化使用,时散时偶,句子的字数时齐时不齐,这样,既有明晰的节奏感,又流动摇曳,作者内心淡淡的孤独、怅惘之情在这种咏叹的节奏中得到很好的表现。而传统上用骈体写作的抒情小赋，在欧阳修笔下虽仍较一般散文为整齐，保持着骈文外在形式上注重声律辞采而浏亮鲜明的特点，却又多掺杂散体句法，并注意气脉的连贯流动。如《鸣蝉赋》、《秋声赋》都是这样。后一篇的首节如下：

> 欧阳子方夜读书，闻有声自西南来者，悚然而听之，曰：异哉！初淅沥以萧飒，忽奔腾而砰湃，如波涛夜惊，风雨骤至。其触于物也，鏦鏦铮铮，金铁皆鸣；又如赴敌之兵，衔枚疾走，不闻号令，但闻人马之行声。予谓童子："此何声也？汝出视之！"童子曰："星月皎洁，明河在天，四无人声，声在树间。"

把无形的秋声作了形象的描绘。他用排比对偶句法构成三次短促的节奏，写得秋声有惊天动地之感，而因此，末几句的写景越发显得萧瑟平静，丝毫不为秋声所动。在两相映衬而合成的整体意境中，突出了作者内心对秋天衰飒气氛的敏感和悲哀。

若从缺陷一面来说，这一类作品"做"文章的痕迹都较重。像《醉翁亭记》二十一个"也"字的用法，多少让人感到不自然；《秋声赋》上面这一节中的问答，也是有些做作感的。还有，十分绵细的意脉，这实际上是情感受到理智控制、表现得平缓有分寸的状态，它对读者情感的激活力量也相应地比较薄弱。

当时受欧阳修延誉推举而走上仕途或获得文名的一批文学家，也同时活跃在文坛上，他们是：苏洵（1009—1066），字明允，眉山（今属四川）人，苏轼、苏辙之父，人称"老苏"。擅长于史论、政论，文章风格略带纵横家气，文笔老练而简洁，有《嘉祐集》，《六国论》为其名篇。苏轼（1033—1101），字子瞻，号东坡。有诗文集《东坡集》、《东坡后集》等，词集《东坡乐府》。《石钟山记》、《前赤壁赋》是其名篇。苏辙（1039—1112），字子由。他将自己的文章与兄苏轼相比，称"子瞻之文奇，余文但稳耳"（《栾城遗言》）。有《栾城集》，《黄州快哉亭记》为其名篇。王安石（1021—1086），字介甫，晚号半山，临川（今属江西）人，有《临川集》，《褒禅山游记》为其名篇。曾巩（1019—1083），字子固，南丰（今属江西）人，有《元丰类稿》。他的思想比较正统，文章以政论为主，风格淳正厚重，文学色彩很淡薄。但后世重视文章的伦理价值的人对他特别推重。

葛兆光，1950年生于上海，1984年北京大学古典文献专业研究生毕业。现为清华大学历史系教授。著有《中国思想史》（二卷本）等。以上"代序"选自章培恒、骆玉明主编《中国文学史》中卷第五编第二章第三节，略有删改。

目录

前言 /001
欧阳修与诗文变革的完成(代序)
　　(葛兆光) /001

◎ 诗

被檄行县因书所见呈僚友 /001
送友人南下 /003
晚泊岳阳 /004
宿云梦馆 /005
春日西湖寄谢法曹歌 /006
古瓦砚 /008
戏答元珍 /010
黄溪夜泊 /012
夷陵书事寄谢三舍人 /013
答杨辟喜雨长句 /015
水谷夜行寄子美、圣俞 /018
食糟民 /021
鹭鸶 /024
啼鸟 /025
宝剑 /028
题滁州醉翁亭 /030
幽谷晚饮 /032

重读《徂徕集》/034
丰乐亭游春(三首选一)/039
百子坑赛龙 /040
画眉鸟 /042
田家 /043
别滁 /044
寄生槐 /045
鹦鹉螺 /047
梦中作 /049
雪 /050
庐山高赠同年刘中允归南康 /053
读李白集效其体 /056
边户 /058
赠王介甫 /060
再和明妃曲 /061
唐崇徽公主手痕和韩内翰 /063
试笔 /065
再至汝阴三绝(三首选一)/066

◎ 词

生查子(去年元夜时)/068
南歌子(凤髻金泥带)/069
临江仙(柳外轻雷池上雨)/070
踏莎行(候馆梅残)/071
诉衷情(清晨帘幕卷轻霜)/073
玉楼春(尊前拟把归期说)/074
玉楼春(洛阳正值芳菲节)/075
浪淘沙(把酒祝东风)/076
蝶恋花(庭院深深深几许)/077
蝶恋花(面旋落花风荡漾)/079

朝中措(平山栏槛倚晴空)/080
玉楼春(去时梅萼初凝粉)/081
浣溪沙(堤上游人逐画船)/082
浣溪沙(湖上朱桥响画轮)/083
采桑子(轻舟短棹西湖好)/085
采桑子(群芳过后西湖好)/086
采桑子(天容水色西湖好)/087
玉楼春(别后不知君远近)/087
望江南(江南蝶)/088
浪淘沙(五岭麦秋残)/089

◎ 文

非非堂记 /092
养鱼记 /093
述梦赋 /095
与高司谏书 /096
黄杨树子赋并序 /101
读李翱文 /103
纵囚论 /105
答吴充秀才书 /107
送曾巩秀才序 /109
画舫斋记 /111
释秘演诗集序 /113
王彦章画像记 /115
朋党论 /120
醉翁亭记 /124
丰乐亭记 /127
桑怿传 /130
五代史伶官传序 /134
送徐无党南归序 /138

目录

秋声赋 /140

梅圣俞诗集序 /143

集古录目序 /145

祭石曼卿文 /148

归田录(选三则) /151

泷冈阡表 /154

六一居士传 /159

六一诗话(选一则) /162

◎ 附录

欧阳修年谱简编 /165

欧阳修研究主要文献 /170

《欧阳修集》名言警句 /172

◎诗

被牒行县因书所见呈僚友

题解

宋仁宗明道元年(1032)作。当时作者刚由科举入仕,任西京留守推官(洛阳地方行政长官的助理)。这年夏秋之间,洛阳一带遭受严重的旱灾和蝗灾,作者奉旨视察属县的灾情。本篇便是途中纪实之作。被牒行县:奉命巡视(洛阳)各属县。被,受;牒,官府间往来公务文书;行,巡视。因书所见:因而写下看到的景物。僚友:同事、朋友。诗中所写的节令是深秋,本是收获季节,然而村落和田野上却是一派萧瑟凋敝的景象及百姓祷雨驱蝗的情形,苍凉凄切,感情真挚,表现了作者对民生疾苦的关怀。

《周礼》恤凶荒,轺车出四方。
土龙朝祀雨,田火夜驱蝗。
木落孤村迥,原高百草黄。
乱鸦鸣古堞,寒雀聚空仓。
桑野人行馌,鱼陂鸟下梁。
晚烟茅店月,初日枣林霜。
瘗户催寒候,丛祠祷岁穰。
不妨行览物,山水正苍茫。

新解

《周礼》恤凶荒,轺车出四方——《周礼》是记载周代官制的一部典籍,其中关于救灾的记述有:大灾三年应采取的"散利、薄征、缓刑、弛力"等十二项救灾措施(见《周礼·地官·大司徒》)。恤:救济。凶荒:灾荒。轺(yáo)车:轻便的马车,供使节或朝廷征召的人员乘坐。这两句意为:根据《周礼》要怜惜荒年的百姓的有关记述,西京留守派出了解灾情的使节,官家的轺车到处救济,奔赴四方。

土龙朝祀雨,田火夜驱蝗——土龙,用土做成龙形,祭祀求雨所用。祀:这里是祈求的意思。这两句开始描写作者巡行途中所见的情形。百姓们忙着塑造土龙,一早起来祭告求雨,到了夜晚又在田间燃起火把,驱赶蝗虫。从百姓抗灾的紧张辛劳,可见灾情的严重程度。

木落孤村迥,原高百草黄——孤村迥:孤零零的村子远远地矗立着。这两句诗人的眼光逐渐放远,描绘出一幅深秋时节万物萧瑟凋零的阔大背景,树叶落尽,远处孤零的村庄,十分刺目,一望无际的高原旷野,但见万物凋零,百草枯黄。本是收获季节,却呈现出一派萧条的景象。

乱鸦鸣古堞,寒雀聚空仓——古堞:古老残缺的城墙。诗人的视线慢慢收回,由远及近。古城墙上,乌鸦聒噪,饥寒的鸟雀,围聚着空空的谷仓,发出阵阵悲鸣,一幅哀鸿遍野的情景。

桑野人行饁,鱼陂鸟下梁——行饁(yè):送饭。鱼陂:鱼塘圩池。梁:鱼梁,为捕鱼而筑的堤坝。这二句大意是:桑间野地农夫们忙着送饭下田,不辞辛劳地抗灾驱蝗。由于长期干旱,池塘干涸,但饥不择食的鸟儿仍落到鱼梁上觅食。

晚烟茅店月,初日枣林霜——二句化用温庭筠《商山早行》"鸡声茅店月,人迹板桥霜"诗意。傍晚的炊烟随月升上茅屋,猩红的朝阳消融着枣林的寒霜,又一个难眠之夜,深深透出农夫的忧伤。

墐户催寒候,丛祠祷岁穰——墐(jìn):用泥涂抹。户:即门,古代农户大都以荆条竹片为门,为了御寒,秋冬时要用泥重新涂抹一遍。丛祠:荒野丛林中的小神庙。祷:祈求。岁穰:年成丰收。这两句大意是:寒冷的季节将要来临,催促人们把门用泥涂好。为求来年丰收,还不忘向荒祠小庙祷告烧香。农夫无助又无奈,只好把希望寄托在来年。

不妨行览物,山水正苍茫——这两句大意是:不妨到处走走看看,山山水水,正一派苍凉迷茫。行览物:边巡行边观赏景物。这两句诗人故作宽慰之语,字里行间还是透露出诗人对农夫遭遇深深的同情。

新评

这是作者早期的诗作,诗中写到尽管农民辛勤耕作,不辞劳苦,日夜不息与灾害抗争,但最后结果还是寒雀聚满空仓,收成依然无望,只好寄希望于来年。作品虽未直接描写农民的疾苦,却为我们展现出一幅呻吟辗转于沉重剥削和天灾袭击之下的农村风俗画,画中的农户将要面临的饥寒交迫的困境可以想见。在当时诗坛"正声"告逝,文风隳坏,"补察时政"、"泄导人情",大胆干预生活的新乐府创作传统已被一味以"缀风月,弄花草,淫巧侈丽,浮华纂组"为工的西昆体取而代之的情况下,欧阳修此诗的写作已属十分难能可贵,从中也可看出他的诗歌创作态度。

送友人南下

此诗作于何时、送别何人均未详,估计是作者早期作品,送别之地当在洛阳。

河桥别柳减春条,隔浦挈音听已遥。
千里羹莼夸敌酪,满池漉稻欲鸣蜩。
东风楚岸神灵雨,残月吴波上下潮。
如吊湘累搴杜若,秋江斜日驻兰桡。

河桥别柳减春条,隔浦挈音听已遥——古人有折柳赠别的习俗,所以说桥畔柳树上的枝条日见减少。浦:水滨。挈:牵引。音:指橹声。"挈音"形容橹声牵动着送别者的心弦。这两句实写送别情形,友人登船将行,渐行渐远,隔着水滨,阵阵橹声听起来已十分遥远而模糊了,直至友人音影渐消,"孤帆远影碧空尽",作者的心仿佛也随之远去。

千里羹莼夸敌酪,满池漉稻欲鸣蜩——羹莼:即莼羹,用莼菜做的汤。夸敌酪:酪是一种用牛羊乳做成的半凝固的食品。相传晋代陆机访问王武子时,王指着面前的一罐羊酪说:"你的家乡江南有什么抵得上这个?"陆机回答说:"有千里莼羹。"(见《世说新语·言语》)满池漉稻:意即满田水稻。漉(biāo),水流动的样子。蜩(tiáo):蝉。这两句由实转虚,诗人的诗思随友人来到美丽的江南,选取最具江南特色的风物与景致,以此寄托对友人的惜别相思之情。

东风楚岸神灵雨,残月吴波上下潮——神灵雨:因求神灵而降下的雨。上下潮:潮涨潮落。二句都是描写江南独特的景物,吴楚对举,风、月、雨、潮,皆为诗人想像之辞。

如吊湘累搴杜若,秋江斜日驻兰桡——湘累:指屈原,无罪而死叫"累"。屈原投汨罗江自尽,地属湖南,所以叫"湘累"。搴:采摘。杜若:香草名。屈原《九歌·湘夫人》:"搴芳洲兮杜若,将以遗兮远渚。"秋江:这是想像友人抵家时已进入秋天。驻兰桡:停舟泊岸。这两句写友人春天时离开洛阳,入秋时方回到江南的家乡,一南一北,相隔何止千里,但两人的友情并不因此减损分毫,反而相隔越远,相思越深。

这首七律是赠别之作,以典雅清丽的语言,似工非工的对仗,描述了送别友人的深情厚谊。诗作在构思上十分新颖别致,全诗只有一二两句写实,馀下六句皆为想像之辞,选取最为典型的江南风物与景致,以此寄托了对友人的惜别之情,相思之意,语深义长,情致完足。

宋人写景,往往不满足于总体印象的概括或静态的勾勒,而是刻意追求深细地表现时间推移过程中的自然景物的变化。这首诗以写景的真切细致取胜,但如果没有作者对景物的敏锐感受,没有精巧的构思,则不容易在一首七律中如此层次分明地展现随友人行程的变换和景物接连不断的转换过程,并形成浑然一体的意境。

晚泊岳阳

景祐三年(1036)作。岳阳,宋时岳州州治,即今湖南岳阳市,为长江水路交通要冲。欧阳修此年致书谏官高若讷,痛斥他诋毁范仲淹的行为是"不复知人间有羞耻事",结果得罪权贵,被贬为峡州夷陵(今湖北宜昌市)令。据他赴贬途中的《行役志》记载,他是九月初四到岳州,"夷陵县吏来接,泊城外"。此诗前半写夜泊情景,迷迷茫茫,后半是一个特写镜头,一叶小舟踏歌而来,飞速而去,留下了无限惆怅。整首诗意境空灵,淡而有味,是欧诗上乘之作。

卧闻岳阳城里钟,系舟岳阳城下树。
正见空江明月来,云水苍茫失江路。
夜深江月弄清辉,水上人歌月下归。
一阕声长听不尽,轻舟短楫去如飞。

卧闻岳阳城里钟,系舟岳阳城下树——首两句以叙述起笔,躺在船上听到岳阳城里钟声悠扬,航船就系在岳阳城边的树上。"城里"、"城下",为全诗紧要处。系舟城下,"城里"之事当然不知,所以首句以悠闲笔调轻轻带过,但那日暮时分,城中传出悠扬的钟声却具无限韵味,勾起诗人的心事,陷入沉思。

正见空江明月来,云水苍茫失江路——待到他从沉思遐想中醒来,只见一轮明月渐渐升起,悬于江水之上。"空江"二字,指洞庭湖口空旷开阔的景象,也暗示了诗人刚从遐想中醒来时的一片茫然之情。诗人的视线也由天上明月转向江中水面,探寻那归去的水路,但见天水相连,夜气荡漾,水雾濛濛,江路茫茫,仿佛诗人的前程,也是一片茫然。

夜深江月弄清辉,水上人歌月下归——弄:逗弄、戏耍,在此喻月光在江面上跳动闪烁。当诗人的注意力重返现实时,已是夜深月上,江上的月色特别皎洁,眼前呈现一片"江月弄清辉"的美景,令人想起唐·张若虚《春江花月夜》中塑造的美好意境:"空里流霜不觉飞,汀上白沙看不见。江天一色无纤尘,皎皎空中孤月轮。"

一阕声长听不尽,轻舟短楫去如飞——月下水上,忽然传来一串歌声,原来是舟子趁着明月归去的唱晚之声。他这只歌很长,还没有唱完,轻舟如飞,已驶过我停泊的地方。"听不尽",歌声悠扬,飘忽而去,对一个羁旅中人来说,这"一阕"歌声将引起多少思绪,多少惆怅。

简评

欧诗就总体风格而言,平易流畅。但因体而异,成就也高下不等。近体诗矫正西昆派雕琢之失,用典、议论不多,不尚藻饰,音节工整和谐,用语浅近自然。七言律诗《晚泊岳阳》即是欧阳修的代表作之一。诗写旅中思归,深藏不露,只是句句写景,然景中自有缕缕情思。全诗构思巧妙,以"城里钟"起,以月下歌止,拓前展后,留下足以使人驰骋想像的空间,同时以有意之"听",应无意之"闻",表现了感情的起伏变化。诗中隐寓着浓重的前程渺茫、漂泊无依的失落感。但从字面上看,只写月下江上见闻,化虚为实,更显得空灵蕴藉,意味深长。全诗语句平易流畅,情意深婉曲折,所以清·方东树说:"欧公情韵幽折,往返咏唱,令人低回欲绝,一唱三叹而有遗音,如啖橄榄,时有馀味。"(《昭昧詹言》)此诗以情韵胜,实是欧之本色,其唱叹之致,情韵悠长,与欧文十分相似,而与他学李白或韩愈的那一类诗歌有很大的不同。

宿云梦馆

题解

景祐三年(1036)作。欧阳修被贬夷陵,初尝仕途坎坷。云梦,县名,今属湖北,本汉安陆县地,西魏时立云梦县,宋熙宁二年(1069)改为镇,入安陆县,后又置县。这首诗是欧阳修被贬外放时途经云梦驿馆,思念妻室之作。

北雁来时岁欲昏,私书归梦杳难分。

井桐叶落池荷尽，一夜西窗雨不闻。

北雁来时岁欲昏——写季候、时节。岁欲昏：即岁欲暮之意。一年将尽，正是在外行人与家人团圆的时节，而诗人反而要远行异地，这怎能不引起悠悠愁绪。北雁南来，是写眼前景，古有鸿雁传书之说，所以下句接以"私书"，表示接到了妻子的来信，一语双关。

私书归梦杳难分——私书：家信。此承上句"北雁来时"四字，意思说家书中盼归之情与梦中之归思正相契合，真情与梦境渺然不可分辨。欧阳修与妻子伉俪情深，他词中的名作〔踏莎行〕就是写他们夫妻相别情景："寸寸柔肠，盈盈粉泪，楼高莫近危阑倚。平芜尽处是春山，行人更在春山外。"把夫妻间这份难舍难分的情意刻画得入木三分。

井桐叶落池荷尽，一夜西窗雨不闻——井桐：井边的桐树。古代习俗，井边多植桐树。两句意思是：梦醒后推窗一看，只见桐叶凋落，池荷谢尽，原来下了一夜秋雨，但自己沉酣于梦境之中，竟充耳不闻，浑然不觉。唐·李商隐《宿骆氏亭寄怀崔雍崔衮》诗说："秋阴不散霜飞晚，留得枯荷听雨声。"这里反其意而用之。

此诗立意从唐·李商隐名作《夜雨寄北》"君问归期未有期，巴山夜雨涨秋池。何当共剪西窗烛，却话巴山夜雨时"化出，但章法不同，各臻其妙。李诗明白点出盼望将来与妻室共话今夜的归思，欧诗则把这一层意思放在言外，所谓"含不尽之意见于言外"。言外之意是说：何日方能归家，与妻室共剪西窗之烛，共话今日云梦馆夜雨之情事呢？虽然运用了李商隐的诗意，但能运用入妙，不着痕迹，既亲切自然，又增益了诗的内涵。明·唐顺之说："盖文章稍不自胸中流出，虽若用别人一字一句，只是别人字句……若自胸中流出，则炉锤在我，金铁尽熔，虽用他人字句，亦是自己字句。"（《与洪州书》）可用此话理解本诗用典借词之妙。

春日西湖寄谢法曹歌

此诗作于欧阳修被贬夷陵的第二年，即景祐四年（1037）二月。前一年十月，作者因支持范仲淹的政治改革和范对保守派的斗争，写信痛斥保守派谏官高若讷，被降职为峡州夷陵令。友人谢伯初从许昌寄诗安慰他，他便写了这首诗作答。西湖：指今河南许昌市的西湖，是当地的一处名胜。原注云："西湖者，许昌胜地也。"谢法曹,字景山,福建人,此时任许州法曹参军(州行政长官属下掌刑法的官吏)。故诗题称法曹,诗中称参军。作者在《六一诗话》里说:"闽人有谢伯初者,字景山,当天圣、景祐内,以诗知名。余谪夷陵时,景山方为许州法曹,以长韵见寄,颇多佳句。有云'长官衫色江波绿,学士文华蜀锦张'。余答云:'参军春思乱如云,白发题诗愁送春。'盖景山诗有'多情未老已白发,野思到春如乱云'之句,故余以此戏之也。"这首诗,前半篇写想像中许昌西湖的春景,表达对友人的感激和思念;后半篇写夷陵景色,抒发被贬外放后的苦闷心情,寄寓了作者面对异乡春景,自伤老之将至的无限感慨。用不同景色映衬各自的心境,相映生辉,艺术上是很高明的。

西湖春色归,春水绿于染。
群芳烂不收,东风落如糁。
参军春思乱如云,白发题诗愁送春。
遥知湖上一樽酒,能忆天涯万里人。
万里思春尚有情,忽逢春至客心惊。
雪消门外千山绿,花发江边二月晴。
少年把酒逢春色,今日逢春头已白。
异乡物态与人殊,惟有春风旧相识。

西湖春色归,春水绿于染——春色归:春天要回去了,即春光将逝的意思。绿于染:比染过的绿丝绸还要浓绿,此句从白居易〔忆江南〕"春来江水绿如蓝"化出。

群芳烂不收,东风落如糁——群芳:百花。烂:灿烂、鲜艳。不收:盛开。糁(shēn):碎米粒,这里形容在春风中飘零的落花。百花盛开,灿烂夺目,但时近暮春,东风过处,花儿便像碎米粒一般纷纷撒落在地了。以上四句写诗人想像中许州西湖的暮春景象。

参军春思乱如云,白发题诗愁送春——参军:指谢伯初。春思乱如云:春天思绪纷乱,如同天上的云彩一样飘忽不定。谢伯初曾先寄给作者一首诗,其中有"多情未老已白发,野思到春如乱云"之句,这里便是针对这两句诗而发。

遥知湖上一樽酒,能忆天涯万里人——樽:古代盛酒的器具,一樽等于说一杯。天涯万里人:指诗人自己。当时作者被贬为峡州夷陵(今湖北宜昌)令,离许昌很远。这两句意为:由于谢伯初寄诗安慰自己,因而知道他在许州西湖上饮酒时,还没有忘记万里之外的友人。万里,既实指两人相距遥远,又点明友情之深厚。

万里思春尚有情,忽逢春至客心惊——客:也指作者自己。心惊:心中战栗不已,意谓思想波动很大。二句是讲自己接到谢在西湖饮酒时送春怀友的诗篇,很感谢他的深厚友情,同时也使自己意识到漂泊在外又一春,心中不免惶惶不安。这两句中,前一句承上兼指,后一句指自己客里逢春,抚今追昔,心绪难平。全诗分为两部分,这两句正是其转折处,以下六句写夷陵春色与自己感慨。

雪消门外千山绿,花发江边二月晴——写夷陵春日景色,是工整的对句。欧阳修曾说"古诗时为一对,则体格峭健"(宋·吴可《藏海诗话》引)。这两句便是他这一创作心得的具体实践,状难写之景如在目前,含不尽之意见于言外,并以工整的对句表现出来,因此脍炙人口,传诵不衰。

少年把酒逢春色,今日逢春头已白——把酒:拿起酒杯。年轻时每逢春天总是高兴地饮酒赏春。而如今客居异地,再逢春色,怎不叫人愁白了头。

异乡物态与人殊,惟有春风旧相识——物态:景色。殊:不同,引申为"陌生"的意思。二句大意是:夷陵的景色对我来说很陌生,只有春光依然和过去一样。言外之意是诗人被贬在外,已无心欣赏春天的景色,流露出诗人初尝仕途坎坷,政治上遭受打击的苦闷。

欧阳修的诗以这种歌行体写得最好,所以苏轼说他"诗赋似李白"。全篇反复地出现"春"字(八处),回环往复,一唱三叹,笔调自然流畅,收放自如,一种深长的叹息和挥之不去的春愁,从貌似旷达的情怀中流出,具有极强的艺术感染力。这是欧阳修诗文的主体风格,也是歌行体的特征。欧阳修学习李白,但不满足于模仿,因而在语言形式上有意把一唱三叹之妙发挥得更加淋漓尽致;并改李白的飞扬跋扈之气为流连婉转,力求馀韵悠长的效果,从而形成了自己的独特风格。诗的前半部分想像西湖春景及谢伯初游湖时的心情,含蓄地表达了对谢寄诗安慰自己的这番情意的感激。后半部分通过对夷陵景物的描绘,抒发了贬官后的心境,主要是政治上遭到打击后的苦闷。诗中无论是写想像中的西湖景色,还是眼前的夷陵景色,都极鲜明生动,历历如画,而且都与各自的心境浑然一体,艺术上是出色的。但作者这年刚过三十岁,便对着异乡春景自伤老大,流露出一种消极情绪,表现了一些封建文士所具有的通病。

古瓦砚

景祐四年(1037)作于夷陵。其时,许州(今河南许昌)法曹参军谢伯初与欧阳修常有书信往来、歌诗唱和。谢氏爱读二杜（甫、牧）的诗文，擅长写诗，以雄健高逸自喜，在官场上也很不得意。景祐四年春，谢从远道送来古瓦砚一方及近著诗文三篇。欧阳修有诗、信答谢，还写了《古瓦砚》一诗，借题发挥，表达了他在选拔人才方面注重实用的见解，同时也流露出对朝廷用人失当的不满。

> 砖瓦贱微物，得厕笔墨间。
> 于物用有宜，不计丑与妍。
> 金非不为宝，玉岂不为坚？
> 用之以发墨，不及瓦砾顽。
> 乃知物虽贱，当用价难攀。
> 岂惟瓦砾尔，用人从古难。

砖瓦贱微物，得厕笔墨间——厕：置身于。砖石瓦砾，本是微贱的物品，却用作砚石，置身于笔墨之间。首二句突出了一个反常的现象，微贱凡常的砖瓦，何以置身于笔墨纸砚这些高雅的事物之间？从而引出下两句的说理。

于物用有宜，不计丑与妍——用有宜：即适宜于使用。二句意谓既然砖瓦也是件有用之物，又何必计较它的粗陋与美妍。这里诗人阐发了自己辩证的用人观，"用有宜"即是其取舍的标准，这在当时已是十分难能可贵的了。

金非不为宝，玉岂不为坚——金子不能说不宝贵吧，玉石岂不更加润坚。

用之以发墨，不及瓦砾顽——发墨：以砚石磨墨。顽：粗钝。金玉表面光滑，比不上瓦砾粗糙易于磨墨。用这二者来磨墨，反不如这瓦砾方便。四句用金玉与砖瓦相比较，进一步说明上面阐述的观点。

乃知物虽贱，当用价难攀——可知物品即使微贱凡常，但总有其一用，只要有用就价不可攀。

岂惟瓦砾尔，用人从古难——岂止瓦砾是这样，自古用人就是以此为难。最后四句再一次申述自己的见解，并归结到自古以来以此为难的用人问题，点明题旨。即便时至今日，欧阳修的这一用人见解也有一定的参考价值。

古瓦砚是欧阳修的友人谢伯初所赠。谢伯初时任许州（今河南许昌市）法曹参军，于古铜雀台拾得瓦当，改制成瓦砚寄赠作者。作者宝爱此砚，因作此诗，并借此慨叹古今量才用人之难。诗重在说理，以议论为诗的特征很明显。在欧阳修看来，作为诗歌应该而且必须发挥补察时政，劝世救时的社会功能。毋庸讳言，欧阳修直接反映有关国计民生的诗歌,数量并不太多,涉及的现实生活面也不很宽广。其原因在于他长期直接参与朝政,其改革吏治以纾民困的主张可以政论、奏疏、表札直截了当地予以陈述,而无需乎像梅尧臣、苏舜钦那样借助诗歌创作来曲折反映。但他所作的一系列咏物诗、寓言诗,托物言志,寄托遥深,别有用意,实际上也是旁敲侧击的议政诗。本篇即是其中的代表作之一。

戏答元珍

【题解】

作于欧阳修被贬为峡州夷陵县令的第二年,即景祐四年(1037)。丁宝臣,字元珍,常州人,他与欧阳修是同科进士,又同在洛阳住过,时有诗相酬答,欧阳修曾写过《送丁元珍峡州判官》诗。丁元珍当时任峡州判官,是欧阳修的上司,曾以《花时久雨》诗相赠,欧阳修便以此诗作答。诗题作《戏答元珍》,戏,本来是随意的意思,似为游戏之作,在此却寄寓着诗人十分复杂的心绪,实是被贬后政治上失意的掩饰之词,寓庄于谐,包含着严肃的政治主题。一本题下有自注云:"花时久雨之什。"应该开花的时节却冷雨不止,春光未露,自然令人伤感。诗中抒发了山居寂寞的情怀,被贬谪在荒僻的山城,春天来得又晚,所以使诗人伤今怀昔,感叹做诗,多少流露了"春风(喻皇恩)不到"的失望。好在他并不因此而消沉,对生活、前程还是有信心的,这从他对物华的描写,对不平遭遇的自我宽解中可以看出。在艺术上,此诗结构严谨,造语自然,意境清新,情怀如见,是欧阳修七律的代表作之一。

　　春风疑不到天涯,二月山城未见花。
　　残雪压枝犹有橘,冻雷惊笋欲抽芽。
　　夜闻归雁生乡思,病入新年感物华。
　　曾是洛阳花下客,野芳虽晚不须嗟。

【新解】

春风疑不到天涯,二月山城未见花——首联破题。春风似乎吹不到这遥远的山城,到了二月,还不见一朵春花。夷陵位于山区,故称"山城",相对于汴京、洛阳来说又是那么遥远,遥如"天涯"。两句一问一答,十分巧妙地把地点(远在"天涯"的"山城")、时令(早春"二月")和料峭春寒气象("春风""不到"以及"未见花"),交代得干净利落,也隐约烘托出诗人迁谪僻地的落寞寡欢。作者自己对这两句也很得意,他在《笔说》中说:"若无下句,则上句何堪? 既见下句,则上句颇工。"

　　残雪压枝犹有橘,冻雷惊笋欲抽芽——颔联写眼中所见之景。山城早春的景物是十分奇异特别的。残雪压着的枝头还可看到橘子，春雷震动，竹笋快要抽芽。夷陵盛产橘、竹，所以早春二月虽然"未见花"，却见了"残雪压枝犹有橘"的橘树和被冻雷惊醒，准备萌生的笋芽。残雪之下，去年摘剩的橘子犹在枝头，显得格外耀眼，冻土之下，竹笋的生命也在勃勃萌动。橘既天寒而未馁，笋虽地冻而争生，这就不但形象地描画出橘、笋傲雪斗寒的强大生命力，更通过"残雪"、"犹有"、"惊"、"欲"等字眼表现出春天已经悄悄到来了。

夜闻归雁生乡思，病入新年感物华——颈联由景入意，写出自己的心情。物华：美好的景物。唐·杜甫《曲江陪郑南史饮》："自知白发非喜事，且尽芳樽恋物华。"夜不成寐，躺在床上，听见朝北回归的大雁发出阵阵鸣叫，怎不令人生出无穷的乡思与乡愁？身体有病，而新的一年又来临了，又怎么不让人顿生感慨呢？这里的"感物华"是有感于颔联两句所写的景物，但是在内心深处的感受，诗人没有明写，留待读者去仔细体味了。

曾是洛阳花下客，野芳虽晚不须嗟——尾联两句，是自我宽解的意思。作者曾担任过五年西京（洛阳）留守推官。洛阳以花著称，而牡丹为最。他在《洛阳牡丹记·风俗记第三》中记载："洛阳之俗，大抵好花。春时，城中无贵贱皆插花，虽负担者亦然。花开时，士庶竞为游邀。"盛赞洛阳牡丹，并为《洛阳牡丹图》题过诗，所以才有这两句。现在外乡的春天虽然来得很迟，但我们曾在洛阳度过春天，欣赏过那里的美妙风光，也就不必惆怅和哀婉，长吁短叹了。

新评

这首诗乃欧阳修贬官居外时的酬答之作。诗从写景入手，前半篇写山城早春风光，后半篇即景生情，怀念自己生活过的故地洛阳，感叹春景明媚，时光易逝，而又自宽自解。即景抒情，寓情于景，表达了作者被贬后寂寞失意的苦闷心情，同时又透露出对春天的希冀。写作上，把写景、抒情和议论融为一体，起伏跌宕，含蓄蕴藉，语言自然清新，意脉绵密，情致完足，可说是继唐诗之后，独辟蹊径之作，从中亦可见欧阳修早期诗作的特色。

作者对自己的这首诗亦颇自许，他在《笔说·峡州诗话》中说："春风疑不到天涯，二月山城未见花，若无下句，则上句何堪？既见下句，则上句颇工。"这种表现手法叫做"倒挽"，即第二句是对第一句的解释，读来让人感到新鲜，有味。"残雪压枝犹有橘，冻雷惊笋欲抽芽"两句，对仗工整，以典型的现象描写出山城的早春风光，为后半首诗的抒情作了情境上的铺垫。结尾一联自作排遣，叫"高一层意自慰"，是作诗的一种技法。身处逆境而能自得其乐，自我宽解，这是欧阳修胸襟旷达的过人之处。后来当他因推行"庆历新政"而被指控与范仲淹等人结为"朋党"，被贬滁州后，也并不颓丧。《怀嵩楼新开南轩与群僚小饮》作于贬滁期间，表达的仍是乐观、向上的精神:"绕郭云烟匝几重,昔人曾此感怀嵩。霜林落后山争出,野菊开时酒正浓。解带西风飘画角,倚栏斜日照青松。会须乘兴携佳客,踏雪来看群玉峰。"虽一再被贬斥,诗文中反映的精神状态,却总是那样乐观。那种顽强的意志,不屈的性格,总是给人以积极向上的力量,正是这首七律最可贵的地方,也是欧阳修为后人留下的宝贵的精神财富。

黄溪夜泊

景祐四年(1037)谪居夷陵时作。欧阳修写过《夷陵九咏》:一、《三游洞》,二、《下牢溪》,三、《蝦蟆碚》,四、《劳亭驿》,五、《龙溪》,六、《黄溪夜泊》,七、《黄牛峡祠》,八、《松门》,九、《下牢津》。这些都是欧阳修偕同友人或独自外出领略夷陵山川风物时写下的优美的山水诗。此诗即为《夷陵九咏》之一。黄溪,当在夷陵(今湖北宜昌)附近。

楚人自古登临恨,暂到愁肠已九回。
万树苍烟三峡暗,满川明月一猿哀。
非乡况复惊残岁,慰客偏宜把酒杯。
行见江山且吟咏,不因迁谪岂能来。

楚人自古登临恨——夷陵在春秋战国时属楚,楚人宋玉作《九辩》,有"憭慄兮若在远行,登山临水兮送将归","坎廪兮贫士失职而志不平,廓落兮羁旅而无友生,惆怅兮而私自怜"等语,与欧阳修此时此地的心境颇为契合。诗人登高临远,遥想当年宋玉所作的诗篇,再联系自身的遭遇,不禁悲从中来。

暂到愁肠已九回——愁肠九回:形容忧伤至极。汉·司马迁《报任少卿书》:"是以肠一日而九回。"上句以古人之恨发端,此句引入自己,谓刚到此地便已忧伤不堪,愁肠百结。

万树苍烟三峡暗——三峡:长江在今重庆奉节以东,湖北宜昌以西一段中瞿塘峡、巫峡、西陵峡的合称。此句暗用杜甫《秋兴》八首其一"玉露凋伤枫树林,巫山巫峡气萧森"诗意,写诗人登高临远所见。

满川明月一猿哀——此句用巴东渔歌"巴东三峡巫峡长,猿鸣三声泪沾裳"(见《水经注·江水》)语意。以上四句写诗人登高的所见所闻,"暗"字和"哀"字,突出了诗人极其复杂的悲愁情感。

非乡况复惊残岁,慰客偏宜把酒杯——残岁:残年,一年将终。客:诗人自指。偏宜:最宜。此二句翻用杜甫《登高》"万里悲秋常作客"和"潦倒新停浊酒杯"二句诗意,写诗人登高临远所感,漂泊异乡,年复一年,悲愁无法排遣,只能借酒浇愁。

行见江山且吟咏,不因迁谪岂能来——行:出游。迁谪:贬谪。二句意谓若不是被贬谪,就不能见此楚地江山风景,故不妨借江山之助,多作好诗。这是诗人故作自我宽解之语,以江山之胜来自慰,吟咏山水来自安,这也是欧阳修作为一个大政治家胜人一筹之所在。

欧阳修初贬夷陵,遭遇仕途上第一次打击。在人生失意之时,幸遇顶头上司的关切,远近新知旧友的照看,给欧阳修带来了温暖和快慰,而夷陵宜人的景色也为他的贬谪生活平添了无穷的乐趣。他在《与梅圣俞书》中说:"修昨在夷陵,郡将故人,幕席皆前名,县有江山之胜,虽在天涯,聊可自乐。"《寄梅圣俞》诗里也说:"惟有山川为胜绝,寄人堪作画图夸。"当然,欧阳修此时此刻观赏山川风物与在洛阳时的心境已大不相同,政治上的打击和由此而来的遭发边远小县的闭塞生活,不可避免地会给他带来心灵上的创伤。"少年把酒逢春色,今日逢春头已白。异乡物态与人殊,惟有东风旧相识。"(《春日西湖寄谢法曹歌》)"西陵长官头已白,憔悴穷愁愧相识。"(《代赠田文初》)字里行间时而不免流露出悲愁伤感。然而,欧阳修终究是位政治家,胸襟开阔,目光深邃。这一时期所写的诗歌还是乐观的居多。"行见江山且吟咏,不因迁谪岂能来"(《黄溪夜泊》),"须信春风无远近,维舟处处有花开"(《戏赠丁判官》)。本篇亦写羁旅愁思,极为苍凉沉郁而又挺拔强劲,悲而不伤,哀而不怨。清·方东树《昭昧詹言》卷十二评曰:"情韵幽折,往返咏唱,令人低徊欲绝,一唱三叹,而有遗音,如啖橄榄,时有馀味。"

夷陵书事寄谢三舍人

作于景祐四年(1037)被贬夷陵时。夷陵书事:描述夷陵的风土人情。谢三舍人:谢绛,字希深,排行第三,任过副阁舍人(为皇帝起草诏令的官员)等职,也是作者的好友。

春秋楚国西偏境,陆羽《茶经》第一州。
紫箨青林长蔽日,绿丛红橘最宜秋。

道途处险人多负，邑屋临江俗善泅。
腊市鱼盐朝暂合，淫祠箫鼓岁无休。
风鸣烧入空城响，雨恶江崩断岸流。
月出行歌闻调笑，花开啼鸟乱钩辀。
黄牛峡口经新岁，白玉京中梦旧游。
曾是洛阳花下客，欲夸风物向君羞。

【新解】

春秋楚国西偏境，陆羽《茶经》第一州——夷陵是春秋时楚国最西的边境地区，在陆羽《茶经》一书中也名列第一。夷陵本是县，但为峡州州治所在，故用以代表峡州。陆羽，字鸿渐，唐代竟陵（今湖北天门县）人，著有《茶经》三卷，专门记载讨论茶的产地和品质优劣以及烹茶用水的好坏等。

紫箨青林长蔽日，绿丛红橘最宜秋——紫箨青林：紫色的笋壳，青翠的竹林。箨（tuò），笋壳。最宜秋：最适合秋天观赏。二句写夷陵景色。

道途处险人多负，邑屋临江俗善泅——邑屋：夷陵城内的房屋。二句写夷陵风情民俗，道路险峻，人们运东西多半是肩挑背扛。屋邑临江，从小生长在水边，人人耐水善泅。

腊市鱼盐朝暂合，淫祠箫鼓岁无休——腊月的市场上，卖的只有鱼盐之类的物品，而且只在早上聚集，很快就散了；然而神庙却很多，祭神的箫鼓声无休无止。淫祠：到处滥设的神庙。

风鸣烧入空城响，雨恶江崩断岸流——风呼呼吼叫，刮得烧山的野火劈啪作响，传到空旷的县城里听起来很清晰；暴雨使江水猛涨，经常使陡峭的江岸崩塌。烧：指燃火烧山备耕，作者《又行次作》诗云："雉飞横断涧，烧响入空山。"雨恶：雨势很猛。江崩断岸流：即"江流崩断岸"。

月出行歌闻调笑，花开啼鸟乱钩辀——行歌：一边唱歌，一边踏着节拍做些简单的舞蹈动作。调笑：当时一种民间曲调的名称。词牌有"调笑令"，当即由此而来。钩辀：象声词，鸟鸣声。二句写当地的民风及花鸟。

黄牛峡口经新岁，白玉京中梦旧游——黄牛峡：在今湖北宜昌市西，峡中重崖叠起，最高处好像一个人背着刀牵牛的样子。作者《夷陵九咏》组诗中有《黄牛峡祠》咏之。白玉京：指当时的西京洛阳。二句今昔对比，不胜感慨。

曾是洛阳花下客，欲夸风物向君羞——因为我们曾在繁花似锦的名都洛阳做客，现在我如果向你夸赞夷陵景物是会感到惭愧的。作者曾担任过五年西京留守推官。洛阳以花著称，而牡丹为最。他在《洛阳牡丹记·风俗记第三》中记载："洛阳之俗，大抵好花。春时，城中无贵贱皆插花，虽负担者亦然。花开时，士庶竞为游遨。"盛赞洛阳牡丹，并为《洛阳牡丹图》题过诗，所以才有这两句。

夷陵位于三峡出口处，山川秀丽，形势险要。欧阳修写过《夷陵九咏》，描写夷陵宜人的景色，为他的贬谪生活平添了无穷的乐趣。此诗更难能可贵者，在于描写夷陵风景的同时，还兼及当地的风俗人情。开头二句简括地介绍了夷陵的地理位置和特产，接着用十行诗句作了概括而又具体的描绘，"紫箨青林"、"绿丛红橘"、"月出行歌"、"花开啼鸟"，的确是绘声绘色，绚丽多彩，而"道途处险"、"江崩断岸"、"腊市鱼盐"、"淫祠箫鼓"，又显得生动如画，热闹非凡。读来真有身临其境、耳闻其声、眼见其形的感觉。末尾四句抚今思昔，抒发了怀念旧友的感情。欧阳修谪居夷陵，前后总共才一年多，收获却不小，《望州坡》诗云："闻说夷陵人为愁，共言迁客不堪游。崎岖几日山行倦，却喜坡头见峡州。""经年迁谪厌荆蛮，惟有江山兴未阑。"(《离峡州后寄元珍、表臣》)在此期间，欧阳修创作展示夷陵民情风物、倾注对夷陵的依恋之情的诗文约有四五十篇，为日后的文学创作奠定了更为坚实的基础。由此看来，前人所谓"庐陵事业起夷陵，眼界原从阅历增"(清·袁枚《随园诗话》卷一)，是很有道理的。

答杨辟喜雨长句

宝元元年(1038)作。杨辟，字子静。据题意，当是杨辟先有喜雨诗寄欧阳修，然后作此答之。这是一篇集中表现作者政治主张的政论诗。在欧阳修看来，岁时无常丰，积谷防荒，乃为政者的神圣职责。可如今"吏愚不善政"，既不考虑劝农务本，一旦丰收又"兼并奉养过王公"，漫无休止地横征暴敛，"聚而耗者多于蜂"，以致连年丰收而"民室常虚空"，一遇荒歉"辄以困急号天翁"。长此以往，焉能长治久安。欧阳修忧国伤时之心溢于言表。诗歌散文化、议论化倾向亦十分明显。

吾闻阴阳在天地，升降上下无时穷。
环回不得无差失，所以岁时无常丰。
古之为政知若此，均节收敛勤人功。
三年必有一年食，九岁常备三岁凶。
纵令水旱或时遇，以多补少能相通。

今者吏愚不善政，民亦游惰离于农。
军国赋敛急星火，兼并奉养过王公。
终年之耕幸一熟，聚而耗者多于蜂。
是以比岁屡登稔，然而民室常虚空。
遂令一时暂不雨，辄以困急号天翁。
赖天闵民不责吏，甘泽流布何其浓。
农当勉力吏当愧，敢不酌酒浇神龙。

【新解】

吾闻阴阳在天地，升降上下无时穷——阴阳：古人心目中构成世界运动变化规律的两种对立的力量。升降上下：阴阳四时此起彼伏的运动形态。二句意谓：我听说天地间的阴阳二气，升降上下，运动转化，没有穷期。

环回不得无差失，所以岁时无常丰——环回：循环。差失：误差。阴阳二气往复回环，不可能不出差错，一旦失衡，水旱无常，所以收成不会年年丰裕。

古之为政知若此，均节收敛勤人功——均节收敛：收取赋税要均平而有节制。勤人功：使耕者勤于务农。古代的当政者明白这个道理，因此采取节制税收，劝励农耕，勤农务本的措施。

三年必有一年食，九岁常备三岁凶——常备：丰年积蓄粮食，以防备水旱灾害。凶：荒年。此两句诗意出自《礼记·王制》："三年耕必有一年之食，九年耕必有三年之食。"耕种三年必有一年的盈馀，九年中要把三年的饥荒防备。所谓有备无患，方能长保平安。

纵令水旱或时遇，以多补少能相通——即使偶然遇上水涝旱灾，以有馀补不足可互相调剂，农民才能一遇水旱，庶免为饿殍之患。为此必须调整农民的赋税负担，应该坚持《孟子·滕文公上》所提出的以十抽一的税法。若要薄赋就得"量民力而制国用"，根据人民的实际承受能力来确定国家的财用支出。量入为出制定相应的赋税制度，才有可能使"在下者尽力而无耗弊，上者量民而用有节，则民与国庶几乎俱富矣"。

今者吏愚不善政，民亦游惰离于农——不善政：不懂得劝农务本，节用爱民，以防备灾荒。游惰：游手好闲，不务正业。离：脱离。此处指百姓纷纷脱离农村，去为僧为兵。二句是说：如今官吏愚蠢，不善治理，农民游手好闲，脱离了土地。

军国赋敛急星火，兼并奉养过王公——星火：比喻急迫，此句指赋税繁苛，急如星火。兼并：掠夺强占土地，此指兼并土地的豪富之家。奉养：供养。政府的赋税急如星火，兼并者的生活胜过公侯王室。

终年之耕幸一熟，聚而耗者多于蜂——辛苦耕种一年，幸得丰收，争着耗费的人却多如蜂蚁。

是以比岁屡登稔，然而民室常虚空——比岁：连年。登稔(rěn)：丰收。稔，庄稼成熟。连年虽获好收成，农民家中常空虚。宋代的官僚机构庞杂繁多，所谓"州县之地不广于前而官五倍于旧"（宋祁《景文集》卷二十六）。北宋的"冗官冗费"已经"不可纪极"。宋初有人在诗里感慨地说："春秋生成一百倍，天下三分二分贫。"（张咏《悯农》）年成随你多么丰收，绝大多数人还不免贫穷。

遂令一时暂不雨，辄以困急号天翁——号天翁：向天公呼号求救。老天一时不下雨，农民焦急地向天而泣。

赖天闵民不责吏，甘泽流布何其浓——老天怜悯百姓，不责怪官吏，大雨滂沱，充沛又及时。

农当勉力吏当愧，敢不酹酒浇神龙——农民真该努力，官吏理应感到惭愧。岂敢不斟满酒向神龙拜祭，以祈风调雨顺，国泰民安。这里表现出欧阳修劝农务本、节用爱民的民本思想。

新评

欧阳修在著名的政论文章《原弊》中，曾深入分析了北宋社会积贫积弱的原因：一为诱农之弊，国家不是鼓励务农，而是鼓励农民离开土地去当兵，当和尚，致使务农的人口少；二为兼并之弊，土地愈来愈集中到少数富豪手中；三为力役之弊，公役繁重，并且大部分落到小地主和自耕农头上。面对宋王朝积贫积弱的形势，务本兴农，兴利除弊，共修太平基业，已成为当时有识之士的普遍愿望，更与广大人民的利益相一致。据此，欧阳修提出改善吏治、劝农务本、节用爱民的政治主张。欧阳修大声疾呼，当政者必须"知务农又知节用"。也就是说，在增强重农意识的同时，还必须节省开支，量入为出，量力而行。"节用以爱农"，在欧阳修看来必须包含积谷防荒、轻徭薄赋两个方面。

这首喜雨诗同样贯穿了这样的政治思想。尤其是把"冗兵"与农村凋敝、朝廷财用匮乏的内在关系揭示出来，不失为振聋发聩的独到之见。这与稍后范仲淹提出的"劝农桑"，其精神是一致的。因为是通篇说理，缺乏形象性，读来有如押韵的政论，但据此可知欧诗的散文化、议论化倾向。清·李调元认为："欧阳文忠公诗，则全是有韵古文，当与古文合看可也。"（《雨村诗话》卷下）清·方东树也说："诗莫难于七古。……观韩、欧、苏三家，章法剪裁，纯以古文之法行之，所以独步千古。"（《昭昧詹言》卷十一）检视欧集，以文为诗触处可见，只是七古显得更为突出。在谋篇布局上表现为顺题布放，舒卷自如，较多的则是往复逆折，翻卷倒插。遣词造句常用语助词、介词入诗，多以关联词语承上启下。夹叙夹议，述论结合，层见叠出。这些特征在本篇中都有所体现,可谓欧阳修以文为诗的代表作之一。

水谷夜行寄子美、圣俞

题解

庆历四年(1044)秋作。当时欧阳修奉命巡视河东路。水谷:即水谷口,地名,在今河北定县西北,为作者巡行途经之处。子美:苏舜钦字,那时任集贤校理,监进奏院。圣俞:梅尧臣字,其时湖州盐税刚卸任,到开封待调。苏、梅二人与欧阳修同为北宋诗文革新运动的发动者,诗文创作具有很高的成就,是欧阳修平生钦敬的挚友。欧阳修夜间巡行,独行踽踽,因而想起在京师时文酒高会,特别是苏、梅二位老友,写下这首著名的五古,以寄慰好友。后人常以此诗作为评论苏舜钦、梅尧臣诗风的重要依据。

寒鸡号荒林,山壁月倒挂。
披衣起视夜,揽辔念行迈。
我来夏云初,素节今已届。
高河泻长空,势落九州外。
微风动凉襟,晓气清馀睡。
缅怀京师友,文酒邀高会。
其间苏与梅,二子可畏爱;
篇章富纵横,声价相磨盖。
子美气尤雄,万窍号一噫。
有时肆颠狂,醉墨洒霶霈。
譬如千里马,已发不可杀。
盈前尽珠玑,一一难柬汰。
梅翁事清切,石齿漱寒濑。
作诗三十年,视我犹后辈。
文词愈清新,心意虽老大;
譬如妖韶女,老自有馀态。
近诗尤古硬,咀嚼苦难嘬;
初如食橄榄,真味久愈在。
苏豪以气轹,举世徒惊骇;

梅穷我独知,古货今难卖。
二子双凤凰,百鸟之嘉瑞;
云烟一翱翔,羽翩一摧铩。
安得相从游,终日鸣哕哕。
问胡苦思之?对酒把新蟹。

全诗四十八句,按内容分为五段。

寒鸡号荒林,山壁月倒挂——寒鸡:凌晨天气寒冷,空气凛冽,连鸡声似乎也带有寒意。寒、号、荒这些字眼给人以荒凉冷落的感觉。月倒挂:写月将落的景色,生动形象,和首句的荒寒相映成趣。首两句写夜半更深起行的感受。

披衣起视夜,揽辔念行迈——辔:马嚼子和缰绳。行迈:远行,语出《诗经·王风·黍离》。三、四句写早行赶路,披起衣裳,凝视将退的夜色,揽起马缰,更觉得路途艰遥。

我来夏云初,素节今已届——云:语助词,此处无意义。素节:指秋天。古时将秋天称为素节或商节。届:到,来临。五、六句写出行时间之久,从初夏离京,现已入秋。这些都为下文怀念京师作铺垫。

高河泻长空,势落九州外——高河:银河。九州:相传夏代分天下为兖、冀、青、徐、扬、荆、豫、梁、雍九州,后代以九州泛指天下或中国大地。银河在长空奔泻,好像要飞出中国大地。写得境界开阔,气势雄浑。

微风动凉襟,晓气清馀睡——凉襟:衣襟飘动,身上觉得凉爽。两句写天将拂晓,睡意全消,自然引起下段怀友之念。前十句为第一段,点题"水谷夜行",为全诗的引子。

缅怀京师友,文酒邈高会——文酒:饮酒吟诗作文。邈:高远貌。二句由眼前的拂晓夜行想到当日京师的文酒高会,冷落的行旅和热烈的气氛形成鲜明的对比。

其间苏与梅,二子可畏爱——可畏爱:可敬畏可爱慕,古人称值得敬佩的朋友为"畏友"。从高会的众宾收缩到自己所最敬畏爱慕苏、梅二人。

篇章富纵横,声价相磨盖——纵横:下笔奔腾驰骋,不受拘束。磨盖:同"摩戛",两件东西互相摩擦作响,表示互相接近。二句意为苏、梅二人纵横驰骋,不拘一格的诗篇很多,名声也不相上下。这是对二人诗作的总评,为下面分评起头。以上六句为第二段。

子美气尤雄,万窍号一噫——万窍:指自然界的各种声音,古人认为它们都是从洞穴中发出来的,出自《庄子·齐物论》:"大块噫气,其名为风,作则万窍怒号。""万窍号一噫"就是用《庄子》的语意来表现"气尤雄"的程度。二句意为苏子美的诗具有豪放的风格,仿佛是大地嘘气,万窍怒号。

有时肆颠狂,醉墨洒霶霈——霶霈(pāngpèi):大雨。喝醉时濡墨挥毫,振臂挥洒,好像大雨从天而降,波澜壮阔,笔势奇妙。

譬如千里马,已发不可杀——杀:收束。好像奔驰的千里马,放开四蹄,止不住奔跑。以上四句写苏子美作诗时豪放不拘,而且构思敏捷。

盈前尽珠玑,一一难柬汰——玑:小珠子。柬:同"拣",挑选。字字珠玑,摆在你的面前,无法选择。这两句是说,苏诗在遣词造句方面好像大小珍珠摆满读者面前,很难挑出坏的来。这个评语主要是肯定苏诗感情奔放,直率自然的长处。但也说明他往往落笔急书,存在着不够精炼和含蓄的毛病。以上八句为第三段,专论苏舜钦的才气,说他作诗的气势,犹如大风陡作,万窍皆鸣。

第四段十二句,专写梅圣俞诗风的古淡,和子美的雄放恰成对照。

梅翁事清切,石齿漱寒濑——"事清切"的"事"是动词,表示梅刻意追求"清切"的境界。二句意指梅诗力求清新贴切,好像石罅吞吐着流经沙上的冰凉的河水,清冷峻峭。

作诗三十年,视我犹后辈——他已经写诗三十年,看来我自己好像诗坛后辈一样。这是作者自谦,目的是赞扬梅诗的老练和功力。

文词愈清新,心意虽老大——这是倒装句式,意为虽然心境随着年龄的增长和境遇不好,好像苍凉衰老了,然而诗句却更加清新动人。

譬如妖韶女,老自有馀态——妖韶女:年轻的美女。馀态:指当年的风韵。两句从"徐娘半老,丰韵犹存"典故化出,用"妖韶女"作比喻,带有亲切幽默的味道。

近诗尤古硬,咀嚼苦难嗫——嗫:聚拢嘴唇吮吸。他的近作尤其古朴瘦硬,很难一下理解,需要反复咀嚼。

初如食橄榄,真味久愈在——像食橄榄开始有些苦涩,味道愈来愈好。这四句写梅的诗风从清切到古硬,功力愈深,而一般人愈难欣赏。用"食橄榄"为喻,非常新颖贴切,写出梅诗耐人细细琢磨才能欣赏的硬工夫,这是下面"古货今难卖"的伏笔。食橄榄这个比喻被后人沿用来说明一种生涩的诗风。以上两段是本诗的主要部分,又为最后一段的总结准备了条件。

最后一段十二句,分三层意思。"苏豪"四句为第一层,总结前两段的描写。

苏豪以气轹,举世徒惊骇——轹(lì):车轮碾压。二句意为苏诗豪迈,以气势凌驾今古,压倒一切,所有的人因此而感到惊骇。

梅穷我独知,古货今难卖——梅圣俞穷困潦倒的处境只有我最了解,他的诗作和古代优秀作家的风格相类,现在很少有人能真正赏识。穷:这里指不得志。作者在《梅圣俞诗集序》等文中，对梅始终不得朝廷重用曾多次表示惋惜，并说过梅诗是"穷而后工"的例证。

"二子"以下六句为第二层，对两人表示深切的同情和赞扬。

二子双凤凰，百鸟之嘉瑞——苏、梅二人有如一对凤凰，都是百鸟回翔的征兆。比他们为"双凤凰"，可说推崇备至。

云烟一翮翔，羽翩一摧铩——庆历三年，苏舜钦因受某些官僚的打击陷害而被撤职，带着全家隐居苏州。这里把他比作在云雾中飞翔的一只鸟，指的就是这件事。翮(hé)：这里指鸟翅膀。铩(shā)：摧残。这里指梅圣俞始终穷困潦倒，不得重用。二句意为他们正在云间翱翔，立即受到摧抑排挤，一生穷愁潦倒。两句"一"字紧相呼应，以见当世之妒贤嫉能。

安得相从游，终日鸣哕哕——哕哕(huìhuì)：本指凤凰的鸣声，这里指做诗唱和。怎么才能追随他们比翼长空，终日腾飞，声震九霄？

最后两句为第三层。

问胡苦思之？对酒把新蟹——二句自问自答，为什么我非常想念他们呢？只因新蟹上市，想起对饮的往事，相思之情不能已，所以做诗寄问，并交代题目中的"寄"字，总结全诗。

欧阳修在唐代诗人中极为推崇韩愈，认为做诗当以韩为法。这首五古可以明显看出韩诗的影响。韩愈《醉赠张秘书》诗云："君诗多态度，蔼蔼春空云。东野动惊俗，天葩吐奇芬。张籍学古淡，轩鹤避鸡群。"欧阳修此诗有意仿效韩愈《醉赠张秘书》体，并将韩愈这种写法开拓得更广阔深入，合述分论朋友的诗文风格，笔力纵横，气势开阔。

诗篇开头写夜行景色，气韵高古。中间以一连串生动的比喻，相当贴切地概括了苏、梅二人诗歌艺术风格的主要特征，高度评价二人诗歌的成就。最后感叹二人政治上的不幸境遇，并对天各一方的挚友寄予深深的怀念和同情。诗的主题是怀人，却主要通过对友人诗作的评论、褒奖而表现出来，显得构思新颖，不落陈套。叙事写景简劲利落，语句凝练，诗风评论形象生动又极富感情。全诗条理脉络清楚，"状难写之景如在眼前，含不尽之意见于言外"，在欧诗五古中堪称佳作。

食糟民

这是欧阳修又一首反映民生疾苦的著名作品，大约写于庆历四年（1044）作者知颍州期间。这一年,作者曾受命"使河东",并上有《乞不配卖醋糟与人户札子》、《乞放麟州百姓沽酒札子》等奏章,表达自己的政见。《食糟民》即在这一背景下创作,是一首继承唐代新乐府现实主义诗歌传统,深刻反映北宋社会尖锐的阶级矛盾的讽谕诗。诗中采用典型事例和对比手法,揭露和讽刺了官府巧取豪夺、盘剥取利的酒榷政策,鞭挞了官吏的不顾百姓死活,假仁假义的行径,"尔虽不我责,我责何由逃"。并对自己作为其中一员深自切责,表现了一个政治家的正义感,但也流露出不能施展政治抱负的苦闷,忧国忧民的情怀溢于言表。

田家种糯官酿酒,榷利秋毫升与斗;
酒沽得钱糟弃物,大屋经年堆欲朽。
酒醅浅酌如沸汤,东风来吹酒瓮香;
累累罂与瓶,惟恐不得尝。
官沽味浓村酒薄,日饮官酒诚可乐;
不见田中种糯人,釜无糜粥度冬春;
还来就官买糟食,官吏散糟以为德。
嗟彼官吏者,其职称长民;
衣食不蚕耕,所学义与仁。
仁当养人义适宜,言可闻达力可施。
上不能宽国之利,下不能饱尔之饥。
我饮酒,尔食糟;
尔虽不我责,我责何由逃?

田家种糯官酿酒,榷利秋毫升与斗——榷(què)利:专卖之利。北宋把酿酒权集中于官府,不准私人酿酒,由国家专卖,称"榷沽"。秋毫:秋天鸟兽换毛,新毛很细,比喻极微小的事物。升与斗:酒的计量单位。二句大意是:官府用农民种出的糯谷来酿酒,垄断卖酒,连极微小的利润也不放过。欧阳修本着节用爱民的民本思想,主张取消酒榷政策,反对与民争夺微薄之利。

酒沽得钱糟弃物,大屋经年堆欲朽——沽:既可指买,也可指卖,这里是卖的意思。经年:整年。官府垄断卖酒得利,酒糟成为废弃之物,经年累月堆积在大屋子里,渐渐腐朽霉烂。

酒醅浅酌如沸汤,东风来吹酒瓮香——酒醅(pēi):未经过滤的酒。浅酌(chánzhuó):注水声,这里形容酒醅翻动的样子。沸汤:沸水上下翻腾。这二句是描写酿酒的情况。刚酿的酒,有如沸汤嘶嘶作响,上下翻滚。东风吹来,酒瓮散发出阵阵芳香。

累累罂与瓶,惟恐不得尝——累累:排列成串。罂(yīng):腹大口小的瓶。装满酒的瓶瓶罐罐,重重叠叠堆得到处都是,酒香诱人,惟恐不能开盏尝一尝。

官沽味浓村酒薄,日饮官酒诚可乐——官沽:指官府所卖的酒。村酒:民间酿造的酒。当时经政府特许并纳税之后,民间也可酿少量的酒。薄:味淡。诚:诚然,的确。官酒味浓,村酒寡淡,天天有官酒喝当然快乐。官府与民争利,百姓自然处于不利的境地。

不见田中种糯人,釜无糜粥度冬春——釜:锅。糜粥:稀粥。这二句是说,官府哪知耕田种植糯谷的农民,一年四季辛苦忙碌,却连稀粥也喝不上。

还来就官买糟食,官吏散糟以为德——就:向。以为德:还认为是对百姓的恩德。这两句是写实行榷沽政策的结果,百姓饥寒交迫,饿了还得向官府买糟当饭食;官吏卖糟,还以为是为民造福。语含讽刺,鞭辟入里。

嗟彼官吏者,其职称长民——彼:那些。者:表停顿的语气词。长民:做百姓的长官。可叹那为官作宦的人,他们被称为万民之长,百姓父母。

衣食不蚕耕,所学义与仁——蚕:养蚕,作动词用。他们的吃穿,不靠自己种田养蚕,仁与义是他们学习的治国之方。

仁当养人义适宜,言可闻达力可施——仁当养人:仁就是要养活百姓。义适宜:义就是凡事要恰当,不要超过限度。仁义,是先秦儒家思想的核心,其核心就是要统治者按照一定的规矩行事,不要对人民剥削压迫得太过分了,否则就不能维持自己的统治。仁,应让百姓能够活命,义,应让百姓享受安康。手握权柄可使政令施行,还可以向皇上禀报情况。

上不能宽国之利,下不能饱尔之饥——宽国之利:扩大国家的收益。宽,使……变宽。尔:代词,你们,指百姓。可他们上不能使国家富强,下不能使百姓免遭饥荒。这几句集中表现欧阳修的民本思想,与他在《原弊》中提出当政者必须"知务农又知节用"十分一致。也就是说,在增强重农意识的同时,还必须节省开支,量入为出,量力而行,"节用以爱农"。

我饮酒,尔食糟;尔虽不我责,我责何由逃——我在这里饮酒,你在那里食糟,即使你不谴责我,我的责任哪能逃避得了呢?最后几句表达了诗人作为统治者中一员的愧疚和深切的自责。

欧阳修要求诗歌创作贴近现实,抒发真实情性,反对无病呻吟和奇僻怪涩。濮州杜默少有逸才,尤长于歌,好以狂怪惊世骇俗。欧阳修在《赠杜默》诗中规劝杜默要改弦更张,应以关心民瘼为己任,实际上也表明自己的创作主张。诗云:"京东聚群盗,河北新点兵。饥荒与愁苦,道路日以盈。子盍引其吭,发声通下情。上闻天子聪,次使宰相听。何必九色禽,始能瑞尧庭。""发声通下情",与白居易《采诗官》中所谓"欲开壅蔽达人情,先向歌诗求讽刺"是同一个意思。在欧阳修看来,作为诗歌应该而且必须发挥补察时政,劝世救时的社会功能。

欧阳修自己正是实践了这种主张,《食糟民》用鲜明的对比手法,揭露出当时一桩极不合理的事实:官府把农民种出的糯米酿成美酒,实行专卖,供统治阶级享受,又赚了钱,而农民却连稀饭都喝不上,不得不向官府买回霉烂的酒糟来吃。官吏居然还认为这是对农民的恩典。揭露时弊,议论时政,为民请命,是积极干预生活的杰作。诗中关于"仁义"的说教,可看出儒家"仁政"思想对作者的影响。在艺术上,本篇选取具体而典型的事件来揭露社会弊病的手法,以及篇末的自责语气,都与唐代现实主义诗人白居易的"新乐府"相类似。今人钱钟书先生尝谓欧阳修"苦学昌黎,参以太白、香山",可谓别具慧眼。

鹭鸶

这首诗写于庆历五年(1045)。鹭鸶,水鸟名,又叫白鹭,羽毛洁白,体形高大而瘦削,喙坚而尖直,颈和足亦长,适于涉水觅食,常活动于河湖岸边,以鱼虾为食。此诗咏鹭鸶,寓意很可能和当时的政治形势有关。是岁正月,范仲淹、富弼、杜衍相继罢相,庆历新政失败已成定局。诗末有故作宽慰意。

激石滩声如战鼓,翻天浪色似银山。
滩惊浪打风兼雨,独立亭亭意愈闲。

激石滩声如战鼓,翻天浪色似银山——激石:巨浪激烈地拍打着岸边石头。滩声:浪潮在滩边往返的声响。翻天:形容浪涛甚高,好像翻天一样。首二句描绘了一幅"惊涛拍岸,卷起千堆雪"的壮阔画面。

滩惊浪打风兼雨——第三句进一步描绘滩声如战鼓,浪色似银山,更兼风狂雨急,处境十分险恶。

独立亭亭意愈闲——独立:鹭鸶休栖时,一只脚钩缩着,一只脚着地站立。亭亭:孤高无依貌,这里指挺拔健美的样子。意:意态,神情。闲:安静,悠闲。最后一句写鹭鸶亭亭玉立,漫不经心,全不理会所处的险恶环境。这是一种刚毅、沉着,敢于同恶势力斗争的不屈意志的象征。

诗前三句写景,三句诗三幅画,一幅比一幅壮美昂扬,多姿多彩。在这样奇险的画面上,第四句写鹭鸶平静悠闲的姿态。宋人写景往往刻意追求深细地表现自然景物的变化。这首七绝就是通过江上景物的变化过程,烘托出江上疾风暴雨的壮阔气氛。全诗四句四景,虽一句一转,却合成一幅完整的画面,并形成浑成的意境。

本诗具有很浓的象征意味,滩声、浪色、风雨交加比喻北宋政坛保守派的嚣张气焰,鹭鸶的傲然挺立、安如泰山,则喻革新派的坚强意志。宋·蔡正孙《诗林广记》后集卷一引《庚溪诗话》云:"众禽中惟鹤标致高逸,其次鹭亦闲野不俗。"又引佚名《振鹭赋》云:"然其容,立以不倚;皓乎其羽,涅而不缁。"均谓鹭鸶是高洁不俗之物,可与此诗参阅。诗人通过对鹭鸶在惊涛骇浪前从容不迫的健美风姿的描写,寄寓了自己在激烈的政治斗争中坚定不移的品格。庆历八年(1048),诗人写有一首同题诗,气韵已完全不同,表现了一种孤傲清高的性格,反映了他思想感情的另一面,兹录如下,以资比较:"风格孤高尘外物,性情闲暇水边生。尽日独行溪浅处,青苔白日见纤鳞。"

啼　鸟

这首诗,一说是欧阳修在庆历六年(1046)知滁州时所作,一说被贬夷陵时所作。作者在嘉祐三年(1058)春主持礼部考试时另有一首《啼鸟》诗,诗中有"可怜枕上五更听,不似滁州山里闻"二句,据此,似以前说为是。此诗抒写的是诗人被贬谪后失意而又故作旷达的复杂心境,细腻隽永,表现了诗人对自然的敏锐观察力和对生活的深刻感悟力,不愧为感兴之佳作。

穷山候至阳气生,百物如与时节争。
官居荒凉草树密,撩乱红紫开繁英。
花深叶暗辉朝日,日暖众鸟皆嘤鸣。
鸟言我岂解尔意,绵蛮但爱声可听。
南窗睡多春正美,百舌未晓催天明。
黄鹂颜色已可爱,舌端哑咤如娇婴。

竹林静啼青竹笋,深处不见惟闻声。
陂田绕郭白水满,戴胜谷谷催春耕。
谁谓鸣鸠拙无用?雄雌各自知阴晴。
雨声萧萧泥滑滑,草深苔绿无人行。
独有花上提葫芦,劝我沽酒花前倾。
其馀百种各嘲哳,异乡殊俗难知名。
我遭谗口身落此,每闻巧舌宜可憎。
春到山城苦寂寞,把盏常恨无娉婷。
花开鸟语辄自醉,醉与花鸟为交朋。
花能嫣然顾我笑,鸟劝我饮非无情。
身闲酒美惜光景,唯恐鸟散花飘零。
可笑灵均楚泽畔,离骚憔悴愁独醒。

穷山候至阳气生,百物如与时节争——候:气候,时节。阳气:春天的温暖湿润之气。

官居荒凉草树密,撩乱红紫开繁英——撩乱:纷乱,杂乱。英:花。首四句为全诗的序曲,主要是对时令和环境的描写。虽然是官居荒凉,所处穷乡僻壤,但春天一到,阳气萌动,万物竞生,繁花似锦。这几句的渲染为全诗定下了明快的基调。

花深叶暗辉朝日,日暖众鸟皆嘤鸣。鸟言我岂解尔意,绵蛮但爱声可听——嘤鸣:鸟的鸣叫声。绵蛮:黄鸟的鸣声。《诗经·小雅·绵蛮》:"绵蛮黄鸟。"以上四句紧承上文,总写鸟声,以下转入对各类啼鸟的描写。

南窗睡多春正美,百舌未晓催天明——百舌:鸟名,又名反舌,据说它能学各种鸟叫,俗称画眉。此句化用唐·孟浩然"春眠不觉晓,处处闻啼鸟"诗意。

黄鹂颜色已可爱,舌端哑咤如娇婴——黄鹂:即黄莺。哑咤:黄莺鸣声。如娇婴:像婴儿学语的声音。

竹林静啼青竹笋,深处不见惟闻声——青竹笋:鸟名,又称竹林鸟。

陂田绕郭白水满,戴胜谷谷催春耕——陂田:水田。戴胜:即布谷鸟。谷谷:布谷鸟的鸣叫声。

谁谓鸣鸠拙无用?雄雌各自知阴晴——鸣鸠:斑鸠。据说斑鸠不会筑巢,常占鹊巢而居,天雨时,雄鸠就将雌鸠赶走,雨过后,又将其叫回,所以民谚云:"天欲雨,鸠逐妇;天既雨,鸠呼妇。"

雨声萧萧泥滑滑,草深苔绿无人行。独有花上提葫芦,劝我沽酒花前倾——

泥滑滑,提葫芦,都是鸟名,以鸣声得名。泥滑滑又名竹鸡,提葫芦又名提壶鸟,因为它们的叫声好像两个词儿,诗人借此双关。沽:买。倾:倒,这里是干杯的意思。

其余百种各嘲哳,异乡殊俗难知名——嘲哳:形容声音嘈杂。此句意思是说,各种鸟名都是根据滁州地方风俗方言取的,不能一一分辨其学名。以上十二句描写各种鸟及其鸣叫声,有"百舌"(即画眉鸟)、"黄鹂"、"青竹笋"(亦称竹林鸟)、"戴胜"(即布谷鸟)、"鸣鸠"(即斑鸠)、"泥滑滑"(亦称竹鸡)、"提葫芦"(亦称提壶鸟)等,而"绵蛮"、"哑咤"、"谷谷"、"嘲哳"等,都是形容各种鸟的鸣声。作者观察细腻,曲尽其妙,描绘了一幅欣欣向荣、百鸟争鸣的阳春图景,写得很有情致。尽管作者起先说"鸟言我岂解尔意",但到后来,他还是在不知不觉中被啼鸟感染了。觉得鸟鸣如此美妙,啼鸟似乎也通晓人性,向我频频劝酒。在这一片生机盎然的气氛之中,遭贬失意的诗人又作何感想呢?

我遭谗口身落此,每闻巧舌宜可憎——谗口:诬陷。这两句诗人笔锋陡转,由鸟及人。所谓"我遭谗口"当指庆历三年"新政"失败后,钱明逸等诬陷欧阳修与长媳有暧昧关系,后虽查明是诬陷,但欧阳修还是被贬到滁州。他既遭此诬陷,在政治斗争中又曾多次为流言中伤,所以他每闻那些如簧之巧舌(不管是人言,还是鸟语),憎恶之心,即时生起。

春到山城苦寂寞,把盏常恨无娉婷——娉婷:形容女子姿态柔美娇媚,这里借指歌妓。山城寂寞,美人歌舞全无。

花开鸟语辄自醉,醉与花鸟为交朋。花能嫣然顾我笑,鸟劝我饮非无情——这四句写诗人实在无法消磨时光,排遣寂寞,于是只好以酒浇愁,醉与花鸟为朋。拟人手法的运用,将人和鸟融为一体,诗人似乎物我两忘,心境也由激动而归于平静。

身闲酒美惜光景,唯恐鸟散花飘零——这二句是说:与花鸟成了好朋友之后,日日饮酒赋闲,唯恐时间一天天流逝。

可笑灵均楚泽畔,离骚憔悴愁独醒——他既担心鸟散花落,又笑屈原的憔悴独醒,自寻烦恼。灵均:即屈原,字灵均,战国时期楚国伟大诗人。楚泽:楚国水滨。屈原遭诬陷,被楚怀王流放时写有著名长诗《离骚》。另据《史记·屈原贾生列传》记载:"屈原至于江滨,被(披)发行吟泽畔,颜色(面色)憔悴,形容(形体容貌)枯槁,渔父见而问之曰:'子非三闾大夫欤?何故而至此?'屈原曰:'举世混浊而我独清,众人皆醉而我独醒,是以见放。'"这两句诗的意思是,何必要像屈原那样苦闷忧愁,应该流连光景,饮酒作乐。这一段,表现了诗人遭贬后旷达自安的心境,情调略显消沉。既是本篇题目的归结,同时也是欧阳修屡遭贬谪的处世之方。在其《与尹师鲁书》、《夷陵县至喜堂记》、《醉翁亭记》等文以及《戏答元珍》诗等作品里,他曾多次表示要不以迁谪之情萦怀,不作穷苦之文字。

与近体诗相比,欧阳修的古体诗更有特色,成就也更大,尤以七古为最。这首诗即是其七古代表作之一,艺术上取得很高成就。首先是语言通俗易懂,音节流畅自然,不求险怪,不掉书袋,具有行云流水般的舒卷流动之美。其次是移情入景,借物言情,诗题为"啼鸟",却是以鸟写人。诗人充分发挥想像力,运用拟人的手法,赋予啼鸟以情性,借"啼鸟"来表达自己的思想感情,达到物我交融之境。清·王士禛尝谓:"宋承唐季衰陋之后,至欧阳文忠公始拔流俗,七言长句高处直迫昌黎,自王介甫辈皆不及也。"(《带经堂诗话》卷四)清·田雯也说:"七言古诗,至唐末式微甚矣!欧阳文忠公崛起宋代,直接杜、韩之派而光大之,诗之幸也。"(《古欢堂杂著》卷二)此诗写得流利深挚,用韵富有变化,适应表情达意的需要,极尽其妙。

宝　剑

这是一首雄奇壮美的咏物诗,约写于庆历六、七年间(1046—1047)。从诗的最后两句可知,这首诗是作者借宝剑而抒发爱国热情。宋仁宗景祐五年(1038),党项族首领李元昊为西夏首领,建元称帝,国号大夏(西夏),发兵攻宋,宋军节节败退。其后连年开战。至庆历四年(1044)议和。经过反复地讨价还价,宋王朝承认西夏为"夏国",元昊为国主;元昊答应对宋称臣,但条件是每年宋要"赐"给夏国银七万余两,绢、帛等十五万余匹,茶三万余斤。这是北宋继与辽国(契丹)的"澶渊之盟"(1004年)以后又一次丧权辱国的"和约",同样是用"金缯"买得暂时的和平。和议初起时,欧阳修曾以谏官身份,多次反对这一屈辱的和议,均未被采纳(参阅全集中《论西贼议和请以五问诘大臣状》等札子)。诗中托物寄志,通过对神奇宝剑的咏颂,表达了他内惩奸佞、外除强敌、治国安邦的强烈愿望和有剑难拔、空怀壮志、报国无门的愤懑心情。宝剑正是诗人向往的英雄人物的化身。

宝剑匣中藏,暗室夜长明。
欲知天将雨,铮尔剑有声;
神龙本一物,气类感则鸣。
常恐跃匣去,有时暂开扃:
煌煌七星文,照耀三尺冰。
此剑在人间,百妖夜收形;

奸凶与佞媚,胆破骨亦惊。
　　试以向星月,飞光射欃枪。
　　藏之武库中,可息天下兵。
　　奈何狂胡儿,尚敢邀金缯!

　　宝剑匣中藏,暗室夜长明。欲知天将雨,铮尔剑有声——铮:形容金属碰击声。尔,同"然",词尾无义。宝剑珍藏在匣中,却能暗室发光,预知天上将风雨大作,因此发出铿锵的不平之鸣。这几句描写宝剑的神奇,并有浓厚的象征意味。

　　神龙本一物,气类感则鸣——气类:气候条件。古人认为世间稀有的宝剑乃神龙所化,因此宝剑时作龙鸣,能感知风云变幻。据《太平御览》引《雷焕别传》载:"晋司空张华夜见异气起斗牛间,华问焕:见之乎?焕曰:此谓宝剑气。"后来雷焕在丰城得到龙泉、太阿二剑,一送张华,一自佩,并说:"灵异之物,终当化去。"焕死后,他的儿子带剑经过延平津,剑忽然从腰中飞出,掉进水里,化作两龙翻游水中(见《晋书·张华传》)。这两句紧承上文,说明宝剑和神龙本是同一个东西,在一定的气候条件下,就会发生感应而铿锵作响。

　　常恐跃匣去,有时暂开扃——扃(jiōng):闭锁。宝剑的主人常常担心宝剑会像神龙一样,破匣而出,因此有时会开匣观赏一会儿。

　　煌煌七星文,照耀三尺冰——煌煌:极明亮的样子。七星文:剑柄上镂刻着七颗星,作为装饰的花纹。二句具体描写宝剑剑形、剑气,剑柄上有金光闪闪的七星装饰,剑身闪耀着冰雪般的寒光。

　　此剑在人间,百妖夜收形——收形:隐藏起来,不敢露面。神奇的宝剑不仅能感知天上的风云变幻,在人间则能辟邪斩魔,使百鬼收形,不敢为祟。

　　奸凶与佞媚,胆破骨亦惊——奸凶:指那些奸诈凶横、为非作歹的坏人。佞媚:指阿谀逢迎、吹牛拍马的小人。胆破骨亦惊:意即"骨破胆亦惊",形容极度恐惧。这两句开始转入现实,并与时势相联系。

　　试以向星月,飞光射欃枪。藏之武库中,可息天下兵——欃枪,即彗星,古人认为它的出现是将有战乱的征兆。兵:这里指战争。以上四句写宝剑在现实中的神奇作用。

　　奈何狂胡儿,尚敢邀金缯——奈何:怎么。狂胡儿:指辽和西夏。古统称北方少数民族为"胡","狂"是形容狂妄自大。儿,含有轻视意味。邀:求得,这里有强求的意思。缯:丝织品的总称。二句意为:那狂妄自大的辽和西夏,怎么还敢来强索金银绸缎呢?按北宋王朝每年要用大量财物去安抚和讨好辽、西夏的统治者,以求得一时苟安。诗人希望能有像宝剑一样的英雄人物出世,内除奸佞,外御强敌,平定时局。

这首咏物诗,通过对神奇宝剑的咏赞,托物言志,表达了作者对时局的关注及其政治理想和抱负,抒发了始终不渝的报国热忱。欧阳修的这一爱国立场,终生未变。这首《宝剑》诗说明,欧阳修虽处贬谪,仍时刻关心国家大事,并非一味地优游山水。诗的上半篇极力描写宝剑的神奇非凡:它能暗室发光,预知气候变化;柄上有辉煌的七星,剑身寒光闪闪,异常锋利。下半篇则写它威力无比:能够镇邪除奸,威震敌胆,消除战乱。这样的宝剑,实际上象征着当时那些刚强果敢、一心为国、立志改革的人物。这样的人物是作者理想的化身,是能消除内忧外患,挽救北宋王朝危机的英雄。托物咏志是古典诗歌传统的表现方法。本篇较好地运用了它,因而比起那种直抒胸臆、一览无馀的作品来,显得生动含蓄,具有较强的感染力。

题滁州醉翁亭

庆历六年(1046)作。庆历新政失败,欧阳修被政敌诬告,贬知滁州(今安徽滁州)。滁州在长江与淮河之间,山高水清,地势险峻。这里地僻事简,民俗淳厚。欧阳修被贬至此,正好优游山水。醉翁亭在滁州琅琊山,为僧人智仙所筑,欧阳修为之命名。滁州之贬,是欧阳修诗风的转折点,早期激扬肆厉的诗篇减少,而平易闲适的篇什增多,此诗即以闲旷为特征。

四十未为老,"醉翁"偶题篇。
醉中遗万物,岂复记吾年?
但爱亭下水,来从乱峰间。
声如自空落,泻向两檐前。
流入岩下溪,幽泉助涓涓。
响不乱人语,其清非管弦。
岂不美丝竹,丝竹不胜繁。
所以屡携酒,远步就潺湲。
野鸟窥我醉,溪云留我眠。
山花徒能笑,不解与我言。

惟有岩风来，吹我还醒然。

　　四十未为老，"醉翁"偶题篇——四十岁年纪并不算老，"醉翁"只是偶尔借题做文章。题篇，指欧阳修所作的《醉翁亭记》。欧阳修谪滁州而始号"醉翁"，时欧阳修年方四十，"名虽为翁实少年"，鲜明地表明欧阳修在经历景祐以来一系列政治变故之后心理上的深刻变化。就"醉翁"二字而言，如果"翁"字反映了对时事的倦怠心理，那么一个"醉"字则表达了他纵情诗酒山水的放逸之情。

　　醉中遗万物，岂复记吾年——遗：遗失，遗忘。醉中已将万物遗忘，哪里还记得自己年少年长？酒是排闷解忧之物，对于欧阳修来说，同时又是其放怀尘外，通致山水之乐的手段，即所谓"醉翁之意不在酒，在乎山水之间也"。

　　但爱亭下水，来从乱峰间——亭下水，指醉翁亭下的琅琊溪。只是珍爱那亭下的溪水，在群峰环抱中穿绕奔流而过。

　　声如自空落，泻向两檐前——那水声就像从空中落下，在亭子的两檐之间淙淙作响。

　　流入岩下溪，幽泉助涓涓——涓涓：水细流貌。流水汇入高岩下的深溪，清幽的泉水增加了涓涓细浪。

　　响不乱人语，其清非管弦——泉声很小，绝不妨碍谈话，又很清脆，与管弦之声大不一样。管弦：管乐器与弦乐器，与下句的"丝竹"同义，都指各种乐器。

　　岂不美丝竹，丝竹不胜繁——弹琴吹笛岂不美妙动听？但声音嘈杂令我心烦。繁，既指丝竹之声嘈杂，亦指诗人内心烦躁。这几句描写泉声清脆，自然之声不是乐声却胜似乐声，可以清心，这正是山水之乐的妙处和欧阳修乐此不疲的原因。

　　所以屡携酒，远步就潺湲——潺湲：溪水缓缓流淌的样子。所以我多次携着美酒，不顾道远，走近这潺潺清泉。

　　野鸟窥我醉，溪云留我眠——枝头野鸟偷看我的醉态，留我睡的是溪畔的烟云。

　　山花徒能笑，不解与我言——笑：形容山花烂漫盛开的样子。山花烂漫，只会对我含笑。经过反复的山水宴游，欧阳修逐步融入山水自然，几乎回归到了早年"我醉欹云眠"的闲适放达之境。

　　惟有岩风来，吹我还醒然——惟有那高岩上的凉风，把我从醉梦中吹醒。最后两句也隐约透露出诗人想忘情于世而不能的心理状态。

　　欧阳修在庆历年间的党争中，极力支持范仲淹等改革派，屡遭打击以至贬黜。

但他豁达大度,绝无孜孜以求的丑态。他自号"醉翁",晚年又号"六一居士",自谓:"吾家藏书一万卷,集录三代以来金石遗文一千卷,有琴一张,有棋一局,而常置酒一壶,以吾一翁,老于此五物之间,是岂不为'六一'乎?"这真是值得称道的生活态度。此诗以轻松的笔调、明快的语言描写醉翁亭周围的山水景物,抒发了自己在贬谪中对大自然的热爱和闲适旷达的心情。末句也隐约透露出不能忘怀世事的情怀。与早年诗酒吟放出于青春之"漫浪"不同,这一时期的山水之乐主要用以弥合心灵之创伤。在欧阳修被贬谪滁州以来的作品中,反复描写了这样一个情节,就是"始翁之来,兽见而深伏,鸟见而高飞。翁醒而往兮醉而归,朝醒暮醉兮无有四时。鸟鸣乐其林,兽出游其蹊。咿嘤啁喑于翁前兮醉不知"(《醉翁吟并序》)。欧阳修之走向山水须借助于酒的力量,以自己的颓然忘我与鸟兽的自然无知相谐和,从而把握心灵的自由欢乐。"野鸟窥我醉,溪云留我眠","惟有岩风来,吹我还醒然",正是这种乐观主义精神和忘情于山水的悠然情调的最好写照。

幽谷晚饮

　　庆历六年(1046)作。欧阳修自被贬滁州以来,醉心山水,超然物外,常游琅琊山,并在山上建丰乐亭。幽谷泉位于丰乐亭畔,其发现颇具戏剧性。据宋·吕本中《紫薇杂记》载,欧阳修一日宴客,有人以新茶进献,他急忙派人汲酿泉泡茶。谁知仆人偷懒,就近汲另一泉水回来。欧阳修一尝水味颇好,但不类酿泉之味,经过追问,仆人才说出是在幽谷下所汲。欧阳修一时兴起,便邀客人同访幽谷,流连至晚方归。全诗以泉为主线,脉络分明,摇曳多姿,语言洁净鲜明,流畅平易。结句以谱曲来形容泉声之美,颇有新意。

　　　　一径入蒙密,已闻流水声。
　　　　行穿翠筱尽,忽见青山横。
　　　　山势抱幽谷,谷泉含石泓。
　　　　旁生嘉树林,上有好鸟鸣。
　　　　鸟语谷中静,树凉泉影清。
　　　　露蝉已嘒嘒,风留时泠泠。
　　　　渴心不待饮,醉耳倾还醒。
　　　　嘉我二三友,偶同丘壑情。
　　　　环流席高荫,置酒当峥嵘。

是时新雨馀,日落山更明。
　　山色已可爱,泉声难久听。
　　安得白玉琴,写以朱丝绳?

　　一径入蒙密,已闻流水声——蒙密:竹林茂密,浓荫笼罩。一条弯曲的小路直通茂密的山林,隔着厚厚绿色已隐隐能听到潺潺流水的声音。

　　行穿翠筱尽,忽见青山横——筱:小竹子。走完了翠竹遮掩的山路,忽然看到巍巍的青山横亘在眼前。

　　山势抱幽谷,谷泉含石泓——石泓:由山间凹石天长日久积水而成的小潭。山势曲折,环抱着幽深山谷,凹石积水而成的小潭,清泉盈盈。首六句写诗人饶有兴趣地约人偕往幽谷,曲径通幽,行到尽头,豁然开朗,但见丰山耸然特立,一面高峰,三面竹岭环抱,有谷窈然而深藏,中有清泉,瀺然而涌出。面对这般秀丽的自然景观,欧阳修俯仰左右,顾而乐之,乃引泉为池,凿石辟地以为亭,与滁人往游其间,并有《丰乐亭记》志其盛。

　　旁生嘉树林,上有好鸟鸣——两旁长满了美好的树木,林间小鸟发出悦耳的歌声。

　　鸟语谷中静,树凉泉影清——鸟声反衬得山谷更加幽静,树影倒映泉中,更觉泉水清澈透明。

　　露蝉已嘒嘒,风留时泠泠——嘒嘒:蝉鸣声。泠泠:形容习习凉风吹拂,凉爽宜人。饮露的秋蝉已开始喧闹,谷中清风回荡,时觉凉气袭人。这几句具体描写幽谷周边的环境,突出一个"幽"字,"鸟鸣山更幽",以鸟和蝉的鸣声衬托山谷的幽静,以风凉水清说明环境的宜人,这正是诗人渴慕已久的休憩胜地。

　　渴心不待饮,醉耳倾还醒——渴心:渴盼之心。倾还醒:虽然已有醉意,但还侧耳倾听。心情急切,未饮已有醉意,侧耳细听,好像我还清醒。

　　嘉我二三友,偶同丘壑情——丘壑情:性喜山林丘壑之情。最可称道的是我那二三好友,同我一样,也有游山玩水的雅兴。

　　环流席高荫,置酒当峥嵘——在高树的浓荫下环流而坐,面对峥嵘的群山,高举酒杯。这几句开始进入正题,写诗人和好友在幽谷宴饮,身心俱醉,日暮而忘归,这也就是欧阳修所称赏不已的山林泉石之乐。

　　是时新雨馀,日落山更明——这时刚好下过一场大雨,日落时分,峰峦更加鲜妍。

　　山色已可爱,泉声难久听——山色可爱,令人流连忘返,天色已晚,不能久赏鸣泉。

安得白玉琴,写以朱丝绳——怎能得到一张白玉琴,将这泉声谱成琴曲,长留心田?这两句形容泉声美妙,而人却不能久留山中,因此希望把它谱成琴曲,以供随时欣赏,陶冶性灵,表明诗人对幽谷的留恋不舍之情。

滁州,山明水秀,景色宜人。欧阳修也写过不少歌咏自然景观和人文景观的诗歌,其创作成就堪与年轻时宦游西洛时的山水记游诗媲美,但其情调风格却又出现了鲜明的差别。在西洛,诗人初出茅庐,与诗朋文友酣歌畅游,无忧无虑,诗风飘逸,洋溢着青春的活力。而此时此刻,欧阳修已经历过宦海风涛的洗礼,丰富的阅历,加深了对人生的体认。在他笔下的山川风物在不同程度上染上了幽独的色彩,格调与韦应物守滁时的诗作和柳宗元以《永州八记》为代表的山水游记散文比较接近。这首《幽谷晚饮》即是此类诗作的代表。离开滁州后不久,欧阳修话及这段经历,发表了这样的经验之谈:"知道之明者,固能达于进退穷通之理,能达于此而无累于心,然后山林泉石可以乐。"(欧阳修《答李大临学士书》)从年少的青春之乐到"醉翁"的达理而后为乐,为乐则同,而人格心理已有了经历世事的理性厚度。

重读《徂徕集》

庆历七年(1047)作。《徂徕集》是石介的诗文集。石介(1005—1045),字守道,山东徂徕(今山东兖州境内)人,曾躬耕、讲学于家乡徂徕山,人称"徂徕先生"。欧阳修说他:"刚果有气节,力学,喜辨是非,真好义之士也。"(欧阳修《上杜中丞论举官书》)天圣八年(1030)进士,庆历初年,任国子监直讲,庆历中擢太子中允,对北宋诗文革新运动做过重要贡献,又积极支持庆历新政,做长诗《庆历圣德颂》,因此引起贵族保守派夏竦的嫉恨。"新政"失败后,他也被列入"朋党",遭到诬陷打击,当年病死在家中。

石介死后,夏竦又诬他是诈死,人已投奔契丹。仁宗派员去兖州开馆验尸。由于参加石介丧事的数百人具结作保其已死,才"仅免斫其棺",但家属都受株连被"羁管于他州"。庆历六年(1046),作者写过长诗《读〈徂徕集〉》,对石介的身世、人品、文才作了高度的评价。《重读〈徂徕集〉》写于次年。当时,欧阳修因遭诬陷,被贬到滁州,重读亡友石介的《徂徕集》,感慨万千,于是写下这首告慰友人,抒发激愤,痛惜"新政"夭折的长诗。诗人借古论今,慷慨陈词,感情真挚强烈,论辩泼辣有力,虽然议论多了一点,但与全诗浑然一体,并不枯燥。"下纡冥冥忿,仰叫昭昭天",十个字感天动地。

> 我欲哭石子,夜开《徂徕编》。
> 开篇未及读,涕泗已涟涟。
> 勉尽三四章,收泪辄忻欢。
> 切切善恶戒,丁宁仁义言。
> 如闻子谈论,疑子立我前。
> 乃知长在世,谁谓已沉泉。
> 昔也人事乖,相从常苦艰。
> 今而每思子,开卷子在颜。
> 我欲贵子文,刻以金玉联。
> 金可烁而销,玉可碎非坚。
> 不若书以纸,六经皆纸传。
> 但当书百本,传百以为千。
> 或落于四夷,或藏在深山。
> 待彼谤焰熄,放此光芒悬。
> 人生一世中,长短无百年。
> 无穷在其后,万世在其先。
> 得长多几何,得短未足怜。
> 惟彼不可朽,名声文行然。
> 谗诬不须辩,亦止百年间。
> 百年后来者,憎爱不相缘。
> 公议然后出,自然见媸妍。
> 孔孟困一生,毁逐遭百端。
> 后世苟不公,至今无圣贤。
> 所以忠义士,恃此死不难。
> 当子病方革,谤辞正腾喧。
> 众人皆欲杀,圣主独保全。
> 已埋犹不信,仅免斫其棺。
> 此事古未有,每思辄长叹。
> 我欲犯众怒,为子记此冤。

下纾冥冥忿,仰叫昭昭天。
书于苍翠石,立彼崔嵬巅。
询求子世家,恨子儿女顽。
经岁不见报,有辞未能诠。
忽开子遗文,使我心已宽。
子道自能久,吾言岂须镌。

我欲哭石子,夜开《徂徕编》——我要为石介先生痛哭一场,夜里打开《徂徕集》,想读他的文章。

开篇未及读,涕泗已涟涟——涕泗:鼻涕眼泪。涟涟:泪流不断的样子。翻开他的书,还未及读,心情激动,已经泪水涟涟。

勉尽三四章,收泪辄忻欢——勉:勉强,勉力。忻:同"欣"。勉强读了三四章,收住泪水,不禁喜气洋洋。

切切善恶戒,丁宁仁义言——切切:形容督责勉励诚挚恳切。先生言词恳切,以善恶相警戒,反复叮咛,将仁义宣扬。

如闻子谈论,疑子立我前——我好像在听你谈论,你仿佛就站在我的面前。

乃知长在世,谁谓已沉泉——泉:即黄泉,人死称入黄泉。沉泉意即入黄泉。我知道你仍活在世上,谁说你已经埋入地下?

昔也人事乖,相从常苦艰——乖:相违。过去人事多艰,常与愿违,想同你在一起,非常困难。人事乖,指"庆历新政"颁布后,石介曾做长诗《庆历圣德颂》,对宋仁宗和新政领袖人物范仲淹等称誉备至,而对保守派人物则痛加贬斥,直指原枢密使夏竦为大奸。夏竦为之切齿,诬陷打击石介。

今而每思子,开卷子在颜——颜:颜面,犹言面前。从今以后,每当思念你,打开书,你就在我面前。

我欲贵子文,刻以金玉联——金玉联,指以金玉为碑版,镌刻石介的文章。

金可烁而销,玉可碎非坚——然而黄金也会销融,玉石也会碎裂,不算最坚。

不若书以纸,六经皆纸传——六经:儒家的六部经典,即《诗》、《书》、《礼》、《易》、《乐》、《春秋》。还不如书写在纸卷上,因为六经都靠纸流传。

但当书百本,传百以为千——只要书写一百本,以百传千,就可以流布四方。

或落于四夷,或藏在深山——四夷:古代称中原以外的各少数民族地区。有的传入边远民族,有的在深山珍藏。

待彼谤焰熄,放此光芒悬——谤焰:诽谤的气焰。指夏竦等人造谣诽谤,诬陷石介私通契丹,企图谋反一事。光芒:指文章的光辉。唐·韩愈《调张籍》:"李杜文章在,光焰万丈长。"悬:高照。待到他年毁谤你的毒焰消失,它们就会放射出无尽的光芒。石介虽免于死后斫棺,但围绕着他的诬陷之辞仍延续了好几年。直到十多年后,因为已确知契丹无石介其人,契丹也一直没有发兵,诽谤之辞才不攻自破,世人于是共指夏竦确为大奸。

人生一世中,长短无百年——人一生活在世上,长长短短不过百年时光。

无穷在其后,万世在其先——他身后还有无穷岁月,他身前已有万代之长。

得长多几何,得短未足怜——要得高寿,能高多少?即使短命,也不值得哀伤。

惟彼不可朽,名声文行然——文行:文章德行。然:如此,指不可朽。只有文章德行才能不朽,人的声名正是这样。

谗诬不须辩,亦止百年间——遭到谗言诬蔑不需辩白,不出百年便可止谤。

百年后来者,憎爱不相缘——缘:沿袭,关联。百年后的人,已没有利害关系,不会抱着现在的爱憎不放。

公议然后出,自然见媸妍——公正的议论那时才能出现,善恶美丑自然昭彰。

孔孟困一生,毁逐遭百端——毁逐:谗毁驱逐。指孔子、孟子到处游说诸侯,不受重用,以致流寓困厄。孔子孟子,困顿一生,受毁谤、被驱逐,千般百样。

后世苟不公,至今无圣贤——假如后世没有公正的评价,至今哪有什么圣贤忠良。

所以忠义士,恃此死不难——此:指文章德行。所以忠肝义胆的志士仁人,凭着后世公论甘赴刑场。以上六句言孔孟生前遭毁逐,但后世称为圣贤,可见公道在人心,因而忠义之士不惧成仁取义。

当子病方革,谤辞正腾喧——革(jí):病危。腾:指谣言沸腾。当你病势沉重的时候,毁谤你的谣言正四处喧腾。

众人皆欲杀,圣主独保全——政敌们都想杀害你,赖有皇上圣明才免遭殃。

已埋犹不信,仅免斫其棺——斫:以刀斧劈开。石介死后,朝中大臣夏竦向仁宗进谗言,说石介没有死,已逃往契丹,仁宗将信将疑,要派人去开棺验尸,被谏方止。尸骨已埋,有人还不相信,仅仅免掉开棺验尸,祸及泉壤。

此事古未有,每思辄长叹——这样的事自古从未有过,每想到此,就令人长叹心伤。

我欲犯众怒,为子记此冤——我决定要冒犯众怒,为你记下这一旷古奇冤。

下纾冥冥忿,仰叫昭昭天——纾:解除。冥冥:昏暗幽深的阴间,借指死者。昭昭:明亮。昭昭天,犹现代语"青天"。下为死者解忿,上呼青天叫冤。

书于苍翠石,立彼崔嵬巅——崔嵬:高大貌。巅:山顶,指徂徕山顶。把这事刻写在苍翠的石碑上,把石碑立在徂徕山最高的地方。

询求子世家，恨子儿女顽。经岁不见报，有辞未能诠——顽：顽钝，反应迟缓。报：回报，指石介儿女回答欧阳修关于石介家世的询问。诠：诠次，刻写，指为石介作传刻石。欧阳修曾打听石介的家世勋业，但去信经年，不见回信，怀疑是石介儿女蠢笨不懂事之故。其实他错怪了石介的儿女。据《续资治通鉴》记载：石介被诬后，妻儿皆受牵连，被"羁管于他州"，当时不可能给他回信。欧阳修不知道这一情况，因得不到石介子女的回讯，误以为他们迟钝。

忽开子遗文，使我心已宽——忽然打开先生的遗文，愁闷的心情顿时开朗。

子道自能久，吾言岂须镌——道：立身为政的准则。先生的道德文章自能长久，我的文章又何须刻在碑上。镌：刊刻。末句言石介有文章传世，自能不朽，无须再"树碑立传"，这是对石介道德文章的奖誉之词。后来欧阳修还是写了《徂徕先生墓志铭》。

【新评】

庆历五年，范仲淹、富弼等被诬为"朋党"，相继罢职。石介也在"党人"之列，就在这一年的七月，石介病死于家中。当时，徐州有孔某谋反败露，抄家时搜出石介过去给他的书信。夏竦得知此事，又向宋仁宗诬告说："石介其实没有死，被富弼派往契丹借兵去了，富弼准备做内应。"夏竦这一着极狠毒。因为富弼、范仲淹、杜衍、韩琦等都曾举荐过石介，欧阳修早年就与石介为文字交，诬陷如成功，可以借端株连，将"新政"人物全部置于死地。当时的监察御史何郯曾入木三分地指出："夏竦岂不知石介已死，然其如此者，其意本不在石介。盖以范仲淹、富弼在两府日，夏竦曾有枢密使之命，当时亦以群议不容，即行罢退，疑仲淹等同力排摈，以石介曾被仲淹等荐引，故欲深成石介之恶，以污忠义之臣。"（《长编》卷一六〇庆历七年）

欧阳修为此悲愤填膺，含泪写下了《重读〈徂徕集〉》。长诗指出，毁谤虽喧嚣于一时，但历史必将作出公正的裁决。对石介的诬陷，实际上是当朝权贵保守势力为反对政治改良而策划的一个阴谋，欧阳修此时为石介纾忿，实际上也是纾"庆历新政"夭折之忿。

这首诗虽然议论过多，但写得感情真挚，雄辩滔滔，十分感人。古人评价云"英辩超然，能破万古毁誉"，可见以议论为诗也有其特殊的作用，在艺术上也有其独到的效果。欧阳修的诗以气格为主，以矫西昆之失，用语平易自然。其长篇多效韩愈，以文为诗而多议论，但又不像韩愈那样故作盘空硬语。在力主"发声通下情"这一点上又与白居易相似。今人钱钟书先生尝谓其"苦学昌黎，参以太白、香山"，"要想一方面保存唐人定下来的形式，一方面使这些形式具有弹性，可以比较的畅所欲言而不至于削足适履似的牺牲了内容，希望诗歌不丧失整齐的体裁而能接近散文那样的流动潇洒的风格"(钱钟书《宋诗选注》),可谓独具慧眼的卓评。

丰乐亭游春(三首选一)

题解

这首诗写于庆历七年(1047)春。丰乐亭在滁州西南一里许的丰山北麓,琅琊山幽谷泉上。亭为欧阳修任知州时所建,时在庆历六年(1046)。他写了一篇《丰乐亭记》,记叙了亭子附近的自然风光和建亭的经过,后由苏轼书写刻石,美景、美文、美书,三美兼具,从此成为著名的游览胜地。丰乐亭周围景色四时皆美,这组诗则撷取四时景色中最典型的春景加以描绘。本诗为第三首,诗题是写"亭"的,前三句未见亭字,只从周围景色写出亭上所见,末句点题,立意在一个"乐"字上,诗人之乐,游人之乐,跃然纸上,其中又隐含了诗人的惜春之情,历来为人所称道。

红树青山日欲斜,长郊草色绿无涯。
游人不管春将老,来往亭前踏落花。

新解

红树青山日欲斜,长郊草色绿无涯——这两句是山景的直接描绘,一轮红日西下,映照一抹青山,满树红花和一望无边的春草碧色。这幅春色傍晚图是浓墨重彩的,山是青的,树是红的,草是绿的,有近景也有远景,从眼前所见的红树、绿草推及远处的青山、夕阳和无际的绿草。诗人让红树、青山和绿草都笼罩在夕阳的馀晖中,构成了绚丽多姿的色彩,各种色彩争奇斗妍,真有唐·韩愈《晚春》诗中"草木知春不久归,百般红紫斗芳菲"的景况。

游人不管春将老,来往亭前踏落花——在前两句写景的基础上抒情。天已暮,春将归,然而多情的游客却不管这些,依旧踏着落花,来往于丰乐亭前,欣赏这暮春的美景。有的本子"老"字作"尽",两字义近,但"老"字比"尽"字更能传神。这两句把对春天的眷恋之情写得既缠绵又酣畅。欧阳修是写惜春之情的高手,他在一首〔蝶恋花〕词中有句云"泪眼问花花不语,乱红飞过秋千去",真是令人肠断;而本诗"来往亭前踏落花"的多情游客,也令读者惆怅不已。在这里,惜春、伤春和恋春的情绪是很含蓄的,惜而不悲,能使人感到一种宁静中的欢乐。

新评

欧阳修被贬知滁州以后,非常喜爱那里的山水美景。庆历六年(1046),他在琅琊山幽谷泉辟地建亭,名为"丰乐亭",著名的《丰乐亭记》就是记录这事的。次年春天,作者又来到这里,在大好春光的感染下,写下了题为《丰乐亭游春》的组诗共三首,这首是其中之一。诗的前两句写景,后两句抒情。写景,鲜艳斑斓,多姿多彩;抒情,明朗活泼而又含意深厚,结句抒发了作者伤春惜花之情,情致缠绵,馀音袅袅,又颇富哲理,耐人寻味。欧阳修深于情,他的古文也是以阴柔胜,具一唱三叹之致。如果结合他的散文名作《醉翁亭记》和《丰乐亭记》来欣赏本诗,更能相映成趣。

百子坑赛龙

庆历七年(1047)作。庆历六年冬和七年春,欧阳修曾致书韩琦、杜衍,告以滁州旱情。此诗写赛龙祈雨,因此可定为七年春作。百子坑也叫柏子潭,位于滁州城西南三里,旁有柏子庙,为祭神祷雨之所。据《滁州志》:"柏子龙潭庙在城西南三里柏子潭侧,旧名会应。宋《元符旧志》云:乾德四年(966),知州高宝应建祠,绘五龙像。"潭今存,距丰乐亭不远,庙已无。赛龙,也称"赛神",陈酒食祭祀龙神,伴以鼓乐、仪仗、杂戏的一种还愿酬神活动。此诗本是写人间赛龙求雨的场面,在诗人的脑中却幻想成真龙腾空,雷轰电走,大雨滂沱,须臾雨过天晴,绿野铺云的景象,十分引人入胜。

　　嗟龙之智谁可拘,出入变化何须臾。
　　坛平树古潭水黑,沉沉影响疑有无。
　　四山云雾忽昼合,瞥起直上拿空虚。
　　龟鱼带去半空落,雷轰电走先后驱。
　　倾崖倒涧聊一戏,顷刻万物皆涵濡。
　　青天却扫万里静,但见绿野如云敷。
　　明朝老农拜潭侧,鼓声坎坎鸣山隅。
　　野巫醉饱庙门阖,狼藉乌鸟争残馀。

嗟龙之智谁可拘,出入变化何须臾——拘:限制。神龙的灵智谁能限制?转瞬间,千变万化何其匆匆。龙善变化,《说文解字》云:"龙,鳞虫之长,能幽能明,能细能巨,能长能短。春分而登天,秋分而潜渊。"因此龙实为古代传说中的一种善变化、兴云雨、利万物的神物。旧时农村各地都有龙王庙,庙中供奉龙王爷,以求龙王保佑,兴云布雨,风调雨顺。头两句赞叹神龙变化瞬息,人类无法拘制,以引出下面的描述。

坛平树古潭水黑,沉沉影响疑有无——坛:求雨的祭台。沉沉:潜伏不动的样子。影响:指龙的影子、响动。这两句写龙变化之前一切都显得十分平静,祭坛平坦,潭水深黑,水面沉沉,四周古木苍苍,悄无声息,令人不禁对有无神龙产生一丝疑虑。

四山云雾忽昼合,瞥起直上拿空虚——瞥:一瞥,即一瞬间。空虚:云雾。拿空虚,即拿云,(神龙)上干云雾之意。这两句照应"出入变化何须臾",各个山头的云雾突然合拢,遮蔽了白日的天空。

龟鱼带去半空落,雷轰电走先后驱——先后驱:指雷电连接不断,仿佛如互相追逐,把龟鱼卷上高空又落下,闪电伴随着雷声隆隆。

倾崖倒涧聊一戏,顷刻万物皆涵濡——涵濡:湿润。大雨倾崖倒涧,不过是神龙偶尔显神通。顷刻大地雨水足,万物滋润更丰茂。

青天却扫万里静,但见绿野如云敷——敷:铺开,展开。顷刻之间,雨足田润,旱情解除,大地万物滋润。晴空如洗,万里无云,四野碧绿,就如天上的碧云溶化到地下来了。以上八句是全诗的主要部分,也许求雨心切吧,刚刚还是潭水沉沉,毫无动静,人们心中正在疑惑,可是诗人脑中倏然幻化出乌云四合,神龙腾空,雷轰电走,大雨滂沱,须臾雨过天晴,呈现出一幅绿野铺云的美丽景象。

明朝老农拜潭侧,鼓声坎坎鸣山隅——坎坎:形容鼓的声音。《诗经·陈风·宛丘》:"坎坎击鼓。"到了明天早晨,老农来到潭边答谢神龙,击鼓冬冬,响遍山间。

野巫醉饱庙门阒,狼藉乌鸟争残馀——残馀:指被巫师吃剩的谢神食物。祈雨如愿,雨足田润,全诗到此本来可以结束了,诗人却出人意外地加上四句:设想了明天老农前来谢神,野巫大嚼祭品,连野鸟也跟着沾光的情景。这就把读者从幻想的境界,拉回到现实中来:这一切不过是赛龙求雨想像之辞而已。

诗写祭神求雨的情状,想像丰富,笔力恣肆,得力于李白诗风甚多。单读其诗,似乎是求雨成功,天从人愿,但细味题目,但言赛龙,不言喜雨,便透露出这不过是诗人的想像之词罢了。

欧阳修在做地方官时多能体察民情,因地制宜,兴利除弊,有所作为,并形成了宽而不苛,简而不劳,不务虚名,但求实效的为政作风。范镇《东斋纪事》、欧阳发《事迹》、朱熹《名臣言行录》、《宋史》本传都有欧公"喜谈政事",重视治迹的记载。欧阳修的这一个性作风主要得益于基层官僚家庭勤谙吏事,客观务实的传统。欧阳修《泷冈阡表》颂其父为吏阅案勤谨,《与十三侄奉职》诫其侄"官职难得"、"当思爱惜",都见出这一家教传统的深厚影响。从诗中可知作为地方父母官的欧阳修不仅能与民同乐,亦能与民共苦,急民所急,这一点至为难得,而这也正是欧阳修一以贯之的勤政爱民思想的反映。

画眉鸟

【题解】

庆历七年(1047)作,题下原注云:"一作《郡斋闻百舌》。"欧阳修于至和初作《书三绝句后》云:"前一篇,梅圣俞咏泥滑滑;次一篇,苏子美咏黄莺;后一篇,余咏画眉鸟。三人者之作也,出于偶然,初未始相知,及其至也,意辄同归,岂非其精神会通遂暗合耶?自二子死,余殆绝笔于斯也。"梅尧臣有《禽言》四首,其中《竹鸡》诗云:"泥滑滑,苦竹岗;雨潇潇,马上郎。马蹄凌兢雨又急,此鸟为君应断肠。"苏舜钦有《雨中闻莺》诗云:"娇骏人家小儿女,半啼半语隔花枝。黄昏雨密东风急,响此飘零欲泥谁?"三诗均托物抒情,寓人生坎坷,故欧阳修谓"意辄同归"。

  百啭千声随意移,山花红紫树高低。
  始知锁向金笼听,不及林间自在啼。

百啭千声随意移,山花红紫树高低——首二句生动描写画眉鸟纵情活跃的情态。啭:鸟类婉转啼叫。画眉又名"百舌",善啼喜斗。诗人观察细腻,画眉鸟百啭千声的啼鸣,高低雀跃于林间的习性,跃然纸上,写得很有情致。

始知锁向金笼听,不及林间自在啼——金笼:即金丝笼,画眉鸟可笼养。末二句以"金笼"、"林间"对举,指出画眉鸟生活在万紫千红的林中,其乐无央,并从中升华出理性的思考,道出自由之可贵,富有理趣,分明已具宋人格调。

这是一首著名的咏物诗,写于庆历七年作者被贬滁州期间。诗中通过对画眉在林中与笼中两种不同生存状态的对比描写,言外之意,作者以画眉鸟自比,处于朝廷派系斗争之中,不如置身于惊涛骇浪之外,抒发了诗人对官场的厌倦和对自由的向往之情。同时,也表现了作者对封建社会禁锢思想、压制人才的不满。语言自然清新,颇富理趣,有思致,有妙悟,颇可吟味。

田　家

【题解】

　　庆历七年（1047）春作。欧阳修被贬滁州已是第三个年头，滁州的青山绿水似已疗好了诗人的创伤，愤懑的心情逐渐平复，与当地老百姓的关系也日渐密切，因而有闲情去欣赏农村的风物，体验农民的喜怒哀乐。诗写农村风情及田家生活，情调明朗，色彩浓郁，亦如杏花春月，悦人耳目。

　　绿桑高下映平川，赛罢田神笑语喧。
　　林外鸣鸠春雨歇，屋头初日杏花繁。

【新解】

　　绿桑高下映平川，赛罢田神笑语喧——首二句写农村风情，翠绿的嫩桑连成一片，高低错落，映带平川，农民们祭罢田神归来，一路上笑语喧腾。田神：古代传说中掌管农事的神，又称"社神"。赛田神，是指古代农村中一种在田神庙前表演歌舞、祈祷丰年的祭祀活动。一般每年有两次，一次在"立春"后第五个戊日，称"春社"；一次在"立秋"后第五个戊日，称"秋社"。此处写的是春季的赛神活动，从诗中所写的景物来看，时间应晚于立春日，在二三月之间，是立春后的又一次赛神活动。

　　林外鸣鸠春雨歇，屋头初日杏花繁——后二句选取最富江淮特色的镜头，描画了一幅桃花源般的人间至美之景。一阵春雨过后，出林的斑鸠叫得正欢。墙头上刚刚升起的红日，照得杏花多么鲜艳耀眼。与南宋诗人陆游的名句"小楼一夜听春雨，深巷明朝卖杏花"相比，有异曲同工之妙。

　　滁州地处江淮，山明水秀，景色宜人。欧阳修写过许多歌咏滁州自然景观和人文景观的诗篇。《田家》即描写农村的秀丽春色，表现了春暖花开时节，田家祝愿丰收的欢乐心情。诗人选取富有春天特征的景物，组成四幅优美画图，有声有色，情景交融，堪称诗中有画、画中有诗的佳作。欧阳修的景物诗，善于以明净流畅的语言刻画那种生机盎然、充满活力的自然景观，此诗可为一证。

别　滁

【题解】

这首诗写于庆历八年（1048）闰正月。《年谱》载："庆历八年戊子，闰正月乙卯，转起居舍人，依旧知制诰、徙知扬州。二月庚寅至郡。"这是作者在滁州吏民为他饯行时的即兴之作，诗中表达了对滁州依依惜别之情。

花光浓烂柳轻明，酌酒花前送我行。
我亦且如常日醉，莫教弦管作离声。

【新解】

花光浓烂柳轻明——首句写景，点明别滁的时间是在春光融融的季节。欧阳修由滁州徙知扬州，朝廷的公文是庆历八年闰正月乙卯下达的，抵达扬州为二月庚寅。此诗大概即写于二月。滁州地处南方，地气较暖，早春二月已是花光浓烂，柳丝轻明。首句不仅写出了别滁的节候特征，也为全诗定下了舒坦开朗的基调。

酌酒花前送我行——次句叙事，写当地吏民特意为欧阳修饯行。"酌酒花前"，是众宾客宴送知州，还有丝竹管弦助兴，气氛显得热烈隆重，写出了官民同乐及滁州民众对这位贤明知州离任的一片深情。

我亦且如常日醉，莫教弦管作离声——后两句是抒情，诗人把自己矛盾、激动的心情以坦然自若的语言含蓄地表达了出来。欧阳修在滁州任职期间，颇有惠政。饯行时当地父老向他所表示的真挚的感情，使诗人的内心久久不能平静：二年多的贬谪生活即将过去，这里地僻事简，民风淳厚，如今离别在即，滁州的山山水水，吏民的热情叙别，使他百感交集，"我亦且如常日醉"的"且"字，看似不经意间出之，却写出了诗人与众宾客一起开怀畅饮时的神情意态和他的内心活动。结句用的是反衬手法，在这种饯别宴上作为助兴而奏的音乐，当是欧阳修平时爱听的曲调，但因离忧萦心，所以越是悦耳的曲调，内心就越感到难受。"莫教弦管作离声"，发人思索，馀韵不尽。

【新评】

欧阳修被贬谪滁州两年过后，仁宗幡然悔悟，意识到欧阳修确乎负谤受屈，对他处置不公，遂于庆历七年十二月借郊祀施恩，把欧阳修由骑都尉晋升为上骑都尉，由开国子进封开国伯，加食邑三百户。两个月后，又转起居舍人，依旧知制诰，徙知扬州。朝廷终于为欧阳修甄别昭雪、彻底恢复名誉。起复委用，移知大郡，标志着欧阳修仕途出现新的转机,诗人的心情可想而知。"多情自古伤离别",送别宴会上即席赋诗,写下了这首《别滁》,表达对滁州僚佐和乡亲父老的依依不舍之情。诗却写得别开生面,无一字写离别之苦,可与李白《赠汪伦》诗并读。欧阳修晚年所作《忆滁州幽谷》诗云:"主人不觉悲华发,野老犹能说醉翁。"对在滁州两年的贬谪生活,诗人引以为荣,久久不能释怀。

寄生槐

皇祐元年(1049)在颍州作。一本题上有"答张推官庭桧"。张推官名洞,字仲通,皇祐元年任颍州推官,次年调离,欧阳修写过一篇五言长诗《送张洞推官赴永兴经略司》,为之送行。寄生槐是一种似槐的攀附寄生植物,在诗中当暗指高若讷、钱明逸之辈,对他们的丑恶面目,作了深刻揭露。欧阳修认为庆历新政失败及自己被贬逐,都是"小人"诽谤所致;并认为这些"小人"多附托大臣以求荣,至为可恶,应予"剿绝",因此借"寄生槐"抒发自己对这类人物的憎恨。

　　桧惟凌云材,槐实凡木贱,
　　奈何柔脆质,累此孤高干?
　　龙鳞老苍苍,鼠耳光粲粲。
　　因缘初莫原,感咤徒自叹。
　　偷生由附托,得势争葱蒨。
　　方其荣盛时,曾莫见真赝;
　　欲知穷悴节,宜试以霜霰。
　　萌芽起微蘖,辨别乖先见。
　　翦除初非难,长养遂成患。
　　虽然根性殊,常恐枝叶乱;
　　惟应植者深,幸不习而变。
　　含容固有害,剿绝须明断;
　　惟当审斤斧,去恶无伤善!

　　桧惟凌云材,槐实凡木贱——桧:乔木名,叶坚硬似柏,干似松。惟:是。凌云材:直冲云霄的高大木材。首二句对桧和槐两种木材作出定性的评价,"凌云材"、

"凡木贱"说明两者本来非一物,为下句的发问作铺垫。

奈何柔脆质,累此孤高干——奈何:如何,为什么。孤高:独立挺拔。这两句是承上而来,发出这样的疑问:为什么质地柔脆的寄生槐,要死死缠住独立挺拔的桧树呢?

龙鳞老苍苍,鼠耳光粲粲——龙鳞:形容桧树的皮老得像龙的鳞甲一样。苍苍:青黑色。鼠耳:形容初生的槐叶,因它的形状很像鼠耳。《艺文类聚》:"槐,季春五日而兔目,七日而鼠耳,更旬而始规,二句而叶成。"粲粲:鲜明的样子。二句从形状和颜色将桧皮与槐叶作具体的对比,同一棵树上,一似龙鳞,一似鼠耳,极不相称。

因缘初莫原,感咤徒自叹——莫:没有谁。原:推求、研究。感咤:感慨惊奇。它们这种关系的由来,起初谁都没有去推究。自我发现以后,禁不住感慨惊奇,徒自叹息。

偷生由附托,得势争葱蒨。方其荣盛时,曾莫见真赝——葱蒨:草木茂盛的样子。这几句意为:当季节、气候适宜的时候,槐寄生于桧上,长势茂盛,欣欣向荣,因此真假很难分辨得清。

欲知穷悴节,宜试以霜霰——穷:窘困。悴:此作忧患解。二句意谓要想知道桧和槐的节操、本性,只有当天寒霜落、万木凋零的时节,才能分辨得一清二楚。

萌芽起微蘖,辨别乖先见。翦除初非难,长养遂成患——微蘖:树木砍去后又长出的细芽。意为当寄生槐刚刚萌芽时,就应该机警地早加辨别和发现,这时剪除并不很难,而初始的时候不加注意,必将养痈遗患。

虽然根性殊,常恐枝叶乱;惟应植者深,幸不习而变——殊:不同。植者深:种植得深。虽然桧与槐的根本不一样,但与槐共生相习,难免不受影响。幸而由于桧柏植根很深,才免于受寄生槐的浸染而改变本性。

含容固有害,剿绝须明断——含容:宽容。固:本来。剿绝:连根拔掉。明断:准确果断。这两句是对寄生槐说的。

惟当审斤斧,去恶无伤善——审斤斧:砍伐时应审慎。"斤斧"在这里指砍伐。意为砍去寄生槐时注意不要伤及桧柏。

这是一首托物寓意诗。史载,范仲淹、欧阳修等于庆历三年提出的改良措施,到庆历末已废除净尽。朝政腐败至极,大臣因循苟安,滥官污吏充塞全国,人民不堪其苦。欧阳修对此深感痛心。《奉答子华学士安抚江南见寄之作》与本诗写于同一年,思想内容也有近似之处。在诗中他建议韩绛"革侥倖"、"绝贪昏",从整顿吏治着手。本诗中的寄生槐就是象征着那些"侥倖蠹弊"、"贪昏滥官"。他们托附权贵,作威作福,又巧妙地伪装成正人君子,使人一时真伪莫辨。对此,作者除了给以辛辣的讽刺外,还要求在萌芽状态中就识别他们,加以剪除。凌云之桧则是象征着作者心目中的理想人物。对于这种人,作者认为应辛勤培植,细心爱护,使他们能根深叶茂,不受牵缠浸染。这首诗写的虽然是自然界的事物,却具有强烈的社会性与现实性,显然是受到唐代现实主义诗人杜甫、白居易等同类篇章的影响。

鹦鹉螺

【题解】

皇祐元年(1049)冬在颍州作。鹦鹉螺:一种海螺,壳上有红黑色彩,状如鹦鹉,可加工成酒杯,在当时是一种十分珍奇的精美工艺品,非常著名,诗人多有题咏。如陆游《喜事》诗中便有"鹦鹉螺深翻细浪"之句。欧阳修知颍州时常在聚星堂宴集宾客。这首诗便是一次宴集时所作。据《阜阳县志》引《西清诗话》所记,这次宴集赋诗是"分咏室内物",欧阳修得鹦鹉螺杯,吕公著得癭壶,刘原父得张越琴,魏广得澄心堂纸,焦千之得金星砚,王回得方竹杖,徐无边得月砚屏风。此诗中的"负材自累"、"匹夫怀璧"、"陇鸟回头"等句,似是借题发挥,别有所寄。

　　大哉沧海何茫茫!天地百宝皆中藏。
　　牙须甲角争光芒,腥风怪雨洒幽荒。
　　珊瑚玲珑巧缀装,珠宫贝阙烂煌煌,
　　泥居壳屋细莫详。红螺行沙夜生光,
　　负材自累遭刳肠,匹夫怀璧古所伤。
　　浓沙剥蚀隐文章,磨以玉粉缘金黄,
　　清樽旨酒列华堂。陇鸟回头思故乡,
　　美人清歌蛾眉扬,一爵凛冽回春阳。
　　物虽微远用则彰,一螺千金价谁量,
　　岂若泥下追含浆?

　　大哉沧海何茫茫!天地百宝皆中藏——沧海:深绿色的大海。何:多么。茫茫:形容海面辽阔,一望无边。首句劈面而来,情景壮阔,气象宏伟。
　　牙须甲角争光芒,腥风怪雨洒幽荒——牙须甲角,指生活在海里的各种动物。争光芒:它们发出各式各样的光,好像在争奇斗妍。按海底生物有许多能够发光。腥风怪雨：这是写海底动物的灵异，它们都能刮腥风，兴怪雨。如传说中能布云行雨的龙王就是生活在海中的。幽荒：幽远荒僻的地方。

珊瑚玲珑巧缀装，珠宫贝阙烂煌煌——珊瑚：一种腔肠动物分泌的石灰质物质，一般是红色，呈树枝状，可做装饰品。巧缀装：装点得很巧妙。珠宫贝阙：指蚌贝之类的漂亮外壳。"阙"本指宫门上的楼，"宫阙"连用时一般指宫殿，这里借以形容珠贝的外壳。烂煌煌：光华灿烂。

泥居壳屋细莫详——泥居壳屋：指那些更为细小的甲壳动物。细莫详：难以详细了解。首段从大海写起，迤逦而来，描绘出一幅色彩斑斓、千奇百怪的海底生活画面，并逐步落实到红螺。

红螺行沙夜生光，负材自累遭剖肠，匹夫怀璧古所伤——行沙：在浅海的沙底上爬行。剖(kǔ)：从中间破开挖空。匹夫怀璧：《左传·桓公十年》："周谚有之，匹夫无罪，怀璧其罪。"注："人利其璧，以璧为罪。"意思是说，普通百姓本来没有罪过，但他怀里揣着璧玉，有人贪图他的璧玉，便加害他，给他安上罪名，因为怀宝，招来杀身灾祸。在此用这个典故比喻红螺"负材自累"，红螺因具有特殊材质可供人利用，因而累及自身，被挖去软体部分。

浓沙剥蚀隐文章，磨以玉粉缘金黄——浓沙：即卤沙，指海底的沙。作者自注："胡人谓卤沙为浓沙。"文章：即花纹。缘金黄：镶上金黄色的边。全句是说，红螺经海底卤沙的侵蚀，形成了隐隐约约的花纹，表面又有像玉粉一样金黄色的镶边，显得十分华美富贵。

清罇旨酒列华堂——旨酒：美酒。华堂：豪华的厅堂。这句是说，把已经做成的鹦鹉螺杯注上美酒，摆列在豪华的厅堂里设宴，真可谓是物得其所。

陇鸟回头思故乡——陇鸟：鹦鹉产于陇西(今甘肃一带)，所以又叫"陇鸟"或"陇禽"。这句是写酒杯的形状，说它摆在那里活像一只回头思乡的鹦鹉。

美人清歌蛾眉扬，一爵凛冽回春阳——蛾眉：古代形容美女的眉毛像蚕蛾似的。一爵：即一杯。爵是古代酒器。凛冽：这里指美酒冰凉沁齿。回春阳：一杯下肚，好像又回到温暖的春天。

物虽微远用则彰——彰：显著，这里有著名的意思。这句是说，像螺杯这样来自远方而又微小的器物，只要人们用它就会出名。

一螺千金价谁量，岂若泥下追含浆——谁量：谁能估计到呢？含浆：蚌的别名(见《尔雅》)。二句大意是说，谁能估计到一个红螺杯竟然价值千金，哪像当初在烂泥中追随蚌贝的光景呢？

本诗从红螺出产地大海写起，描绘出一幅色彩斑斓、千奇百怪的海底生活画面。接着写螺杯的制作过程,并用拟人化的手法慨叹红螺的"负材自累",因美而殒命,具有较强的象征意味。然后在介绍螺杯用途的同时,刻画了它外形精美,价值昂贵。结尾则多少隐含着一点因物及人的感慨,有"不拘一格用人材"的讽谕之意在内。

全诗想像丰富,刻画生动,句句押韵,并一韵到底,节奏急促,一气呵成,在艺术上是相当成功的。欧阳修曾说:"古诗时为一对,则体格峭健。"(宋·吴可《藏海诗话》,见《历代诗话续编》)可见诗人在作古诗或七言歌行时有意识地羼入对句、律句,于散漫中求整饬,旨在凸现出峭拔的风格。诗中"牙须甲角争光芒,腥风怪雨洒幽荒"、"陇鸟回头思故乡,美人清歌蛾眉扬"等句,属对工巧。据称"中间插入对句,觉前后俱振,是作诗家秘诀"(《雨村诗话》卷下),欧阳修可谓深悟此道。

梦中作

皇祐元年(1049)作。此年正月,欧阳修以目疾为苦,因少私便,移知颍州(今安徽阜阳)。二月抵任,乐颍州西湖之胜,有卜居之意。此诗即抒发心中的感慨。它的妙处是没有把这种感慨直接说出。四句分叙四个不同的意境,都是梦里光景,合起来又是一个和谐的统一体,表达的是一种曲折而复杂的情怀,暗寓诗人既洒脱超越而又留恋人世的出仕与退隐的思想矛盾。这种意在言外的手法,要仔细体味才能明其究竟。

　　夜凉吹笛千山月,路暗迷人百种花。
　　棋罢不知人换世,酒阑无奈客思家。

夜凉吹笛千山月——首句写静夜景色,从"凉"、"月"等字中可知大约是在秋夜。明月当空,夜凉如水,万籁俱寂,这时从远处传来悠扬的笛声,仿佛世外之音。"千山月"三字,意境空阔,给人一种玲珑剔透之感。

路暗迷人百种花——次句刻画的却是另一种境界。"路暗"说明时间也是在夜晚,"百种花"则表明时令已转换成了百花争妍的春天。路暗花繁,意境朦胧,扑朔迷离,意象的跳跃正合梦中做诗的情景。这句与上句形成鲜明对比,又为下二句起了烘托作用。

棋罢不知人换世——第三句借一个传说故事喻世事变迁。据梁·任昉《述异记》卷上记载,晋王质伐木至石室山,"见童子数人,棋而歌,质因听之,童子以一物与质,如枣核,质含之,不觉饥。俄顷,童子曰:'何不去?'质起,视斧柯尽烂。既归,无复时人。"人换世:谓世间人事变迁。这句反映了作者超脱人世卜居颍州之想。

酒阑无奈客思家——末句写酒兴已阑,思家之念不禁油然而生,表明作者虽想超脱,毕竟不能忘情于人世。客:指梦中作者自己。此句以怀乡情绪,暗示梦幻与现实的矛盾,为全篇意旨之归宿。

明·杨慎在《升庵诗话》中曾对此诗做过分析。他认为古人绝句一般有两种不同特点:一种是一句一绝,四句诗是四个不同的独立意境,如古时的《四时咏》:"春水满四泽,夏云多奇峰。秋月扬明辉,冬岭秀孤松。"杜甫《绝句》:"两个黄鹂鸣翠柳,一行白鹭上青天。窗含西岭千秋雪,门泊东吴万里船。"欧阳修这诗也属此类。另一种是"意连句圆",四句意思前后相承,紧密相关,如金昌绪的《春怨》即是。这首《梦中作》确如升庵所说,写的乃是秋夜、春宵、棋罢、酒阑等四个不同的意境,却又浑然天成,不露痕迹。所以清·陈衍《宋诗精华录》卷一评曰:"此诗当真是梦中作,如有神助。"

雪

皇祐二年(1050)初在颍州作。庆历八年(1048)欧阳修从滁州徙知扬州,皇祐元年正月又知颍州。此诗系诗人在聚星堂雪中宴客时作。题下原注:"玉、月、梨、梅、练、絮、白、舞、鹅、鹤、银等事,皆请勿用。"因为禁用陈言,须出新意,人称这种限制为"禁体物语"。体物,就是状物;禁体物语,就是禁用形容所咏事物的词语。南宋·叶梦得《石林诗话》云:"诗禁体物语,此学诗者类能言之也。欧阳文忠公守汝阴,尝与客赋雪于聚星堂,举此令。往往皆搁笔不能下。"说明这种"禁体物语"的诗,不易做好。但欧阳修却能"于艰难中特出绮丽"(宋·胡仔《苕溪渔隐丛话》),至为难得。

新阳力微初破萼,客阴用壮犹相薄。
朝寒棱棱风莫犯,暮雪纚纚止还作。
驱驰风云初惨淡,炫晃山川渐开廓。
光芒可爱初日照,润泽终为和气烁。
美人高堂晨起惊,幽士虚窗静闻落。

酒垆成径集瓶罂,猎骑寻踪得狐貉。
龙蛇扫处断复续,猊虎团成呀且攫。
共贪终岁饱麰麦,岂惧空林饥鸟雀。
沙墀朝贺迷象笏,桑野行歌没芒屩。
乃知一雪万人喜,顾我不饮胡为乐?
坐看天地绝氛埃,使我胸襟如洗瀹。
脱遗前言笑尘杂,搜索万象窥冥漠。
颍虽陋邦文士众,巨笔人人把矛槊。
自非我为发其端,冻口何由发一噱?

新解

新阳力微初破萼,客阴用壮犹相薄——新阳:新春的阳气。晋·谢灵运《登池上楼》:"初景革绪风,新阳改故阴。"初破萼:花萼初开。客阴:冬天的阴气。冬令已过,新春开始,阴气已退居客位,故叫客阴。薄:逼,侵犯。首二句"力微"与"用壮"相对,意谓春天新到,阳气的力量还很微弱,刚能催开含苞待放的花朵;冬令虽已过去,阴气馀威尚在,仍时时来犯。

朝寒棱棱风莫犯,暮雪纷纷止还作——棱棱,寒威凛冽貌,形容严寒。犯:冲犯。纷纷:纷纷下落貌。一早起来,寒风凛冽,令人无法忍受。到傍晚时,一场瑞雪就断断续续地下起来了。

驱驰风云初惨淡,炫晃山川渐开廓——炫晃:形容雪光炫目。开廓:开阔。刚下雪时,狂风怒号,阴云密布,天色惨淡昏暗,雪渐渐下大了,一片白光炫目,雪光映照,山川也逐渐显得开阔。

光芒可爱初日照,润泽终为和气烁——烁:融化,指积雪为暖气所融化。晨起雪停,大雪在初升的阳光照射下,光芒万丈,十分可爱。但和暖的气候,终会把这场大雪融化,润泽田地。

美人高堂晨起惊,幽士虚窗静闻落——幽士:隐士。虚窗:泥墙上开洞为窗叫虚窗,形容隐士的居室很简陋。二句描写"美人"和"幽士"雪后不同的反映:高堂上的美人早晨起来,又惊又喜,虚窗下的隐士则静坐倾听雪花飘落的声音。

酒垆成径集瓶罂,猎骑寻踪得狐貉——酒垆:即酒店。古代酒店都设炉代客烫酒,所以称为酒垆。集:堆积。罂:小口大腹的盛酒瓶。貉:狗獾。二句描写雪后特有的情形。天寒地冻,买酒的人多,卖酒人家门庭若市,踏雪成径,卖空的酒瓶堆了很多。猎人雪后行猎,骑马驰向原野,很容易发现野兽踪迹,猎到狐貉。

龙蛇扫处断复续,猊虎团成呀且攫——龙蛇:形容曲折的道路。猊:狻猊(suānní),即狮子。呀:张口。攫:举爪抓起,形容用雪堆成的狮虎张牙舞爪,神态生动。二句继续描写雪后特有的景象。人们扫雪开路,扫出的雪路弯弯曲曲,像龙蛇蟠舞,时断时续。用雪团堆成的狮子、猛虎,张牙舞爪,模样凶恶,活灵活现。

　　共贪终岁饱牟麦,岂惧空林饥鸟雀——贪:贪图,在此有满足的意思。牟(móu):大麦。二句意谓人人都为这场瑞雪预兆的夏季丰收、终岁温饱而感到满意。难道还有什么人怜惜那些饥饿的鸟雀在空林里找不到食吃么?

　　沙堤朝贺迷象笏,桑野行歌没芒屦——沙堤:即沙堤。据唐·李肇《国史补》记载,唐朝制度,凡拜相礼,府县载沙填路,称作沙堤。象笏:用象牙制的笏版,供朝臣面见皇帝时使用,记事备忘。芒屦(juē):草鞋。上朝贺雪的官员很多,笏版密密麻麻;田野农夫心里喜悦,边走边唱,不顾雪深埋没草鞋。二句写从朝官到村夫,都为这场瑞雪感到欣喜异常,自然引出下句结论。

　　乃知一雪万人喜,顾我不饮胡为乐——顾:可是。胡:何。由此可知,一场大雪,万民欢乐,可是我不能饮酒,以何为乐呢?二句承上启下,作结上篇,并引出下篇"我之所乐"。

　　坐看天地绝氛埃,使我胸襟如洗瀹——氛埃:尘埃。洗瀹(yuè):洗涤。以下各句都是对上句设问的回答。这句说,坐观万里无尘的洁白天地,美好的雪景使我胸襟如洗,俗虑全消。此为一乐。

　　脱遗前言笑尘杂,搜索万象窥冥漠——脱遗:除去。前言:前人习用之言,即指做诗禁用玉、月等体物语。冥漠:幽深广漠,指搜寻范围更深更广。前人吟雪陈言尘俗芜杂,一概弃而不用,在幽深广漠的万象中冥思苦索。此又一乐也。

　　颍虽陋邦文士众,巨笔人人把矛矟——矛矟:形容巨笔都像矛矟一样锐利。虽然颍州地处僻陋,文人雅士却不少,舞文弄墨,文思敏锐。

　　自非我为发其端,冻口何由发一噱——噱(xué):大笑,大乐。若不是我来倡导"禁体"诗,天寒地冻,大家怎能开怀大笑一场呢?这是大乐。

【简析】

　　本篇因是"禁体物语",限制较严,反使诗人难处求深,造意遣词往往出人意表,迥异于作者往常的平易诗风。宋哲宗元祐六年(1091),即欧阳修去世二十年之后,苏轼知颍州时,曾继作一篇,已稍觉逊色。苏诗题为《聚星堂雪并序》,序云:"元祐六年十一月一日,祷雨张龙公,得小雪,与客会饮聚星堂。忽忆欧阳文忠公作守时,雪中约客赋诗,禁体物语,于艰难中特出奇丽。尔来四十馀年,莫有继者。"对此诗的评价并非过誉。

　　此诗围绕"一雪万人喜"为中心,四句一转,揭开一幅接一幅的生动画面,先言春寒雪作,次分写初雪、雪盛、雪晴、雪融四种景况,再写雪中美人、隐士、酒客、猎户的活动,再写雪中道路、庭院、田野、空林的景色,继而写贺雪、歌雪、喜雪、赏雪的情景。最后两层归结到搜句做诗,回扣题目。全诗写来才气横溢,情趣盎然,结构严谨,层次分明,堪称佳作。

庐山高赠同年刘中允归南康

诗写于皇祐三年(1051),是一首赠别之作。当时欧阳修在知应天府(今河南商丘)兼南京留守司事任上。同年:科举时代凡乡试会试同年考中的考生彼此的称呼。刘中允:即刘涣,字凝之,筠州(今江西高安县)人。他是北宋著名史学家刘恕的父亲,与欧阳修同年考中进士,官至太子中允,颍上令,居官正直,不合于世,终因"刚直不能事上官"(《宋史·文苑传》六),五十馀岁时学陶渊明不愿为五斗米而折腰,弃官隐居于庐山。欧阳修遂作此诗赠行。南康:今江西星子县,在庐山附近。

庐山高哉几千仞兮,根盘几百里。
截然屹立乎长江,长江西来走其下。
是为扬澜左蠡兮,洪涛巨浪日夕相舂撞。
云消风止水镜净,泊舟登岸而远望兮,
上摩青苍以暗霭,下压后土之鸿厖。
试往造乎其间兮,攀缘石磴窥空谼,
千岩万壑响松桧,悬崖巨石飞流淙。
水声聒聒乱人耳,六月飞雪洒石矼。
仙翁释子亦往往而逢兮,吾尝恶其学幻而言哤。
但见丹霞翠壁远近映楼阁,晨钟暮鼓杳霭罗幡幢。
幽花野草不知其名兮,风吹露湿香涧谷,
时有白鹤飞来双。
幽寻远去不可极,便欲绝世遗纷厖。
羡君买田筑室老其下,插秧盈畴兮,酿酒盈缸,
欲令浮岚暖翠千万状,坐卧常对乎轩窗。
君怀磊砢有至宝,世俗不辨珉与玒。
策名为吏二十载,青衫白首困一邦。
宠荣声利不可以苟屈兮,自非青云白石有深趣,

其气兀硉何由降?

丈夫壮节似君少,嗟我欲说安得巨笔如长杠?

新解

庐山高哉几千仞兮,根盘几百里。巉然屹立乎长江,长江西来走其下——巉(jié)然:山高耸的样子。走:这里是奔流的意思。首四句劈面而来,写出庐山宏伟壮阔的气势。

是为扬澜左蠡兮,洪涛巨浪日夕相舂撞——左蠡:城名,因在彭蠡泽(鄱阳湖)之左而得名。故址在今江西都昌县西北左蠡山下。舂撞:即冲撞。这二句写庐山下长江的景象。

云消风止水镜净,泊舟登岸而远望兮——镜净:像镜面似的明净透彻。这二句写从长江泊舟登岸远望庐山的情景。

上摩青苍以暗霭,下压后土之鸿庞——摩:触,摸。青苍:指天。以:而。暗霭:遮蔽,形容山势很高,阴天蔽日,看不清楚。后土:指大地。鸿庞:广大。这二句是写庐山平地突起,仿佛倾压于辽阔的大地之上。

试往造乎其间兮,攀缘石磴窥空䂦——造:造访,游览。空䂦(chóng):空旷的山谷。这二句写想像中游览庐山。

千岩万壑响松桧,悬崖巨石飞流淙。水声聒聒乱人耳,六月飞雪洒石矼——流淙:指瀑布,庐山多瀑布,著名的就有石门瀑布、三叠泉瀑布等。聒聒:哗哗流水声,象声词。飞雪:指瀑布飞泻激起的水雾。石矼(gōng):即石桥。这四句进一步描写庐山风景。

仙翁释子亦往往而逢兮,吾尝恶其学幻而言哤。但见舟霞翠壁远近映楼阁,晨钟暮鼓杳霭罗幡幢——仙翁释子:道士和尚。恶:厌恶。学幻而言哤:意指道教佛教的教义虚幻而杂乱。哤(máng):语言杂乱。舟:疑应为"丹"。杳霭:烟雾弥漫的样子。幡幢:庙宇和佛像前树立的旗子。以上四句写庐山上佛寺道观林立。从六朝起,庐山即为佛教圣地,山中多建筑雄伟富丽的佛寺,早晚钟声不绝。欧阳修反对佛老,对佛抨击尤力。宋·王辟之《渑水燕谈录》记载:"(欧阳修)不喜释氏,士有谈佛书者必正色视之。而公之幼子小字和尚。或问公既不喜佛,排浮屠,而以和尚名子,何也?公曰:使贱之也,如今人家以牛驴名小儿耳。闻者大笑,且服公之辩也。"

幽花野草不知其名兮,风吹露湿香涧谷,时有白鹤飞来双——飞来双:即双飞来。这三句从细处描写庐山的花草雨露,涧谷飞禽。

幽寻远去不可极,便欲绝世遗纷庞——幽寻:值得寻访的幽境。极:尽。纷庞:纷杂,困苦,指尘世俗世中的烦恼忧患。二句谓庐山胜景不能穷尽,令人顿起弃世归隐之想。前一句承上,下一句启下,以庐山之胜景引出刘中允弃官归隐及诗人的艳羡之情。

羡君买田筑室老其下,插秧盈畴兮,酿酒盈缸——盈畴:种满庄稼的田地。这三句是对刘中允未来生活的想像。

欲令浮岚暖翠千万状,坐卧常对乎轩窗——浮岚暖翠:指山间云气和田野的翠色。"暖"是形容春夏之交,田畴尽绿,看上去仿佛给人以温暖的感觉。千万状:形容变化多端。轩窗:小屋的窗。这两句进一步写刘中允隐士生活的悠闲。

君怀磊砢有至宝,世俗不辨珉与玒。策名为吏二十载,青衫白首困一邦——磊砢,才情奇特。至宝:无价之宝。珉(mín):似玉的美石;玒(hóng):美玉。这句是说刘中允的才情不为世俗所了解。策名:姓名被载入官籍,指仕宦为吏。青衫:此指低级官员的服色,借指低级官员。困一邦:受困于一州一郡。四句意谓刘中允才高品端,却不为世俗所容,二十多年来屈居下僚,低级官员一直做到白头,仍困于一州,最后终于县令,仕途很不得意。

宠荣声利不可以苟屈兮——宠荣声利:指高官厚禄。宠,宠信。荣,地位尊荣。声利:名声利禄。苟屈:随便降低志趣身份。此句写刘中允居官正直,不愿为五斗米而折腰,"刚直不能事上官"的性格不容于世。

自非青云白石有深趣,其气兀硉何由降——自非:即若非,如果不是。青云白石有深趣:指酷爱自然山水,一心归隐田园强烈而不平凡的志趣。兀硉(wù lù):原指岩石突兀不平的样子,这里指胸中的不平之气。何由降:怎么能平息呢?这几句意谓若非庐山青云白石自有深趣,刘中允的昂扬之气怎么能够得以平复。

丈夫壮节似君少,嗟我欲说安得巨笔如长杠——壮节:远大的志向、节操。嗟:叹息。长杠:长棍子。最后两句表明作者对刘中允的钦佩之意和企羡之情。刘中允"以刚直不能事上官"毅然挂冠归隐,与欧阳修念念不忘的"报国如乖愿,归耕宁买田"的夙愿正相契合。

庐山,当年欧阳修贬谪夷陵,舟行至此,观赏过香炉峰云雾缭绕,杳霭缥缈的胜境。其《送昙颖归庐山》诗中也流露过对"奇且秀"的庐山的神往。如今刘涣"以刚直不能事上官"毅然挂冠归隐,更与欧阳修念念不忘的"报国如乖愿,归耕宁买田"的夙愿相契合,因而诗里不禁洋溢着无限企羡之情。

这首诗是作者的得意之作,据《石林诗话》记载,欧阳修在一次醉酒时对他的儿子说:"吾诗《庐山高》,今人莫能为,惟李太白能之。"可见他是很以此自负的。这首诗在艺术上也确有其独特之处,它撇开了一般赠别之作的陈规老套,而极力描写庐山巍然耸峙的雄姿和变化万千的景色,借以衬托刘涣不为世俗所知的"磊砢"情怀和"兀硉"不平之气,表现了诗人豪放不羁的感情和对友人怀才不遇的深切同情。全诗不拘一格的韵律,汪洋恣肆的笔调,和李白诗的风格极为相近。李白集中的《庐山谣寄卢侍御虚舟》一诗,也是夸张地描写山景,驰骋游仙的想像,大约即为欧阳修此篇所本。清·刘熙载《艺概·诗概》说过:"东坡谓欧阳公'论大道似韩愈,诗赋似李白'。然试以欧诗观之,虽曰似李,其刻意形容处,实于韩为逼近耳。"全诗笔触奇谲浪漫,近乎李白;辞藻高古,全用险韵,则效韩愈,历来很受赞赏。宋·梅圣俞在《赠郭功父》诗中说:"一诵《庐山高》,万景不可藏。设如古画诗,极意未能忘。"甚至说"使吾更学诗三十年,不能道其中一句"。可见时人评价之高。

读李白集效其体

题解

至和二年(1055)作。本篇又题为《太白戏圣俞》。这年秋天,梅尧臣父丧服满,由宣城至开封。此诗可能是两人见面时的酬答之作。全诗仿效李白诗歌风格而成。古人诗作中往往有一些刻意模仿前代名家的篇章,大约是作为一种练习的手段。如作者就另有《春寒效李长吉体》、《弹琴效贾岛体》等篇。

> 开元无事二十年,五兵不用太白闲。
> 太白之精下人间,李白高歌《蜀道难》;
> "蜀道之难难于上青天",李白落笔生云烟;
> 千奇万险不可攀,却视蜀道犹平川。
> 宫娃扶来白已醉,醉里诗成醒不记。
> 忽然乘兴登名山,龙咆虎啸松风寒。
> 山头婆娑弄明月,九域尘土悲人寰。
> 吹笙饮酒紫阳家,紫阳真人驾云车;
> 空山流水空流花,飘然已去凌青霞。
> 下看区区郊与岛,萤飞露湿吟秋草。

开元无事二十年,五兵不用太白闲——开元:唐玄宗李隆基的年号,从公元七一三年至七三三年,刚好二十年。五兵:古称戈、殳、戟、酋矛、夷矛为"五兵",这里是泛指各种兵器。太白:即金星。古代的阴阳五行学说认为金星是主刀兵杀戮的。"太白闲"就是没有战事。二句写李白所生活的开元年间,是唐朝鼎盛时期,国盛民强,天下太平,因此五兵不用,天下太平。

太白之精下人间,李白高歌《蜀道难》——李白字太白,后代民间传说便附会为太白星下凡。《蜀道难》:李白的著名诗篇之一,主要描述有关四川的古代传说,交通极端不便的情况和巴山秦岭雄伟奇丽的风光。唐·孟棨《本事诗》记李白至长安,贺知章前往探视,读到《蜀道难》,大加赞赏,呼为谪仙人。二句意谓李白乃天上太白星所化,因此能写出《蜀道难》这样举世无双的诗篇。下面引文即诗的首句。

"蜀道之难难于上青天",李白落笔生云烟——落笔生云烟:形容李白诗笔力雄健飘逸,想像丰富奇特。这二句引用李白诗句,写李白的诗才。

千奇万险不可攀,却视蜀道犹平川——平川:平原。这句是说在李白的笔下无论什么险怪雄奇的景色都能很容易地表现出来。

宫娃扶来白已醉,醉里诗成醒不记——天宝元年(742),李白应召入京,受到唐玄宗的特殊礼遇,但实际是被作为宫廷文人看待。一天,唐玄宗与杨贵妃在宫中沉香亭畔赏牡丹,并召来李龟年等演奏新曲。为了给新曲填词,便宣召李白立即入宫。李白已在酒肆中喝得大醉,入宫后乘醉提笔写成《清平调》三章。这两句即记此事。

忽然乘兴登名山,龙咆虎啸松风寒。山头婆娑弄明月,九域尘土悲人寰——婆娑:盘旋起舞的样子。弄明月:在月下嬉游。九域:九州的范围之内,泛指中国。人寰:人间。以上四句是从李白《梦游天姥吟留别》等诗概括出来的,意在表现李白诗歌关心时事,不满现实的内容和浪漫主义风格。

吹笙饮酒紫阳家,紫阳真人驾云车——紫阳真人:道家传说中的一位神仙,本名周义山,因在蒙山遇到古仙人羡门子传道而成仙。按李白做过道士,曾求仙服药,又写过不少游仙诗。这二句便是写他和道士仙人交往,具有仙风道骨的风神逸致。

空山流水空流花,飘然已去凌青霞——凌青霞:直到青天与云霞之上。二句是概述李白"游仙诗"那种缥缈神奇的意境。

下看区区郊与岛,萤飞露湿吟秋草——区区:微小的样子。郊与岛:指晚于李白的唐代诗人孟郊和贾岛,他们二人的诗歌风格相近,都注重雕琢形式,推敲字句,且多半抒写个人境遇而缺乏深刻的社会内容,曾获得过"郊寒岛瘦"的评语和"苦吟诗人"的称号。这两句的大意是说,李白诗歌的成就远远超过了只会吟咏秋草流萤之类眼前细微景物的孟郊、贾岛。

李白是欧阳修十分推崇的前代作家,这首诗显然是怀着景仰的心情写成的。诗的开头从民间传说引入正题,接着巧妙地把李白的诗句和某些诗篇的内容和意境组织贯串起来,从而表现了对李白诗歌积极浪漫主义精神和风格的推崇。末尾将李白与孟郊、贾岛进行比较,肯定了李白在唐代诗坛上的崇高地位,同时也含有不满当时刻意雕琢的西昆体诗风的弦外之音。《扪虱新话》上卷三:"欧公文字寄兴高远,多喜为风月闲适之语,盖是效太白为之,故东坡作欧公集序亦云诗赋似李白。"也许因为个性相近或由于李白诗歌"超卓飞扬"易为感动的缘故,李白深得欧阳修的喜爱。欧阳修的诗以气格为主,以矫西昆之失,用语平易自然,这一点显然深受李白的影响。

边 户

至和二年(1055)作。这年八月,欧阳修以翰林学士、右谏议大夫充贺登位国信使,持御容并贺契丹新主登位,奉命出使辽国。辽主接待空前隆重,明确宣称"非常例也,以公名重故尔",可见欧阳修的名声已非他人所能企及。这回差遣途中,诗人渡拒马河进入契丹境,亲眼看到边界上人民的屈辱处境和悲惨生活,愤而写下此诗。诗以边民的口吻诉说了澶渊之盟留下的苦果,讥刺宋王朝苟且偷安、屈辱求和的政策,富于现实意义。

家世为边户,年年常备胡,
儿童习鞍马,妇女能弯弧。
胡尘朝夕起,虏骑蔑如无,
邂逅辄相射,杀伤两常俱。
自从澶州盟,南北结欢娱,
虽云免战斗,两地供租赋。
将吏戒生事,庙堂为远图,
身居界河上,不敢界河渔。

家世为边户,年年常备胡——边户:指住在北方边境上的人家,当时宋辽边界在今河北、山西北部。家世:世世代代。胡:古代汉族对北方民族的通称,这里是指契丹。世世代代在边境上居住,年年月月要防备胡骑的侵凌。这二句是当时局势的真实写照,北宋从建国开始,就受到契丹的严重威胁,特别是澶渊之盟之前,契丹对边地的进攻更加频繁。

儿童习鞍马，妇女能弯弧——弯弧：开弓射箭。正是这种长期的战斗生活，以致孩子们从小就学会骑马，妇女们也能够弯弓射箭。这二句描写边民健壮的体魄和勇武的性格。

胡尘朝夕起，虏骑蔑如无——胡尘：辽兵行军扬起的烟尘，实指辽兵进犯。虏骑：辽国的骑兵。"虏"是对少数民族的蔑称。蔑如无：蔑视他们，觉得并没有什么了不起。敌国的骑兵早晚出没，烟尘滚滚，见惯不惊。

邂逅辄相射，杀伤两常俱——俱：这里有相当的意思。二句意谓双方遭遇时便展开激战，彼此的伤亡大体相当。以上四句写边民对契丹的英勇斗争，突出表现了边民的英雄气概和不屈的战斗精神。

自从澶州盟，南北结欢娱——澶州盟：宋真宗景德元年（1004），辽军南侵，北宋与辽在澶州（今河南濮阳市）订立了屈辱的和约，史称"澶渊之盟"。自从澶州订立和约，南朝北朝都很欢欣。"结欢娱"即指这次议和，这本是统治者的语言，以边民口吻出之，是对统治者的辛辣讽刺。据和约，以后辽帝称宋帝为兄，宋帝称辽帝为弟，似乎情同手足，"欢娱"得很。

虽云免战斗，两地供租赋——宋朝廷用大量绢、银买得了"和平"，以为可以笙歌太平了，而受苦的却是宋朝百姓。这大量的绢银，全都从他们身上榨取出来，而对于边民说来，他们更要同时向宋、辽两方缴纳赋税，遭遇更加悲惨。

将吏戒生事，庙堂为远图——朝廷既然对辽采取妥协屈服的方针，边境上将帅严禁百姓惹事，朝廷为了欺骗民众，便把这种妥协求和以求苟安一时的行径，说成是深谋远虑。"远图"本是统治者欺骗人民的鬼话，诗中用作反话，加以讽刺。

身居界河上，不敢界河渔——渔：捕鱼。界河在今河北中部，上游叫拒马河，下游叫白沟河，这里本来是中原故土，现在却成了宋辽边界。世代家住在界河上的边民，却不能到界河打鱼谋生。"不敢"不仅是说要遭到辽军的蛮横干涉，还包括宋朝将吏的制止。这是边民直接对朝廷妥协退让政策的沉痛控诉。

新评

此诗写法同杜甫的名篇"三别"相似，用边户的口吻自述，平易如话，婉而多讽，使人感到更加真切，增强了作品的感染力。诗中把澶州之盟的前后情势作为对照，表现了当时北方边境人民高昂的抗战情绪，描写了他们骁勇善战、藐视敌人的英雄气概，并与朝廷畏敌如虎、一味退让的态度作了鲜明的对比，从而也使对朝廷主和派的揭露更加深刻有力。欧阳修前期在政治上站在以范仲淹为代表的改革派一边，对辽和西夏主张坚决抵抗，反对妥协。他在庆历三年写的《论西贼议和利害状》中就主张对西夏采取强硬态度。《边户》正是这种政治主张的反映。

赠王介甫

【题解】

嘉祐元年(1056)作。王介甫即王安石，北宋著名的政治改革家，诗文创作的成就也很高。王安石比欧阳修小十四岁，在政界和文坛都是晚辈。嘉祐元年二月，欧阳修从契丹回到京师。不久，王安石登门拜访。十年前，经江西老乡曾巩的荐介，欧阳修跟王安石结下了墨缘。王安石明知这位前辈对他十分称赏，却恃才傲物，偏不肯自通。而欧阳修对王安石的姗姗来迟却毫不介意，倒屣出迎，照样盛情接待。此诗即写于与王安石初次见面之后。它不是一般的应酬之作，而是体现了一位文坛老将对青年后进的深厚情谊和关怀。

　　翰林风月三千首，吏部文章二百年。
　　老去自怜心尚在，后来谁与子争先？
　　朱门歌舞争新态，绿绮尘埃试拂弦。
　　常恨闻名不相识，相逢樽酒盍留连？

　　翰林风月三千首，吏部文章二百年——第一句指唐代大诗人李白及其诗篇。李白在唐玄宗时曾被封为翰林学士，后人便常以这个官衔来称呼他。"风月"不限于写景纪游之作，而是借指他所有的诗篇。李白诗现存仅九百多首，"三千首"是袭用唐人郑谷《读李白集》一诗中"高吟大醉三千首"句意。第二句指唐代著名的古文家韩愈，他做过吏部侍郎，后人往往称他为"韩吏部"。韩文在晚唐五代及宋初都不大为人重视，经欧阳修等的大力倡导才又风行起来。作者在《记旧本韩文后》一文中说："韩氏之文，没而不见者二百年，而后大施于今。"诗的首联分别举出李、韩作为诗文创作的典范，是以欧阳修为首发动的北宋诗文革新运动学习的楷模和奋斗的目标。

　　老去自怜心尚在，后来谁与子争先——本联说明自己虽有赶超前代优秀作家的雄心，但是心有馀而力不足，可叹的是一天天衰老了，在文坛的后辈当中，恐怕没有谁能与你竞争的，意即把希望寄托在王安石等这样的后起之秀身上。爱才倾慕，推贤进士的心意跃然纸上。

　　朱门歌舞争新态，绿绮尘埃试拂弦——本联联系文坛现状。朱门：指贵族豪门。绿绮：古琴名，晋·傅玄《琴赋序》："司马相如有琴曰绿绮。"拂弦：弹琴。这两句都是比喻，上句以朱门歌舞喻文坛上的时文和西昆体诗，这种贵族文学只以形式的华丽典雅而争奇斗胜,下句以古调重弹喻复古外衣下的诗文革新运动。表明在诗文革新运动中彼此志趣相投。

常恨闻名不相识,相逢樽酒盍留连——尾联则倾注了欧阳修对王安石的倾慕和友谊。樽酒:杯酒。盍:何不。在封建社会文人相轻的习气之下,作者对青年后辈的这种态度,是十分难得的。

这是文坛盟主欧阳修与群牧判官王安石在京师见面时的赠诗。诗中以李白、韩愈为比,盛赞了王安石在诗文上的成就,以及他的不肯随人俯仰、以载道为己任的精神,充满了对他的欣赏与厚望。面对一介无名后生,已负盛名又年长十四岁的欧阳修所表现出的热情与赞许,确实难得而且令人感动。据载王安石"犹以为非知己也,故酬之曰:'他日倘能窥孟子,此身安敢望韩公。'自期以孟子,处公以为韩愈,公亦不以为嫌"(《避暑录话》上)。欧阳修出于"天下之治必与众贤共之"的考虑,不计个人恩怨,惟才是举,两次向宋仁宗推荐王安石。《冷斋夜话》记载:"人意趣所至,多见于嗜好。欧公喜士为天下第一,常好诵李北海'坐上客常满,尊中酒不空'。"仅至和三年(九月改元,即嘉祐元年)欧阳修就着意举荐了包拯、吕公著、王安石、梅尧臣等人。而以后的王安石无论在政治上,还是文学上的成就也确实无愧于欧阳修的慧眼识才。

再和明妃曲

嘉祐四年(1059),王安石提点江西刑狱时作有《明妃曲》二首,一时和作者不少,欧阳修也唱和了两首。明妃:即王昭君,汉元帝时宫女,晋时因避司马昭讳,改昭为明。为平息边患,被远嫁匈奴单于。这种"和亲"政策给远嫁异域的女子带来了无尽的悲苦,所以其经历深受历代诗人的同情。欧阳修这两首唱和诗,从咏叹昭君不幸遭遇切入,抒发自己的感受,均有其发前人所未发之处,长于议论而不乏文采。因此,欧阳修自认为是平生得意之作。本诗为第二首。

汉宫有佳人,天子初未识。
一朝随汉使,远嫁单于国。
绝色天下无,一失难再得。
虽能杀画工,于事竟何益?

耳目所及尚如此，万里安能制夷狄？
汉计诚已拙，女色难自夸。
明妃去时泪，洒向枝上花。
狂风日暮起，飘泊落谁家？
红颜胜人多薄命，莫怨春风当自嗟。

【简析】

汉宫有佳人，天子初未识。一朝随汉使，远嫁单于国——首四句化用西汉李延年歌意，略叙明妃事实，笔力简劲。起初时那汉朝的皇帝，不知道宫里有这样美丽的女子。有一天她将远嫁给匈奴国君，跟随汉使远离而去。

绝色天下无，一失难再得——此二句紧承前四句，妙在完全用"重色"的君王自己口吻说出：那绝伦的容色天下独一无二，从此失去不能再得。

虽能杀画工，于事竟何益——这两句转向责备汉元帝，就事论事，语挟风霜。画工：传说名叫毛延寿。昭君漂亮出众，本该入选为皇帝的宠妃，但因宫中女子太多，皇帝不能一一面见挑选，只好先让画师给她们画像，然后按像挑选。因此宫女们纷纷贿赂画师，唯独昭君天生丽质，无意行贿，画师就有意把她画得难看，于是被皇帝随随便便地嫁给了匈奴。后来皇帝见她美丽无比，大为后悔，一气之下便杀了画师。见于《西京杂记》卷二。

以上八句叙昭君远嫁故事，为下边两句作铺垫。昭君出塞的本事，《汉书》和《后汉书》均有记载。其中《后汉书·南匈奴传》写得比较具体："昭君，字嫱（按，应为名嫱，字昭君），南郡人也。初，元帝时，以良家子选入掖庭。时呼韩邪来朝，帝敕以宫女五人赐之。昭君入宫数岁，不得见御，积悲怨，乃请掖庭令求行。呼韩邪临辞，大会，帝召五女以示之。昭君丰容靓饰，光明汉宫，顾影徘徊，竦动左右。帝见大惊，意欲留之，而难于失信，遂与匈奴。"

耳目所及尚如此，万里安能制夷狄——夷狄：古代汉人对周边民族的蔑称，这里指匈奴。这二句讥嘲汉元帝昏庸，对耳目所及的宫廷之事还这样糊涂，哪里还能安邦治国，制抑万里之外的匈奴的侵扰？此为全篇警策，宋人说它"切中膏肓"（《诗林广记》引钱晋斋语），至今仍广泛传诵。这确是极深刻的历史见解，而又以诗语出之，千古罕见。

汉计诚已拙，女色难自夸——二句抨击汉代和亲政策，和亲的办法本身就不高明，女色又怎可凭依。古人对于和亲政策大多取反对态度，如梅尧臣《和王介甫明妃曲》谓："明妃命薄汉计拙，凭仗丹青死误人。"王安石原诗谓："汉恩自浅胡自深，人生乐在相知心。""汉计诚已拙"语简意深，是全诗主旨所在。汉代的"和亲"

与宋代的"岁贡",同是乞求和平,为计之拙,正复相同,言汉实是言宋,妙在一经点出,便立即转入"女色难自夸"。

明妃去时泪,洒向枝上花。狂风日暮起,飘泊落谁家——四句用泪洒花枝,风起花落,渲染悲剧气氛,形象生动,但主要用以引起"红颜"两句。

红颜胜人多薄命,莫怨春风当自嗟——自古以来美貌的女子多是薄命,昭君你用不着怨恨东风深深叹惜。对于王昭君的遭遇,古人多寄予深切的同情,如白居易《王昭君》诗云:"满面胡沙满鬓风,眉销残黛脸销红。愁苦辛勤憔悴尽,如今却似图画中。"

宋·胡仔《苕溪渔隐丛话》前集卷二十九引《石林诗话》,载有欧阳修之子转述乃父论及自己几篇得意之作,有云:"吾诗《庐山高》今人莫能为,惟太白能之。《明妃曲》后篇,太白不能为,惟杜子美能之,至于前篇,则子美亦不能为,惟吾能之也。"后之论者以为这三篇诗并非上乘,以至清人洪亮吉谓"欧公善诗而不善评诗"。近世注家,亦多据以为说。其实,这些说法都成问题,笔记小说所记是否可靠值得怀疑。欧阳修两篇《明妃曲》,语言平易畅达,辞旨舒徐婉转而颇具新意,不失为集中佳作。特别是第二首借用的是有关王昭君受画工毛延寿陷害的传说故事,机杼独运,别翻新意,直斥昏君汉元帝:"虽能杀画工,于事竟何益?耳目所及尚如此,万里安能制夷狄?"作为一国之主,一旦受人蒙蔽,任人摆布,必将后悔莫及!汉代的"和亲"与宋代的"岁贡",同是乞求和平,为计之拙,正复相同,言汉实是言宋,个中寓意,昭然若揭,岂但同情红颜薄命而已。

清·方东树认为"此等题各人有寄托,借题立论而已。……公(指王安石)此诗言失意不在近君,近君而不为国士知,犹泥涂也。六一则言天下至妙,非悠悠者能知,以自喻其怀,非俗众可知"(《昭昧詹言》卷十二)。这一见解可谓鞭辟入里。曹雪芹在《红楼梦》第六十六回曾以薛宝钗之口评此诗曰:"做诗不论何题,只要善翻古人之意;若要随人脚踪走去,纵使字句精工,已落第二义,究竟算不得好诗。即如前人所咏昭君之诗甚多,后来王荆公复有'意态由来画不成,当时枉杀毛延寿';永叔有'耳目所见尚如此,万里安能制夷狄',二诗俱能各出己见,不与人同。"可谓确评。

唐崇徽公主手痕和韩内翰

嘉祐四年(1059)作,当时欧阳修在汴京任职。崇徽公主,唐仆固怀恩之女,代宗时，与回鹘和亲，封为崇徽公主，出嫁回鹘可汗。据《唐会要》卷六载："公主，仆固怀恩女，大历四年五月二十四日出降回鹘可汗。"手痕，指崇徽公主手痕碑，在今山西灵石县。相传公主嫁回鹘时，道经灵石，以手掌托石壁，遂留下手迹，后世称为手痕碑。唐人李山甫有《阴地关崇徽公主手迹》诗。韩内翰：指韩绛，字子华，此时在翰林院任学士，宋代习惯称翰林学士为内翰。韩曾作《手痕碑》诗，此诗是和作。

故乡飞鸟尚啁啾，何况悲笳出塞愁。
青冢埋魂知不返，翠崖遗迹为谁留。
玉颜自古为身累，肉食何人与国谋。
行路至今空叹息，岩花涧草自春秋。

故乡飞鸟尚啁啾，何况悲笳出塞愁——啁啾（zhōu jiū），鸟鸣声。白居易《燕》诗："却入空巢里，啁啾终夜悲。"笳：古代一种管乐器，即胡笳，从塞北和西域一带传入中原，因其声悲咽，故称悲笳。首二句从对比写起：不离故巢的小鸟尚且啁啾悲鸣，何况少女离别故乡亲人，随着悲笳远嫁塞外。诗人的眼前仿佛显现出当年崇徽公主远嫁时的凄凉情景。

青冢埋魂知不返，翠崖遗迹为谁留——青冢：相传王昭君在塞外的坟墓长满青草，故称"青冢"。地在今内蒙呼和浩特市南。这里用以代指崇徽公主的坟墓。翠崖遗迹：指手痕碑。唐李山甫《阴地关崇徽公主手迹》诗："一拓纤痕更不收，翠微苍藓几经秋。"杜甫《咏怀古迹》其三咏王昭君有"环珮空归月夜魂"之句，这里反用其意，使诗情变得更为深婉。

玉颜自古为身累，肉食何人与国谋——肉食，指身居高位的权贵。语出《左传·庄公十年》："齐师伐我，公将战。曹刿请见，其乡人曰：'肉食者谋之，又何间焉？'刿曰：'肉食者鄙，未能远谋。'"二句点出"玉颜"之悲剧根源正在于"肉食者"不为国谋。李山甫《阴地关崇徽公主手迹》诗说："谁陈帝子和番策，我是男儿为国羞。"欧诗之议论乃从李诗引申而来，但立意更高，词锋更为犀利。自古以来，有几个肉食者能为国家的富强而出谋划策？又有多少美丽可爱的女子遭受远嫁的厄运。"玉颜"反为"身累"，"肉食"不与"国谋"，诗人寓于这两对矛盾现象中的诘问尖锐犀利，乃发自肺腑的愤激之词，大概是有感于对外屈辱的现实的缘故。

行路至今空叹息，岩花涧草自春秋——最后两句笔锋一转，长叹一声，无可奈何之情袭人心怀：行路人到此只能报之以叹息，青草年年绿，此恨绵绵无绝期，以无情衬有情，颇有韵致。

"玉颜自古为身累,肉食何人与国谋",宋人对此联极为推崇。北宋末南宋初的叶梦得说:"此自是两段大议论,而抑扬曲折,发见于七字之中,婉丽雄胜,字字不失相对,虽昆体之工者,亦未易比。言意所会,要当如是,乃为至到。"(《石林诗话》卷上)到南宋时朱熹更说此二句锋刃利,议论好,"以诗言之,是第一等好诗,以议论言之,是第一等议论"(《朱子语类》卷一百三十九)。清·赵翼《瓯北诗话》卷十一也说:"此何等议论,乃熔铸于十四字中,自然英光四射。"欧阳修以文为诗,既保持了唐诗的格局,又写得比较流利洒脱。如咏王昭君二首,不屑拾人牙慧,善于翻出新意,推出己见,不落常套。尤其是"耳目所见尚如此,万里安能制夷狄",与此联同样借古讽今,耐人寻味。曹雪芹《红楼梦》第六十四回讲到诗贵创新时特予拈出作为范例,绝非偶然。尽管欧阳修在诗歌创作上的成就不能与散文相比,却和梅尧臣一起为宋诗的散文化、议论化开辟了道路,从此宋诗初露峥嵘,奠定了所谓"唐宋皆伟人,各成一代诗"的基础。

试　笔

试笔,就是学习书法。此诗《全集》中未编年。欧阳修另有《试笔》一卷,中有自注云:"秋霖不止,文书颇稀。丛竹萧萧,似听愁滴。顾见案上,故纸数幅,信笔学书。枢密院东厅。"按《年谱》欧阳修于嘉祐五年(1060)十一月拜枢密副使,六年(1061)闰八月转参知政事。可知欧阳修试笔学书始于六年入秋以后的七、八月间。至于这首《试笔》的写作时间,可能更晚些。诗中表现了诗人宦海沉浮、屡经忧患之后的心境。最高统治者喜怒难测,面对动荡的政局自己又不能有所作为,思想却越来越消沉。这首诗也是封建社会正直官吏心理的反映,可以看作是欧阳修晚年诗作之代表。

　　　　试笔消日长,耽书遣百忧。
　　　　馀生得如此,万事复何求?
　　　　黄犬可为戒,白云当自由。
　　　　无将一抔土,欲塞九河流。

试笔消日长,耽书遣百忧。馀生得如此,万事复何求——试笔:练习书法。耽:

喜爱、沉溺。四句是欧阳修晚年生活的真实写照。欧阳修晚年追求"闲适",立足于良辰美景、朋友故旧、诗酒书画、衣食起居,是一种典型的家常之闲、儒者之适,显示着凡俗、亲和、娱情的生活气息。

黄犬可为戒,白云当自由——黄犬:典出《史记·李斯列传》,李斯为秦始皇统一天下做出重大贡献,官至丞相。秦始皇死后,他为拥立秦二世也立过功,但后来二世听信赵高谗言,将李斯腰斩。临刑前,李斯执着他第二个儿子的手痛苦地说:"吾欲与若(你)复牵黄犬俱出上蔡(今河南省上蔡县)东门逐狡兔,岂可得乎?"父子一同被害,并夷三族。最高统治者喜怒难测,伴君如伴虎,还不如远离是非之地,追求心灵的自由。这是欧阳修历经忧患的肺腑之言。

无将一抔土,欲塞九河流——一抔土:即一捧土,比喻自己的力量之小。九河:泛指全国河流,比喻当时混乱得不可收拾的国家政事局势。朝政已不可为,一抔之土,难塞九河之流,自己力量微薄,想"报国"也无术可报了,因此,只能穷则独善其身。二句也是欧阳修晚年消极思想的反映。

欧阳修晚年自号"六一居士",寄情于诗酒书画,追求所谓的"闲适"生活。这是一种家常之"闲",儒者之"适",不仅有着物质内容上的丰富性,而且还体现了宋代士大夫自然之乐和人文之乐相融的特点。其中既有传统的,更有新起的;既有物质的,更有精神的。欧阳修晚年的诗作中反复咏唱这样一种生活情调:"饮酒横琴销永日,焚香读易过残春"(《读易》)、"文章娱闲暇,传记寻往昔"(《韩公阅古堂》)、"试笔消长日,耽书遣百忧"。正是这多样化的文史自娱,使欧阳修的儒者之适以文史为本,形成了丰富的文化创造。《归田录》、《笔说》、《诗话》等一系列"资闲谈、备闲居"之作以副产品的形式应运而生,使审美经验展示出切近生活的时代特征。

再至汝阴三绝(三首选一)

治平四年(1067)作。汝阴即颍州(今安徽阜阳)。《元丰九域志》:"京西北路,颍州汝阴,郡治汝阴县。"是年欧阳修六十一岁,正月,神宗即位,御史彭思永、蒋之奇捏造欧阳修家庭暧昧之事,弹劾欧阳修。后虽经辩明,但欧阳修去志已决,终以观文殿学士、刑部尚书出知亳州(今安徽亳州)。上任时请求便道过颍州,略作停留,修葺旧居,为提前致仕(退休)做好准备。滞留颍州期间,写有《再至汝阴三绝》,此诗为其中之一。

黄栗留鸣桑葚美,紫樱桃熟麦风凉。
朱轮昔愧无遗爱,白首重来似故乡。

  黄栗留鸣桑葚美,紫樱桃熟麦风凉——黄栗留:即黄鸟。《诗经·周南·葛覃》陆机疏:"黄鸟,黄鹂留也,或谓之黄栗留。当葚熟时,来在桑间。故里语曰:'黄栗留看我,麦黄葚熟。'亦是应节趋时之鸟。"首两句写初夏景色,能抓住最有特征的风物,以泼辣的笔触描画出一幅充满乡村情趣的画面。正当麦黄葚熟时节回到颍州,樱桃红紫,黄鹂鸣啭,麦风轻凉,诗人简直流连忘返,视之如同故乡了。

  朱轮昔愧无遗爱,白首重来似故乡——朱轮:汉制,二千石得乘朱轮,后用以代称太守、知州。欧阳修曾于皇祐元年(1049)知颍州。遗爱:去职后留下的政绩。他对颍州怀有深厚的感情,对这里的美好景物更是赞赏不尽。皇祐元年初到颍州,即生卜居之意。这两句写昔年我在这里当政时,没有明显的政绩留给地方,为此感到深深的遗憾。如今满头白发旧地重游,就像游子回到了久别的故乡,身心俱爽。

  欧阳修由于敢说敢做,刚正不阿,再一次遭到群小的嫉恨,被诬陷为与长媳有暧昧之嫌,结果虽真相大白,但欧阳修已心灰意懒,深感自己之所以罹此大谤乃由于秉性孤直,不识祸机,在位既久,多积怨仇,权衡利弊,越发不安于朝。于是,一连六上表札乞罢机务,除一外郡差遣。终于取得神宗谕允,得以观文殿学士转刑部尚书的头衔出知亳州。以此为始,解官归田成了他全其晚节的追求目标。《再至汝阴三绝》其二写道:"十载荣华贪国宠,一生忧患损天真。颍人莫怪归来晚,新向君前乞得身。"欧阳修挂冠归田的迫切愿望和对颍州的无限眷恋洋溢于字里行间。他给长子发的信把此时的颍州着实赞美一番:"酒则绝佳于旧日,巨鱼鲜美,虾蟹极多,皆他郡所无,至于水泉蔬果皆绝好,诸物皆贱。"又与吴长文的信中说:"(颍州)风气之变,物产益佳,巨蟹鲜虾,肥鱼香稻,不异江湖之富。"由此可见其拳拳于汝阴者,并非一时的感情冲动。欧阳修后来又多次上书要求退休,终于在神宗熙宁四年(1071)以太子少师告老退居颍州,得尝夙愿,谁知第二年便卒于该地。

◎词

生查子

【题解】

关于此词的著作权,有不同说法,或作朱淑真,或作秦观。但南宋初曾慥所编《乐府雅词》认为是欧阳修词,其说较为可信。

去年元夜时,花市灯如昼。月上柳梢头,人约黄昏后。
今年元夜时,月与灯依旧。不见去年人,泪满春衫袖。

【新解】

去年元夜时,花市灯如昼——首二句回忆去年元宵夜华灯齐放,夜市如昼,一对有情人在此密约幽会。元夜:元宵节,在农历正月十五日,亦称上元。自唐代起中国就有赏灯闹夜的风俗,故又称灯节。唐诗中有"火树银花合,星桥铁锁开"、"金吾不禁夜,玉漏莫相催"(苏味道《正月十五夜》)的元夜赏灯诗句。唐玄宗时以正月十五前后放灯火三夜。宋太祖乾德五年增加十七十八为五夜。据宋·孟元老《东京梦华录》记载:"正月十五日元宵,大内前自岁前至冬至后,开封府绞缚山棚,立木正对宣德楼……灯山上彩,金碧相射,锦绣交辉。"由此可见元宵夜的繁华景象。

月上柳梢头,人约黄昏后——交代情人约会的时间和地点。十五的月亮又大又圆,已悄悄地升上了柳树的梢头,而一对有情人在月柳相映下相会,多么富有诗情画意啊!通过画面展示人物的形象,含蓄蕴藉,不著一字,尽得风流。

今年元夜时,月与灯依旧——此两句对照去年,回到现实,描述今夜灯市繁华依旧,为下两句物是人非作铺垫。

不见去年人,泪满春衫袖——今年元宵夜的繁华依旧,但已见不到去年相约的心上人了,此情此景,怎不教人悲伤惆怅呢?泪水沾满了衫袖,难言的伤痛直刺心灵。去年的甜蜜幸福却酿成了今日的苦酒,触景伤情,真是悲从中来,爱情的痛楚让人心如刀绞,终于不堪忍受而"泪满春衫袖"了。"泪满春衫袖"以外形写内心,入木三分。

这是一首爱情词,通过上下片的对比、反差,突出物是人非的无限伤感。上片写去年今宵,是幸福甜蜜的回忆,是虚写;下片写今年今宵,是痛苦伤心的现实,是实写。通过一虚一实的反差对照,没有言情,而其深情蕴藉其中。全词构思巧妙,今与昔,欢与悲,在前后对照中,层层深入,真挚的感情愈加深沉和痛楚。正如清·金圣叹所评:"读之者只谓清空一气如话。盖其笔法高妙,非人之所及也。"(《金圣叹全集》卷六,批欧阳永叔词)

南歌子

　　这首词很可能是欧阳修青年时代的戏内之作。欧阳修于北宋天圣九年(1031)在洛阳与恩师胥偃之女胥氏成婚,时欧公二十五岁,胥氏十五岁,婚后感情深笃。这首词写新婚燕尔之际新娘与新郎的甜蜜幸福感情。

　　凤髻金泥带,龙纹玉掌梳。走来窗下笑相扶,爱道"画眉深浅入时无?"　　弄笔偎人久,描花试手初。等闲妨了绣功夫,笑问"鸳鸯两字怎生书?"

　　凤髻金泥带,龙纹玉掌梳——凤髻:一种凤形的显得高耸的发式。金泥带:用来束髻的以金屑为饰的带子。这两句以精工巧丽的对仗,抓住新娘的发型发饰,极尽华丽铺饰之美,突出新娘美丽喜庆之貌。新娘初到夫家,晨起对镜梳妆,先精心梳出一个凤凰形状的髻子,然后用金屑染做的带子绾束起来,再在发髻上嵌上一把玉掌形的梳子,那精美的梳子上雕刻着龙纹的图案。如此的装束正取龙凤呈祥之意,是新婚燕尔的喜庆标志。

　　走来窗下笑相扶,爱道"画眉深浅入时无"——这两句通过动作、神态、声吻,写尽新娘娇羞爱美的心理。新娘笑盈盈地走到窗下。相依相偎问丈夫:"我漂亮吗?""笑相扶"刻画伉俪情深之态。"爱道"是柔媚娇甜的口吻。"画眉深浅入时无"一句出自唐·朱庆馀《近试上张水部》:"洞房昨夜停红烛,待晓堂前拜舅姑。妆罢低声问夫婿,画眉深浅入时无?"词人袭用唐人诗句,如出己意,不留痕迹。

　　弄笔偎人久,描花试手初——这两句的意思是:新娘久久依偎着新郎在描红绣花,但她却是新手初试。弄笔描花,用心不在花,而在新婚燕尔的缱绻深情。

等闲妨了绣功夫,笑问"鸳鸯两字怎生书"——新娘新郎相偎相依,新娘由于描红绣花心不在焉,其用心在新婚夫妻的甜蜜幸福感情,故而白白耽误了描红绣花的功夫。"笑问"句是神来之笔,点出题旨。鸳鸯成双成对,自古以来是夫妻情笃、白头偕老的象征,新娘绣鸳鸯图、绣鸳鸯字,表达了对爱情幸福生活的美好憧憬,同时也向新郎吐露了内心爱的秘密,既含蓄,又风趣,新娘娇态可掬的音容笑貌,跃然纸上。

这是一首爱情词,旖旎多姿,充满温馨甜蜜的生活气息,塑造了一位形神逼肖、呼之欲出的新娘形象。词的上片重在描述新娘美丽的外貌,下片则直写新娘幸福甜蜜的内心世界。词人用笔轻灵活泼,色调浓淡相宜,宛如一幅生活写真,饶有情趣。在结构布局上"前段态,后段情,各尽其所"(明·沈际飞《草堂诗馀别集》卷二)。用"爱道"、"笑问"收束上下片,以声补形,体现了欧阳修词细腻传神的特点。

临江仙

这首词有一则本事,历来多引。据钱世昭《钱氏私志》记载,欧阳修任西京留守推官时,一日,西京留守钱惟演设宴,客已齐。而欧阳修与一歌女亲密缱绻,迟迟不到。钱惟演很不高兴。过了很久欧阳修才到,歌女解释说:"中暑往凉堂睡觉,丢失金钗,一直找不见。"钱惟演说,你如果能讨得到欧阳推官一首词,我马上赔你金钗。欧阳修即席写成此词,满座击节称赏。这则本事究竟是真是假,今已难考,姑备一说。但大多认为不足为信。

柳外轻雷池上雨,雨声滴碎荷声。小楼西角断虹明。阑干倚处,待得月华生。 燕子飞来窥画栋,玉钩垂下帘旌。凉波不动簟纹平。水精双枕,傍有堕钗横。

柳外轻雷池上雨,雨声滴碎荷声——这是一幅优美的夏日阵雨初霁图。柳树外传来一阵轻雷,小池塘上下起一阵阵细雨,滴落在荷叶上萧萧作响,风过荷举,珠碎玉迸。

小楼西角断虹明——夏雨初霁,雨过虹出,晴天下一道彩虹挂在小楼西边的天空,显得分外美丽。

阑干倚处,待得月华生——楼上的美女斜倚栏杆,等待一轮明月升起。夏夜的美丽迷人值得等待,心上人似乎更值得等待。一"待"字暗逗下片情思。

燕子飞来窥画栋,玉钩垂下帘旌——闺房中美人夏夜寝睡,燕子飞来窥画栋衬托闺房之静,玉钩垂下帘幕衬托闺房的神秘。

凉波不动簟纹平——簟(diàn):竹席。竹簟做成的凉席冰清玉洁,细小的波纹给人以凉波不动的感觉。此句衬托出夏夜恬静安详的氛围。

水精双枕,傍有堕钗横——用水晶做的双枕头旁有美人头上落下的发钗。一个特写镜头,以钗代人,既含蓄又点睛,这是一幅令人有无限遐思的夏夜男女欢会图啊!

唐·李商隐有《偶题》诗:"小亭闲眠微醉消,石榴海柏枝相交。水纹簟上虎珀枕,旁有堕钗双翠翘。"欧阳修此词肯定受到李商隐此诗的影响。至于"题解"中提到的此词本事则不足为信。此词实际上是写夏日男女幽会。上片写景,轻雷响于柳外,细雨洒落荷塘,珠碎玉迸,动中见静。小楼西角,断虹明灭,月华初照,人倚栏杆。下片写人,衬托出夏夜闺房的幽静和神秘,从"堕钗横"等道具中透露出男女两情欢爱的痕迹。此词笔法简练,给人以丰富的想像空间。清·许昂霄评此词说:"不假雕饰,自成绝唱。"(《词综偶评》)确是的评。

踏莎行

这首词是欧阳修词中的名篇,内容是词作中最常见的主题——离愁别恨,创造了一种情深邈绵的动人词境,情真意切。据陈尚君先生考证,欧阳修这首词应作于明道元年(1033),写的是初春时节,一位外出公干、行旅在途的男子对家中妻子深切的思念之情,似为词人的夫子自道。

　　候馆梅残,溪桥柳细,草薰风暖摇征辔。离愁渐远渐无穷,迢迢不断如春水。　　寸寸柔肠,盈盈粉泪,楼高莫近危阑倚。平芜尽处是春山,行人更在春山外。

候馆梅残,溪桥柳细,草薰风暖摇征辔——候馆:旅舍。辔(pèi):驾驭马的嚼子和缰绳。这三句是说：旅舍旁的梅花已经凋零，溪桥边的柳树刚刚抽出细嫩的枝芽，春天来了，和风送暖，青草芳香，萌动着春的气息，远行的游子在这初春时候，轻轻摇着马缰，走在路上，心中有说不出的感伤。通过对初春景色的描绘，暗中已蕴离情。

离愁渐远渐无穷，迢迢不断如春水——此两句点明离愁。词人面对初春的迷离景致，伤别之情顿生，离家越远，心中的忧伤就越浓。渐行渐远，与妻子越离越远，愁情亦愈远愈深，以至无穷无尽，沿途的绵绵春水，正是这种愁情的生动写照。词人善用比喻，以春水喻愁，令人顿想起南唐后主李煜的名句："问君能有几多愁，恰似一江春水向东流。"

寸寸柔肠，盈盈粉泪，楼高莫近危阑倚——柔肠：指女子的愁肠。粉泪：指女子的眼泪。此三句是词人行途中的想像之辞，悬想别离之后，妻子愁肠百结，泪眼盈盈，登高望远，倚阑惆怅，心如刀绞。词人以"楼高莫近危阑倚"一语嘱咐妻子，不要登楼望远，平添愁情，充溢着对妻子的深情体贴。

平芜尽处是春山，行人更在春山外——平芜：草木丛生的原野。词人继续想像妻子登楼怀人远眺时的所见所想。登高望远，极目之处是一座座的青山，远行之人已在青山之外，目力无法望见。但妻子的心已随丈夫而去，飞越千山万水。此两句的意境颇似唐代大诗人李白"孤帆远影碧空尽，惟见长江天际流"的境界，情深意远，绵绵不尽。

这首词是欧词"深婉"风格的代表作，但对这首词的本事历来不清楚。此首词《花庵词选》题作"相别"，《花草粹编》题作"离别"。据陈尚君先生考证，欧阳修于天圣九年（1031）与恩师胥偃之女成婚，时年二十五岁，胥氏十五岁，婚后情爱甚笃。欧阳修时任西京（今河南洛阳）留守推官，迎胥氏同居洛阳。第三年即明道元年（1033）初春正月间，欧阳修因公务赴汴京，后又绕道随州探视叔父。当他离洛时，胥氏有孕在身，即将临产。后胥氏生下一女，但因产后得疾，旋即病逝，待到春三月欧阳修归来，胥氏已病死多日，欧阳修曾作《绿竹堂独饮》诗抒写悲怀："……人生暂别客秦楚，尚欲泣泪相攀邀。况兹一诀乃永已，独使幽梦恨蓬蒿。忆予驱马别家去，去时柳陌东风高。楚乡留滞一千里，归来落尽李与桃。残花不共一日看，东风送客声嗷嗷。洛池不见青春色，白杨但有风萧萧。"词中"草薰风暖摇征辔"的叙述与诗中"忆予驱马别家去，去时柳陌东风高"，时分完全契合，因此，可以推测此词即为欧阳修此行途中所作。大约因胥氏将临产，故相思之情尤为急切。而此行竟为永诀，则是词人写作此词时未曾意料到的。

此词写作上打破了传统词作前景后情的寻常格局，而是上下片分别描写与离别相关的两个场景,并用相思这根红线贯穿其中,情景交融的艺术手法完美地融入其中。上片极写行人的相思离愁,由景到情,又由情转景,相思之情随空间距离的增远而愈加深入。下片写妻子对行人的相思,写法由近及远,先写柔肠寸断,以泪洗面;次写登楼远眺,望而不见;再写平芜春山,春山以外。词中善用比拟手法,以春水喻愁,春山况远,将难言的情思化为具体的形象,令人体味不尽。明·李攀龙在《草堂诗馀隽》中说:"春水写愁,春山骋望,极切极婉。"其说甚是。此词以行人为本位,托为闺中人登高望远,实为自抒己情。

诉衷情

此词《近体乐府》及宋·黄昇《升庵词选》均题作"眉意",通篇围绕女子美眉来写离愁别恨,曲折而含蓄,哀而不伤,一扫闺怨词风。此词或传为黄庭坚词,据汲古阁刻《山谷词》,于此词下注云:"旧刻四首,考'珠帘绣幕卷轻霜'是《六一词》,删去。"按今传宋本山谷《琴趣》中〔诉衷情〕词,亦仅有"一波才动"一首,无此首。所以,此词著作权当属欧阳修无疑。

　　清晨帘幕卷轻霜,呵手试梅妆。都缘自有离恨,故画作、远山长。　　思往事,惜流芳。易成伤。拟歌先敛,欲笑还颦,最断人肠。

清晨帘幕卷轻霜,呵手试梅妆——梅妆:即梅花妆,一种在额头上描出梅花图案的妆饰。相传南朝宋武帝的女儿寿阳公主在人日(正月初七)卧含章殿檐下,梅花落在公主的额头上,留下深深的五瓣梅花形状的颜色,三天后才洗褪去,宫女觉得时髦,竞相仿效,故名梅花妆。这句的意思是:冬日的清晨,歌女起床卷起帘幕,伫观窗外,感到严霜相逼,呵气暖手,坐在镜前,小心地在额头上描画梅花妆。俗话说,女为悦己者容,歌女精心打扮,原来是为了心上人。暗中已启思人情愫。

　　都缘自有离恨,故画作、远山长——远山:形容眉毛画得又细又长,有如水墨画中的远山形状。汉·伶玄《飞燕外传》:"女弟合德入宫为薄眉,号远山黛。"晋·葛洪《西京杂记》:"文君皎好,眉色如望远山。"这句的意思是:因为相思心上人,有离愁别恨,故而眉毛画作远山那样淡而细长。词人此句一语双关,既喻漫长的离愁,又暗中展现女子姣美的容貌。

思往事,惜流芳,易成伤——女子试妆沉思,往事历历,竟成美好的回忆,叹息逝去的青春年华,更易引起伤感的情绪。一个"思"、一个"惜",伤感之意尽露。

拟歌先敛,欲笑还颦,最断人肠——敛:指收起表情。颦(pín):皱起眉头。此句摹写歌女未歌先皱眉、欲笑却心悲的矛盾复杂情感,从而揭示她内心深处的哀伤和痛苦。封建时代歌女被迫卖笑,内心的痛楚无人知晓,而且要强颜欢笑。词人对歌女的描摹紧紧抓住"眉"展开,结句点出"最断人肠",揭示词旨,有画龙点睛之妙。

欧阳修在他的散文、诗歌中表现出了文以载道的思想,但"词为艳科",似乎不能表现文以载道的内容,因而他的词更多地展现了他遣兴娱乐的趣味。尤其是一些风流蕴藉的男女情思方面的词,更真实地反映出这位文学大家丰富多彩人生的另一侧面。这首词似是代歌妓所作,上片从清晨起床卷起幕帘,呵手试妆,画眉远山,引出离愁别恨。下片承上片离愁,而追思往事,感叹年华易逝,暗伤身世飘零,"拟歌先敛"三句,体验入微地道出歌妓强颜欢笑生涯的苦味,用"最断人肠"一句作结,细腻深沉地传达出歌妓内心的屈辱和痛楚,一扫词中柔媚香艳之气,揭示了底层歌妓生活的真实世界。此词可与唐末温庭筠〔菩萨蛮〕(小山重叠金明灭)词中描绘的贵族妇人悠闲艳香的生活对比,同是写闺中化妆情景,其主人公的境遇真有天壤之别,足见欧阳修在遣兴娱乐之中所具有的仁人之心,以及对底层歌楼女子的深深同情。

玉楼春

此词是欧阳修离开洛阳时所写的惜别词。欧阳修于宋仁宗天圣八年(1030)中进士,初仕西京(洛阳)留守推官,至景祐元年(1034)三月任满离洛,前后整整三年,洛阳留下了欧阳修人生的美好记忆,词中抒发离情别恨,豪放而沉着。

尊前拟把归期说,欲语春容先惨咽。人生自是有情痴,此恨不关风与月。　　离歌且莫翻新阕,一曲能教肠寸结。直须看尽洛城花,始共春风容易别。

尊前拟把归期说,欲语春容先惨咽——尊:同"樽",原指酒杯,此处代指宴席。拟:打算。这是一场怎样的离别宴会啊!词人即将离开洛阳,面对酒宴上的人生知己,打算把归期告诉对方,一个"拟"字,一个"欲"字,刻画想说又不忍说,又不得不说的情景,而对听者而言,在未说之际已知欲说何事,美丽的面容已先失色而悲伤哽咽了。这两句从心理动态到外部表情,细致入微、一步三折地刻画了人物的形象,为全词奠定了伤别的基调。

人生自是有情痴,此恨不关风与月——风与月:指男女之间的情爱之事。如言风月情。这两句由眼前情事上升到对人生人世的普遍永恒的认知。《世说新语·伤逝》记载晋人王戎对山简说:"圣人忘情,最下不及情。情之所钟,正在我辈。"无论是骨肉亲情,还是男女爱情,只要是钟情之辈,都是感情深入骨髓而不能自拔的。词人将离别的伤痛超越了"风月"之情这个层次,其包涵的内容应该更加深广和蕴藉。

离歌且莫翻新阕,一曲能教肠寸结——翻:依旧曲谱制新词。新阕:新曲。乐一曲终了叫阕。肠寸结:形容极度悲伤。这两句的意思是:宴会上一曲离歌已使伤别之人肝肠摧结,歌女请不要再翻唱新的曲调了。

直须看尽洛城花,始共春风容易别——洛城花:洛阳牡丹甲天下,故以洛阳花指牡丹。离别是悲伤的,但词人却以刚健之笔,在结尾振作精神,郑重地说他必定要等到观赏完洛阳的牡丹花后,才肯与春风一起告别西京。洛阳牡丹象征着人世间最美好的东西,从中表达出词人对洛阳深深的眷恋,于伤别之中发为豪放之句,足见词人有着何等的襟怀和学养!

这首词上片写离情的真挚,下片写伤别的沉着,充满了对人世间美好事物的赏爱深情,寄托了对人世间苦难无常遭际的沉痛悲慨,记录了词人惜别洛阳时眷恋不舍的惆怅之情。所以清·王国维《人间词话》评此词说:"于豪放之中有沉着之致,所以尤高。"

玉楼春

这首词写于在洛阳期间,可能是景祐元年(1034)三月离洛时的作品。

洛阳正值芳菲节,秾艳清香相间发。游丝有意苦相萦,垂柳无端争赠别。　杏花红处青山缺,山畔行人山下歇。今宵谁肯远相随,惟有寂寥孤馆月。

洛阳正值芳菲节,秾艳清香相间发——芳菲节:花草芳香的季节,指春天。相间:相隔又相续。发:开花。洛阳正值姹紫嫣红的春天,百花次第开放,牡丹秾华鲜艳,清香阵阵,让人流连忘返。

游丝有意苦相萦,垂柳无端争赠别——游丝:指春天飘荡于空中的昆虫所吐之丝。萦:绕。在这百花争艳的春天里告别洛阳,多么让人眷恋不舍啊!空气中飘荡的游丝像是在有意牵挽,不忍离别。依依的垂柳也不忍行人离去。古代有折柳赠别的习俗,柳者,留也。《三辅黄图》云:"霸桥在长安城东,跨水作桥,汉人送客至此,折柳为别。"唐·刘禹锡《杨柳枝》:有"长安陌上无穷树,惟有垂杨绾别离。"这两句用拟人化手法,渲染了别离的氛围。

杏花红处青山缺,山畔行人山下歇——遥望远处,一片红杏醒目地开放在青山的缺口处,这山口就是离洛人必将行经之处,山口上上下下的人或在赶路或在歇息。唐·白居易有"花枝缺处青楼开"之句,有人认为欧词"杏花红处青山缺"取法于白诗,但境界更开阔,更有韵味。

今宵谁肯远相随,惟有寂寥孤馆月——这是词人设想之辞,离别洛阳,独自踏上征程,一路上有谁相随相伴呢?惟有天上一轮清月照着客舍中孤寂的游子。柳永有"今宵酒醒何处?杨柳岸,晓风残月"(〔雨霖铃〕)之句,欧柳两人之句异曲同工,似同出一个机杼,均以景作结,含蓄隽永。

新评

欧阳修此词善于借景渲染感情,不直接言情而情无处不在,具有深致婉曲的情调。上片借景抒情,采用拟人手法,化无情为有情,渲染气氛。下片由景及人,写行途所见,抒发伤别的离愁,歇拍以景语作结,言有尽而意无穷,感情蕴藉委婉。

浪淘沙

此词是与友人在洛阳城东故地重游有感而作。友人是谁?经人考证为梅尧臣。欧梅交游甚早,两人常常诗文题赠酬唱,友谊深厚。词中充溢着知己之情、伤别之感。

把酒祝东风,且共从容。垂杨紫陌洛城东。总是当时携手处,游遍芳丛。　　聚散苦匆匆,此恨无穷。今年花胜去年红。

可惜明年花更好,知与谁同?

把酒祝东风,且共从容——东风:即春风。从容:流连。指时间充裕。这两句的意思是:高举酒杯向和煦的春风祈祷:春风呀不要急匆匆地离去,姑且多留一段时光吧,陪伴我与友人一起享受这美好的春光!

垂杨紫陌洛城东。总是当时携手处,游遍芳丛——紫陌:指帝都郊野的道路。洛阳曾为东周、西汉的首都,传说曾用紫色土铺路。洛城即洛阳,是北宋的陪都。这三句的意思是:洛阳东郊的道路上杨柳依依,春风拂面,我与友人曾经多少次携手同游,游遍了一处处姹紫嫣红的花丛,陶醉在春光中。

聚散苦匆匆,此恨无穷——人生在世,刚相见却又匆匆离别,这种人生的苦痛让人遗恨无穷。

今年花胜去年红。可惜明年花更好,知与谁同——洛阳以牡丹著名,赏花是春天的赏心游历盛事。今年的花儿比去年开得更加红艳。想必明年的花儿一定会比今年更加娇艳,可是人生聚散无常,明年的春光下,不知能与谁人一起共赏这洛城的牡丹?词人发出深深的慨叹!

这首词上片写相聚之欢,寄托着词人东风流连的美好记忆。欧阳修自中进士后,于宋仁宗天圣九年(1031)三月至洛阳任西京留守推官,时年二十五岁,与梅尧臣等同游,遍赏洛阳名胜名花,诗酒酬唱,为一时之盛。下片写如今离别伤感,感慨万端。人生聚散无常,风流不再,盛筵难开。宋明道元年(1032),欧阳修《与梅圣俞书》说:"人生不一岁,参差遂如此,因思百年中升沉生死,离合异同,不知后会复几人,得同得不同也。"词人借赏花,用乐景写哀情,寄寓着深刻的人生感伤,感情沉挚。因此,清·俞陛云评此词曰:"因惜花而怀友,前欢寂寂,后会悠悠,至情语以一气挥写,可谓深情如水,行气如虹矣。"(《唐五代两宋词选释》)概括得十分精辟。

蝶恋花

此词又见五代词人冯延巳《阳春集》,词牌作《鹊踏枝》。但宋·李清照认为是欧阳修之作。其云:"欧阳公作《蝶恋花》有'深深深几许'之句。予酷爱之,用其语作'庭院深深'数阕,其声即旧《临江仙》也。"(《漱玉词·临江仙序》)李清照离欧阳修时代不远，其说当可信。后来王国维、唐圭璋等均将著作权归欧阳修。此词写弃妇春怨，语浅意深，婉曲幽邃，耐人寻味，蕴藏着悱恻哀伤的感情。

　　庭院深深深几许？杨柳堆烟，帘幕无重数。玉勒雕鞍游冶处，楼高不见章台路。　　雨横风狂三月暮。门掩黄昏，无计留春住。泪眼问花花不语，乱红飞过秋千去。

　　庭院深深深几许？杨柳堆烟，帘幕无重数——起首用问句，似是向人倾诉。深深的庭院到底有多幽深？婀娜的杨柳浓密繁茂，好像一堆堆轻烟随风飞舞，这层层叠叠的烟柳又像是层层幕帘重重阻隔。通过层层铺垫渲染，深院中妇人的孤独，给人以强烈的印象，衬托出这庭院的无比深邃和与世隔绝。

　　玉勒雕鞍游冶处，楼高不见章台路——玉勒雕鞍：指华美的车马。勒，带嚼口的马笼头。游冶处：指烟花场所，犹今之红灯区。章台路：汉代长安城有章台街，是游冶之处。此借指北宋汴京的红灯区。此两句的意思是：负心郎坐着华美的车马去寻逛歌楼妓馆，寻欢作乐，我登楼望远，翘首盼望，站在高楼上层也难看到男人们冶游的章台路。闺中弃妇的痴情与悲哀，跃然纸上。

　　雨横风狂三月暮。门掩黄昏，无计留春住——闺中弃妇面对三月春暮，风狂雨骤，内心十分惆怅与悲苦。黄昏时候，关门掩上暮色，悲叹春光的流逝，没有办法挽留春天永驻。此三句，三层意思，层层深入。"春"字含意深邃，既可指春天，又可指时光，同时又隐喻爱情。弃妇的因物感时，因时怀人而又自伤悲苦的内心世界，通过婉曲的笔致细腻传神写出，悱恻动人。

　　泪眼问花花不语，乱红飞过秋千去——此两句情景相生，虚实相衬。我噙着眼泪问春花，可花儿默默无语。一阵狂风吹来，飘零的花瓣随着风儿吹落到秋千那边去了。以花拟人，自悲身世。这两句是历来备受人赞赏的佳句。在此之前晚唐温庭筠有"百舌问花花不语"（〔惜春词〕）之句，严恽也有"尽日问花花不语，为谁零落为谁开"（《落花》）之句，这大概是此两句所本，但欧词之句更胜一筹，青出于蓝而胜于蓝。

　　这首词词旨是什么？历来有多种说法。清代常州词派创始人张惠言主寄托之说。认为："'庭院深深'，闺中既以邃远也；'楼高不见'，哲王又不悟也。章台游冶，小人之径。'雨横风狂'，政令暴急也。'乱红飞过'，斥逐者非一人而已。殆为韩、范作乎？""哲王又不悟也"，用于比附《离骚》，又把"乱红飞过"穿凿为北宋庆历新政大臣韩琦、范仲淹遭受斥逐。王国维不同意张惠言寄托观点,认为欧词是:"兴到之作,有何命意?"其实这首词是代弃妇所作,词中女主人公昔为青楼女子,如今年老色衰,遭抛弃,深锁在深深的庭院,已无人问津,迟暮悲伤之情贯穿全篇。此词善用渲染衬托手法,层层深入。清·毛先舒《古今词论》说:"永叔词曰:'泪眼问花花不语,乱红飞过秋千去。'此可谓层深而浑成。何也?因花而有泪,此一层意也。因泪而问花,此一层意也。花竟不语,此一层意也。不但不语,且又乱落,飞过秋千,此一层意也。人愈伤心,花愈恼人,语愈浅,而意愈入,又绝无刻画费力之迹。"词中以花拟人,花人合一,弃妇无所依托的命运正如这凋落的花瓣随风飘零。词人善用生花妙笔,传达出弃妇哀怨悲苦的情思,十分生动地刻画出了女主人公悲惨的命运遭遇。读完全词掩卷之际,不能不让人悄然深思。

蝶恋花

这是一首闺怨词,作年不详。

面旋落花风荡漾。柳重烟深,雪絮飞来往。雨后轻寒犹未放,春愁酒病成惆怅。　　枕畔屏山围碧浪。翠被华灯,夜夜空相向。寂寞起来褰绣幌,月明正在梨花上。

面旋落花风荡漾。柳重烟深,雪絮飞来往——面旋落花:落花在面前旋转。烟:雾气。雪絮:像雪一样的柳絮。这三句的意思是:春风荡漾,落花飞旋,已让人觉得伤春愁怀。再加上柳重烟深,白絮飞舞,更牵动愁肠。这三句渲染出了一派伤春的愁绪氛围。

雨后轻寒犹未放,春愁酒病成惆怅——屋外春雨绵绵,淅淅沥沥,雨后轻寒,阵阵袭人,借酒驱寒,酒入愁肠,让闺中人愁上添愁,有道是"抽刀断水水更流,借酒浇愁愁更愁"。

枕畔屏山围碧浪。翠被华灯,夜夜空相向——屏山:指闺房中的屏风。碧浪:指屏风上的波浪图案。这三句的意思是:闺房中思妇抱枕凝思,但见屏风上碧浪滔天,像是思妇此时此刻内心深处心潮的起伏浪涌。尽管每夜拥有翠被华灯,但孤衾独守空闺,夜夜难眠。此三句描绘了闺中的孤寂和寒冷。

寂寞起来褰绣幌,月明正在梨花上——褰(qiān):揭起,拉开。幌:帘帐。这二句的意思是:闺妇夜里转辗反侧,难以入眠,中夜起床,拉开绣帘,似欲排遣无穷无尽的愁绪。仰望窗外,一轮皎洁的明月正深情地照映着大地,院中洁白的梨花正寂寞地开放,显得十分孤凄。结拍以景作结,伤情之景愈衬托出闺中之人内心的痛楚,含蓄蕴藉。

这首词是欧阳修闺怨词的名篇。清·王国维《人间词话》附录一评此词说:"欧公〔蝶恋花〕'面旋落花'云云,字字沉响,殊不可及。"上片浓笔描绘春晓景色,衬托闺中人的愁情伤感,重在渲染气氛,营造孤凄的氛围。下片由远及近,由室外而室内,刻画闺中人身形的孤独和内心的痛楚。末句由情入景,以景作结,创造了一派幽独清冷的孤凄境界,韵味悠长。

朝中措

这是一首送别词,作于宋仁宗嘉祐元年(1056),原题为"送刘原甫出守维扬"。刘敞,字原甫,是欧阳修的好友,比欧阳修小十二岁,刘时年三十八岁,欧时年已五十岁,故词中自称"衰翁"。

平山栏槛倚晴空,山色有无中。手种堂前垂柳,别来几度春风? 文章太守,挥毫万字,一饮千钟。行乐直须年少,尊前看取衰翁。

平山栏槛倚晴空,山色有无中——平山:指平山堂,在扬州城的西北,位于名刹大明寺侧,是庆历八年(1048)郡守欧阳修所建,临堂眺望,江南诸山一一拱揖槛前,山与堂平,故称平山堂。词人开篇即回忆当年扬州登临胜事。一个"倚"字,写足了平山堂地势之高和建筑之壮丽。山色有无中,句出唐代诗人王维《汉江临眺》:"江流天地外,山色有无中。"欧阳修顺手拈来入词,天衣无缝,渲染出了江南烟雨迷濛的气象。

手种堂前垂柳,别来几度春风——词人回忆当年亲手种植柳树一株,人称欧公柳。据《墨庄漫录》记载,后来又有薛嗣昌作太守,相对欧公柳也种柳一株,自榜曰"薛公垂",人都嗤之,嗣昌一走,即遭砍伐。词人津津乐道手种垂柳,实是暗许自己出守扬州的政绩。别来几度春风?实是用发问方式表达深沉的缅怀之情,情思幽邈。

文章太守,挥毫万字,一饮千钟——文章太守指刘敞(1019—1068),字原父(甫),庆历六年(1046)进士,历仕知制诰、集贤院学士等。至和二年(1055),与欧阳修一起奉使契丹,归后,出知扬州。词人赞赏刘敞才华横溢,豪气逼人。文章出众,下笔万言,豪饮千钟,其文著,其笔健,其饮豪。词人鼓励刘敞莅临扬州后建功立业。

行乐直须年少,尊前看取衰翁——这末尾之句,既劝友,又写己,鼓励刘敞珍惜大好时光,大展宏图,不要像自己一样碌碌无为,这是自谦之词。看看我这个衰翁吧,宴席上不能痛饮了,你可要抓紧时间啊!词人是正话反说,十分诙谐幽默和豁达乐观,既勉友,又调侃自己,意兴盎然。

宋仁宗嘉祐元年(1056),好友刘敞将出守扬州,欧阳修以词送行,别具一格。古代送人赴任,大多用诗文,一般不用词,因为"词为艳科",常用以赠妓等。但欧阳修以诗入词,词风豪放,一改香艳之气,在词的题材和词风上追求创新。上片起调突兀奇绝,气势非凡,入笔即描绘词人任扬州太守时所建平山堂的雄姿,凭栏远眺,山色隐约,似有似无。继之想起亲手种植的杨柳,"几度春风",既写时光倏忽,又写柳树风姿,让人舒襟畅怀,浮想联翩。下片前三句赞美好友刘敞文章风流,才华倜傥,饮酒挥毫,痛快淋漓地抒发自己的豪情和才气。据《宋史·刘敞传》记载:敞文思敏捷,尝一挥九制,欧阳修常写信与其切磋学问。结尾二句抒发人生感慨,正话反说。《蓼园词评》评此词说:"君子进德修业欲及时也。无事不须在少年努力者。现身说法,神采奕奕动人。"对此词的理解很到位。全词豪迈之气流贯其中,给人以豁达温愉之感。清·曹尔堪说:读欧公〔朝中措〕,如见公之"须眉生动,偕游于千载之上也"。其说甚是。

玉楼春

这是一首闺怨词,写春闺离愁,疑似代妻胥氏所作,约在景祐元年(1034)暮春。

去时梅萼初凝粉,不觉小桃风力损。梨花最晚又凋零,何事归期无定准。　栏干倚遍重来凭,泪粉偷将红袖印。蜘蛛喜鹊误人多,似此无凭安足信。

去时梅萼初凝粉,不觉小桃风力损——萼:花瓣下部的一圈绿色小片。凝粉:花蕾绽开。小桃:桃的一种,元宵节前后开花,状如垂丝海棠。这两句的意思是:离家的时候是冬天,梅花初绽花蕾。之后不知不觉又是小桃绽放,在春风的吹拂下它们一一凋零。以景致的变化衬托时光的快逝。

梨花最晚又凋零,何事归期无定准——不知不觉开得最晚的梨花也凋落了,一个好端端的春天在花开花落之中匆匆逝去,漫漫的等待,无比的难熬,是什么事情让心上人回不了家?为什么又这么没有定准呢?闺中妇人的盼望、怨恨,其心态通过三个物候的变化经历了离别、盼望、怨恨三个阶段。

栏干倚遍重来凭,泪粉偷将红袖印——登楼望远,倚栏企盼,闺妇一次又一次失望,泪水沾湿了红袖。

蜘蛛喜鹊误人多,似此无凭安足信——蜘蛛:此指蜘蛛中的一种,称喜蛛或蟢子,古人视之为喜瑞,如同喜鹊。闺妇的希望一次又一次破灭,埋怨谁呢?那个老来报喜的喜蛛和喜鹊真是该死,一次又一次地让我空欢喜。晋·陆机《毛诗草木鸟兽虫鱼疏》说:"此虫(喜蛛)来著人衣,当有亲客至。"唐·权德舆《玉台体》诗:"昨夜裙带解,今朝蟢子飞。铅华不可弃,莫是藁砧归。"旧题晋·葛洪《西京杂记》:"乾鹊噪而行人至,蜘蛛集而百事喜。"通过埋怨喜蛛和喜鹊谎报喜讯,反映闺妇望夫心切的非理性程度。类似的写法如敦煌曲子词〔鹊踏枝〕:"叵耐灵鹊多谩语,送喜何曾有凭据。"欧词可能受到此词的影响。

这首闺怨词细腻地刻画出一个盼夫归来的思妇形象,通过物候的变迁,表达时光的流逝,闺妇的心情由盼生怨,最后怨得无理,竟责怪"蜘蛛喜鹊误人多",于无理中衬出闺妇的内心世界,其思深,其盼切。从此词可以看出欧阳修词深受唐五代词风影响,而且自觉汲取民间词的养分。

浣溪沙

此词当是欧阳修于宋仁宗皇祐元年至二年(1049—1050)出知颍州时期所作西湖词,堪比欧阳修出知滁州时所作的《醉翁亭记》、《丰乐亭记》,展示了欧公与民同乐的执政理念。

堤上游人逐画船，拍堤春水四垂天，绿杨楼外出秋千。
白发戴花君莫笑，六幺催拍盏频传，人生何处似尊前。

堤上游人逐画船，拍堤春水四垂天，绿杨楼外出秋千——西湖岸堤上的游人熙熙攘攘，摩肩接踵，似乎都在追逐湖中流光溢彩的游船。词人置身画船之中，但见湖面波光粼粼，春水荡漾，碧波拍岸，眺望周围，天幕四垂，春水与长天一色，尽兴赏春，让人流连忘返。绿杨掩映中的楼头阁外，正悠然荡出一索秋千，一个少女的翩翩倩影与溶溶春意相辅相成，相映成趣，构成了一幅春天的图画。唐·王维《寒食城东即事》诗有"秋千竞出垂杨里"之句，南唐·冯延巳[上行杯]词有"柳外秋千出画墙"之句，均是欧词所本，而"欧语尤工"（清·王国维《人间词话》）。

白发戴花君莫笑，六幺催拍盏频传，人生何处似尊前——六幺：曲调名，又名《绿腰》。催拍：音乐的节奏急促。尊：同"樽"，酒杯。如此良辰美景，旖旎春光，正好饮酒行乐。醉酒插花，本是古人放逸之举，但词人聊发少年狂，白发戴花，豪情勃发，"君莫笑"是自嘲之语。意思是让我在急管繁弦的《六幺》声中，按拍传盏，畅怀痛饮，一醉方休。欢情至此达到高潮，结拍处迸出一声心底的喟叹：人生又有什么比沉醉酒中更能令人忘记一切、快慰无比的呢！

此词是欧阳修著名的颍州西湖词之一，是借游湖赏春，以排遣人生的烦忧，乐中隐哀，似有凄怆沉郁之慨。上片写湖上春游，一系列动词"逐"、"拍"、"出"，相互呼应，展示了一幅春意盎然的画船春水、绿杨楼台、秋千少女的春光明媚图卷。下片写饮酒遣怀，自娱自嘲，勾勒了旷放不羁的词人自我形象，结拍一句是点睛之笔，抒发了词人宦海沉浮、遍尝人情冷暖的感悟，寓有及时行乐之意。清·黄蓼园曰：按第一阕写世上儿女多少得意欢娱。第二阕"白发"句写老成意趣，自在众人喧嚣之外。末句写得无限凄怆沉郁，妙在含蓄不尽（《蓼园词评》）。因此，此词之感慨，与欧阳修《醉翁亭记》中"饮少辄醉"、"苍颜白发，颓然乎其间"的"太守"形象相一致，不是颓废堕落的形象。

浣溪沙

这是欧阳修于宋仁宗皇祐元年至二年（1049—1050）出知颍州时期所作西湖

词,其写作意旨堪比出知滁州时所作的名篇《醉翁亭记》。

湖上朱桥响画轮,溶溶春水浸春云,碧琉璃滑净无尘。当路游丝萦醉客,隔花啼鸟唤行人,日斜归去奈何春!

湖上朱桥响画轮——画轮:原指有花纹彩饰的车轮,此用于指代华丽的车子。清晨,颍州西湖还沉浸在春梦中时,远处的红桥上驶过一辆辆装饰华美的车辆,车轮滚滚,碾过桥面,打破了湖上的宁静,发出阵阵响声。原来这是太守带人来游湖了。

溶溶春水浸春云——溶溶:水流广阔的样子。颍州西湖湖面广渺,春色撩人,溶溶春水与蓝天碧云相映,似乎湖水弥漫到了云天之上,又似乎云彩掉落到湖水之中,水天一色,似真似幻,让人陶醉。

碧琉璃滑净无尘——琉璃:一种釉料,用以涂饰砖瓦,表面光滑而富于色彩。碧琉璃,比喻湖水碧绿。颍州西湖湖水碧绿,水面如镜,如琉璃一般鲜亮,给人的感觉是滑净无尘。欧阳修晚年所作〔采桑子〕有"无风水面琉璃滑,不觉船移"之句,大概就取意于此。

当路游丝萦醉客,隔花啼鸟唤行人——游丝:春天蜘蛛之类昆虫吐出的丝飘游空中。萦:缠绕。太守陶醉西湖之上,开宴畅怀,其乐融融,面对一湖春水,众宾欢饮,不知不觉已到傍晚时分,夕阳西下,醉眼蒙胧的太守带着众宾客踏上归途,但多情的春天游丝缠绕着醉客,似乎是在挽留;花丛中的鸟儿对着归客发出婉转多情的啼鸣,似乎恋恋不舍。这是词人善用曲笔,反客为主,借游丝、花鸟之多情,反衬游人陶醉西湖之上不忍归去的心情。

日斜归去奈何春——夕阳西下,天色渐暮,太守带着不忍归去的惆怅,无可奈何地归去。"奈何春"三字,表达对春天的恋恋不舍,更何况是颍州西湖的一湖春色呢!

欧阳修出任颍州知州,公务之暇,流连颍州西湖,啸傲湖山,赏春游湖,与民同乐。这首词描绘颍州西湖美景,写景色彩绚丽,抒情婉曲蕴藉。上片写初到湖上,重在描绘湖上春景,车马之繁,湖水之碧,令人陶醉。下片写迟暮归去,借游丝萦客,啼鸟唤人,衬托游客留恋不舍,似更有无限情味。末句点明无限惆怅,徒唤奈何!词中"当路游丝萦醉客,隔花啼鸟唤行人"是全词点睛之处,按照王国维的说法"一切景语皆情语也",明明是游人舍不得归去,却说成是游丝、啼鸟挽留游人,这便是词体以婉曲写情的特别之处。结句用陡转直下的笔法揭示了游人内心惜春伤春的情感,含蓄蕴藉,不尽之意见于言外。

采桑子

〔采桑子〕组词共十首,每首均以"西湖好"起句,为连章鼓子词,是欧阳修晚年于神宗熙宁四年(1071)辞官退休后归隐颍州(今安徽阜阳),流连西湖而作。欧阳修在词前《西湖念语》中,叙述了当时的恬然自适心情:"虽美景良辰,固多于高会;而清风明月,幸属于闲人。并游或结于良朋,乘胜有时而独往。鸣蛙暂听,安问属官而属私;曲水临流,自可一觞而一咏。至欢然而会意,亦傍若于无人。"十篇之作似非一时而写,从不同侧面描绘颍州西湖之胜,抒发了吟咏山水、流连光景的欢愉之情,于写景状物之中寄托词人淡泊宁静的心境,更反映了晚年欧阳修在历经世事沧桑之后的一种人生感悟。

轻舟短棹西湖好,绿水逶迤。芳草长堤,隐隐笙歌处处随。
无风水面琉璃滑,不觉船移。微动涟漪,惊起沙禽掠岸飞。

轻舟短棹西湖好,绿水逶迤——短棹:小桨。逶迤:曲折绵长的样子。坐在轻舟中手划小木桨,荡漾在颍州西湖之上,多么悠然自得,但见碧绿的湖水蜿蜒曲折地流淌,真是春光旖旎啊!

芳草长堤,隐隐笙歌处处随——湖边的长堤上芳草萋萋,春意盎然。湖上小船穿梭游弋,传来悠扬的笙歌,似是处处相随,充溢着欢乐的气氛。

无风水面琉璃滑,不觉船移——琉璃:一种釉料,滑腻而有光泽,一般为绿色或黄色。此处用来比喻晶莹澄碧的西湖春水,多么传神。湖面上风平浪静,水面犹如琉璃一般光滑,游船在移动而人不觉。这两句细腻入神地描写了湖面平滑澄碧的客观景象和游人不觉船移的主观感受,动中有静,静中有动,相映成趣。

微动涟漪,惊起沙禽掠岸飞——涟漪:水面兴起的波纹。微风吹来,小船荡波而动,在湖上兴起一丝波纹,敏感的湖上禽鸟受到惊吓而纷纷掠岸飞走。此两句以动写静,愈衬出湖面的幽静,同时也反衬出词人内心的宁静。

此词是〔采桑子〕组词十篇之首,写西湖赏景之乐,笔调欢快而活泼。上片重在描绘湖上春景,勾勒出一幅春日泛舟西湖的图景,如诗如画,引人心驰神往。下片着意船行湖上的情景和雅趣,设喻生动,用字精确,以动写静,静中写动,情趣盎然。末句"惊起沙禽掠岸飞",使整个画面充满勃勃生机,有声有色。

采桑子

此词是欧阳修〔采桑子〕十首组词中的第四首,歌咏颍州西湖的晚春景色,抒发自己伤春惜时之情。

群芳过后西湖好,狼藉残红。飞絮蒙蒙,垂柳阑干尽日风。
笙歌散尽游人去,始觉春空。垂下帘栊,双燕归来细雨中。

群芳过后西湖好,狼藉残红。飞絮蒙蒙,垂柳阑干尽日风——狼藉:凌乱的样子。残红:指落花。飞絮:春天到处飘扬的柳絮。阑干:指横斜的样子。这四句的意思是:颍州西湖的晚春风景是多么美好,烂漫的百花在风雨中凋零,满地残红凌乱,漫天飞舞的柳絮到处轻飏,迷迷蒙蒙、婀娜多姿的垂柳在风中摇曳生姿,婆娑起舞。词人以疏淡之笔描绘出一幅西湖暮春风景画。

笙歌散尽游人去,始觉春空。垂下帘栊,双燕归来细雨中——帘栊:窗帘。栊,窗棂。这四句的意思是:词人流连西湖之上,沉醉在歌舞宴乐之中,当乐曲与歌声随着游人的离去而消歇时,蓦然感觉到春光的稍纵即逝。夜幕降临,正想放下窗帘,眼前却看到一对紫燕在绵绵细雨中翩然归来,似曾相识,心中不免感慨万千,有伤春惜时之感。帘外细雨,双燕归来,在一番热闹喧哗之后,特别显得清幽宁静。唐·陆龟蒙《病中秋怀寄袭美》有"双燕归来始下帘",南唐·冯延巳〔采桑子〕有"日暮疏钟,双燕归栖画阁中",或许是欧词末句所本。

此词描绘西湖暮春景致,抒发了伤春惜时之感,展示了欧阳修晚年从容自适的情怀,气度雍容闲适。上片纯然写景,抓住晚春特点。下片于暮春晚景外写内心的感受,这种感受不是一般人所能道出,反映词人致仕(退休)颍州后无所牵挂而又微觉惆怅的闲愁。词人借晚春的景致,在反映自己的心境与心态,这是一种繁华之后归于平淡的感受,是欧阳修笔下所独有的。

采桑子

题解

这是欧阳修〔采桑子〕十首组词中的第八首,歌咏颍州西湖夏夜月下的美丽风景,抒发悠游湖上翩然入仙之感。

天容水色西湖好,云物俱鲜。鸥鹭闲眠,应惯寻常听管弦。风清月白偏宜夜,一片琼田。谁羡骖鸾,人在舟中便是仙。

注解

天容水色西湖好,云物俱鲜——云物:犹言景物。颍州西湖夏天的夜晚,月白风清,水天一色,四周的景物显得格外鲜明。

鸥鹭闲眠,应惯寻常听管弦——湖中的鸥鹭在银色月光下安闲地进入梦乡,它们早已习惯这湖面游船上传来的宴乐管弦之声。

风清月白偏宜夜,一片琼田——琼田:玉田,传说中种玉的田,此指晶莹如玉的月下湖面。月白风清的氛围最适宜今夜的颍州西湖,波光粼粼,水面似一片琼田玉鉴,让人产生一种飘飘欲仙的幻觉。

谁羡骖鸾,人在舟中便是仙——骖鸾:传说中仙人乘鸾鸟登仙而去。骖,驾;鸾,传说中凤凰类的神鸟。面对如此良辰美景,谁羡慕驾鸾飞仙而去呢?不如驾一叶扁舟,悠游西湖之上,人在舟中陶醉便是胜过神仙啊!

新评

这首词写夏夜月下颍州西湖的美景,妙不可言,上下天光,一碧万顷,琼田玉鉴,驾舟泛游湖上,飘然与万物冥合,胜过乘鸾而登仙。上片描绘天容水色,万物融会和谐,天人合一。下片描绘月下美景,渲染空明澄澈的境界,抒发词人舟中成仙的悠悠情致!

玉楼春

此词作年不详。写闺中思妇深沉凄绝的别恨,感情蕴藉,风格深曲婉丽。

别后不知君远近,触目凄凉多少闷。渐行渐远渐无书,水阔鱼沉何处问。　夜深风竹敲秋韵，万叶千声皆是恨。故敧单枕梦中寻，梦又不成灯又烬。

别后不知君远近，触目凄凉多少闷——这两句的意思是：凄凄惨惨相别，不知君行千里万里到了哪里？满目凄凉，内心是多么悲伤和愁闷！

渐行渐远渐无书，水阔鱼沉何处问——水阔鱼沉：指两人分别后相距遥远，音信隔绝。古代有鱼腹传书的传统，汉乐府《饮马长城窟行》有"呼儿烹鲤鱼，中有尺素书"。这两句的意思是：行人渐行渐远，书信也随之渐渐稀疏，直至完全失去音讯，关山万里，烟水苍茫，行人的踪迹无处可问，思妇内心的离愁别恨愈聚愈深，无法排解。

夜深风竹敲秋韵，万叶千声皆是恨——夜晚躺在床上辗转反侧无法入眠，秋风吹竹瑟瑟有声，万叶千声犹如在诉说离别的痛楚。

故敧单枕梦中寻，梦又不成灯又烬——敧（qī）：斜，倾。烬：灰。辗转反侧，故意将枕斜放，企盼入睡后做个好梦，梦中寻见日夜相思的行人，但睡不着，做不成梦，漫漫长夜难熬，直到灯烛燃尽，仍无法入梦，其内心的相思之苦，其苦何深！

这首词写离愁别恨，可谓铭心刻骨。上片写白日相思，下片写深夜痛楚，离愁别恨，愈转愈深，抒情强烈真挚，似真似梦，凝聚着一段有情人海誓山盟的爱情故事。唐圭璋《唐宋词简释》评曰："此首写别恨，两句一意，次第显然。分别是一恨，无书是一恨，夜闻风竹，又揽起一番离恨，而梦再难寻，恨更深矣。层次深入，句句沉着。"

望江南

这是一首咏物词，专咏蝴蝶，意在嘲讽轻狂少年的浮浪。

江南蝶，斜日一双双。身似何郎全傅粉，心如韩寿爱偷香。天赋与轻狂。　微雨后，薄翅腻烟光。才伴游蜂来小院，又随飞絮过东墙。长是为花忙。

【新解】

江南蝶，斜日一双双——江南的蝴蝶，夕阳下成双作对地在翩翩飞舞。似是写实。

身似何郎全傅粉，心如韩寿爱偷香。天赋与轻狂——何郎：何晏，字平叔。三国魏玄学家，好老庄言，开清谈风气。《世说新语》记载："美姿仪，面至白。魏明帝疑其傅粉，正夏月，与热汤饼，既啖，大汗出，以朱衣自拭，色转皎然。"因称傅粉何郎。韩寿：西晋大臣贾充之部属，美姿容，贾充的女儿见而悦之，"因与潜修音问，及期往宿。"并以家中奇香赠之。事发，贾充不得不将女儿嫁韩寿。这三句以人喻蝶，以何郎傅粉喻蝴蝶的外形美，蝴蝶翅膀上傅着一层蝶粉，仿佛是经过精心装扮的美男子。以韩寿偷香喻指蝴蝶依恋花丛，采花传粉的特性，指出其天性轻狂。此处词人善用典故，用以咏蝶，妙笔天成。

微雨后，薄翅腻烟光——腻烟光：指蝴蝶的翅膀在雨后春光照映下显得更润泽滑腻。这两句的意思是：微雨润如酥，翩翩蝴蝶在雨后春光照映下更显得润泽滑腻，愈发美丽动人。

才伴游蜂来小院，又随飞絮过东墙。长是为花忙——蝴蝶在春光下忙碌不停，才伴游蜂来过小院，又随春絮飞到东墙下的花丛去了，蝴蝶飞来飞去不知疲倦，原来都是为了花儿忙碌啊！

【新评】

这是一首咏物词，所咏对象是蝴蝶。上片咏蝴蝶的外貌和本性，以傅粉何郎比喻蝴蝶的美貌，以韩寿偷香喻指蝴蝶风流成性。下片咏蝴蝶为采花蜜而不知疲倦，到处飞来飞去。词中以"天赋与轻狂"，点出蝴蝶情爱不专，恣情放浪，又点明它与"游蜂""飞絮"相伴，更是含蓄地比喻它"狂蜂浪蝶"的本性和"水性杨花"的本质。似乎这蝴蝶身上集中了风流浪子眠花宿柳、寻欢作乐的种种劣迹，蝴蝶就成为活脱脱的轻狂浪子的化身。此词表面是咏蝶，其实是讽谕浮浪少年的轻狂和放荡。或许此词有其本事吧。

浪淘沙

这是一首咏史词。欧阳修采用以诗入词的笔法，可谓开以词咏史的风气之先，后来苏、辛均受其影响。

五岭麦秋残,荔子初丹。绛纱囊里水晶丸。可惜天教生远处,不近长安。　往事忆开元,妃子偏怜。一从魂散马嵬关。只有红尘无驿使,满眼骊山。

　　五岭麦秋残,荔子初丹。绛纱囊里水晶丸——五岭:越城岭、都庞岭、萌渚岭、骑田岭、大庾岭,称五岭,在广东广西地区。绛纱:指荔枝浅红色的果皮。水晶丸:指荔枝的果肉。这三句的意思是:在广东广西的岭南地区,初夏麦子收割时节,此时荔枝也开始红熟,红红的果皮内包裹着像水晶一样的肉丸,这就是美味甜洌的荔枝。交代荔枝出产的地点、季节以及外表和内质,形象鲜明,比喻贴切。

　　可惜天教生远处,不近长安——教:使。此二句的意思是:可惜荔枝这珍奇之物,老天爷偏偏让它生长在偏远的岭南,而不靠近都城长安。暗中引出唐玄宗宠爱杨贵妃,飞骑传送荔枝的史事。唐·白居易《荔枝图序》:"若离本枝,一日而色变,二日而香变,三日而味变,四五日外,色香味尽去矣。"唐·杜牧《过华清宫》:"长安回望绣成堆,山顶千门次第开。一骑红尘妃子笑,无人知是荔枝来。"宋·苏轼《荔枝叹》:"十里一置飞尘灰,五里一堠兵火催。颠坑仆谷相枕藉,知是荔枝龙眼来……宫中美人一破颜,惊尘溅血流千载。"都是咏唐玄宗专宠杨贵妃飞骑传送荔枝进贡之事。

　　往事忆开元,妃子偏怜。一从魂散马嵬关——开元:唐玄宗的年号(713—741)。妃子:指杨玉环,即杨贵妃。马嵬关:唐代地名,又称马嵬驿,在今陕西省兴平西。唐天宝十四载(755),安禄山反。次年六月潼关失守,唐玄宗逃亡奔蜀,行至马嵬驿,御林军发生兵变,逼迫玄宗缢杀杨贵妃以谢天下。这三句的意思是:忆昔唐玄宗开元年间,杨贵妃受到玄宗的宠爱,正如白居易《长恨歌》中所说:"姊妹弟兄皆列土,可怜光彩生门户。遂令天下父母心,不重生男重生女。"正是唐玄宗宠幸贵妃,荒淫误国,酿成安史之乱,最终杨氏兄妹死于马嵬坡,历史无情地惩罚了作孽者。

　　只有红尘无驿使,满眼骊山——骊山:在陕西临潼城东南,唐华清宫故址,有温泉。这二句的意思是:回首往事,放眼骊山,只看到紫陌红尘依旧,却不见快马奔驰传送荔枝的驿使了!咏史吊古,兴亡之变,两相对照,何等让人感慨!

　　词主要是用来抒情的,而用词这种形式来咏史,不太容易。欧阳修较好地处理了咏史与议论,抒情与写景的关系,专咏开元、天宝间唐玄宗荒淫、杨贵妃专宠的史事,深寓鉴戒之意。上片通过快骑万里专递荔枝,揭露唐玄宗专宠贵妃的荒淫奢侈,语含揶揄讽刺。下片通过马嵬兵变,交代唐玄宗、杨贵妃荒淫误国的悲剧结局,寓有警示感慨之意。欧词咏史而不直接发表议论,而是通过景象的描绘含蓄深沉地表露出来,其警世讽谕之意深沉隽永,耐人寻味。其昭示的含义正如欧阳修名文《五代史伶官传序》所云:"忧劳可以兴国,逸豫可以亡身,自然之理也。"

◎文

非非堂记

题解

欧阳修于天圣九年（1031）三月至洛阳任西京留守推官，并迎娶恩师胥偃之女成婚，生活安定下来。次年即明道元年（1032）在洛阳府署正厅西侧，建非非堂居之，堂成，作此文。

权衡之平物[1]，动则轻重差，其于静也，锱铢不失[2]。水之鉴物[3]，动则不能有睹，其于静也，毫发可辨[4]。在乎人，耳司听[5]，目司视，动则乱于聪明[6]，其于静也，闻见必审[7]。处身者不为外物眩晃而动[8]，则其心静，心静则智识明，是是非非[9]，无所施而不中，夫是是近乎谄[10]，非非近乎讪[11]，不幸而过，宁讪无谄。是者，君子之常，是之何加。一以观之[12]，未若非非之为正也。

予居洛之明年[13]，既新厅事，有文纪于壁末[14]。营其西偏作堂[15]，户北向，植丛竹，辟户于其南[16]，纳日月之光。设一几一榻，架书数百卷，朝月居其中。以其静也，闭目澄心，览今照古，思虑无所不至焉。故其堂以非非为名云。

[1]权衡：指称量物体轻重的衡器。权，秤锤。衡，秤杆。
[2]锱（zī）、铢（zhū）：古代的重量单位。分量极微小。
[3]鉴：照。
[4]毫发：极言细小。
[5]司：分管。
[6]聪：听觉。 明：视觉。
[7]审：真实。
[8]处身者：立身处世的人。 外物：身外之物，指名利等。 眩晃：迷惑。
[9]是是非非：肯定正确，否定错误。
[10]谄（tāo）：隐讳。
[11]讪：讥刺，诽谤。
[12]一以观之：综合起来观察。

〔13〕居洛之明年：欧阳修于天圣九年（1031）到洛阳任职，明年即第二年，也即明道元年（1032）。
〔14〕有文：指欧阳修所撰《河南府重修使院记》。
〔15〕"营其"句：指在官署西侧构建非非堂。
〔16〕辟户：开窗户。

此文是欧阳修的早期散文。非非堂，在洛阳欧阳修办公署衙的西侧，因堂成而作此记。此记一反常规，不重叙事抒情，却以议论为主，借"非非"堂之名来阐述自己的是非观，集中表达了欧阳修对人生理想和社会现实的哲学思考，从文中可管窥到欧阳修的经邦济世的抱负和信念。此文起笔连用三个比喻，生动形象。天平称重必须平衡，才能不失衡准。水面必须平静如镜，才能照出影像。人只有处于心平气和之中，才能知人论事，明察秋毫。这一见解可能承传于《庄子·天道》篇："万物无足以铙心者，故静也。水静则明烛须眉，中平准，大匠取法也。水静犹明，而况精神。圣人之心静乎，天地之鉴也，万物之镜也。"因此，作者认为"处身者不为外物眩晃而动"，必须心静；心静，才会明智。强调心静才能"是是非非，无所施而不中"，而"是是近乎谄，非非近乎讪"，表明自己"宁讪无谄"、决不妥协的做人原则。欧阳修将自己淡泊明志、宁静致远的立身处世原则用于命名堂名，足见其用心之良苦。综观欧阳修一生，他勇于非非、耿介守志，不肯随俗浮沉，虽迭遭贬谪在所不惜。全文虽短小，但行文简古，不失为一篇精悍而意蕴的哲理文。

养鱼记

本文大概作于明道元年（1032）作者在洛阳任西京留守推官时。当时，章献太后垂帘听政，幸臣、宦官得势用事，而正直有为人士多不能得到任用，作者同样也无法施展自己的抱负。文章通过"巨鱼枯涸在旁，不得其所，而群小鱼游戏乎浅狭之间"这个鲜明对比，暗示当时的现实，发抒内心的感慨，不难看出作者内心的不甘和不平。

折檐之前有隙地〔1〕，方四五丈，直对非非堂〔2〕。修竹环绕荫映，未尝植物。因洿以为池〔3〕，不方不圆，任其地形；不甃不筑〔4〕，全其自然。纵锸以浚之，汲井以盈之〔5〕。湛乎汪洋〔6〕，晶乎清明〔7〕。微风而波，无波而平。若星若月，精彩下入。予偃息其上〔8〕，潜形于毫芒〔9〕，循漪沿岸〔10〕，渺然有江湖千里之想〔11〕。斯足以舒忧隘而娱穷独也〔12〕。

乃求渔者之罟[13]，市数十鱼，童子养之乎其中。童子以为斗斛之水[14]，不能广其容[15]，盖活其小者而弃其大者。怪而问之，且以是对。嗟乎，其童子无乃嚚昏而无识矣乎[16]？予观巨鱼枯涸在旁[17]，不得其所，而群小鱼游戏乎浅狭之间，有若自足焉。感之而作《养鱼记》。

[1] 折槛：弯弯曲曲的走廊。　隙地：空地。
[2] 非非堂：作者在明道元年于河南府官衙西所建的一间书室，作者有《非非堂记》记其事。
[3] 因洿以为池：顺势就着原来的洼地挖掘池塘。洿(wū)，低洼地。
[4] 甃(zhòu)：用砖砌。
[5] "纵锸"两句：用铁锹将它挖深，汲取井水将它灌满。锸(chā)，铁锹。
[6] 湛：澄清，深澈。
[7] 晶：光亮。
[8] 偃息：休息。
[9] 潜形于毫芒：形象纤毫毕现在池水中。
[10] 循漪沿岸：沿着水池散步。漪，微波，微澜。
[11] 江湖千里之想：《南史·齐竟陵王昭胄传》："昭胄子同，同弟贲，幼好学，有文才，能书善画，于扇上图山水，咫尺之内，便觉万里为遥。"这里用其意。
[12] 舒忧愠：舒散内心的忧愁悒郁。　穷独：处境困厄而能独善其身的人，这里是作者自指。
[13] 罟(gǔ)：渔网。这里用作动词，用渔网打鱼。
[14] 斗斛之水：形容池中水量极少。
[15] 广其容：扩大水池容量。
[16] 无乃……乎：不是……吗？表轻微的反诘语气。　嚚(yín)：愚顽。　识：见识。
[17] 枯涸：干枯无水的小沟。这里用作动词，指大鱼被丢弃岸上因干枯无水而受罪等死。《庄子·外物》："顾视车辙中，有鲋鱼焉。"

　　本篇是寓言性的记事，也是一篇优美的小品文。文章分为前后两部分，前半篇以简约流利的笔触描写了非非堂前新挖池塘的景观。这个池塘是利用空地挖成，不方不圆，不砌砖石，不加夯筑，一切任其自然；池水澄清深广，晶亮透明，微风起时，阵阵涟漪，无风时水面平静，夜晚星月倒映其中，景色优美。这规模不大的池塘却引起作者无限的遐想，足以抒忧解闷。前段虽写得较为详细，所占篇幅也较多，其实都是衬笔。
　　后半篇写养鱼，仍以"池小"为着眼点，重点突出童子"活其小者而弃其大者"。他责怪童子的"嚚昏而无识"。这是因为作者别有所感："予观巨鱼枯涸在旁，不得其所，而群小鱼游戏乎浅狭之间，有若自足焉。"《庄子·外物》云："夫揭竿累，趣灌渎，守鲵鲋，其于得大鱼难矣。"意思是：提着细小的竿绳，跑到灌溉的沟渠,只能得到小鱼,难以得到大鱼。作者结合现实,略变庄子之说,借以抒发大鱼"不得其所"而小鱼"有若自足"的慨叹。原来作者是有感于古往今来贤臣被黜退,小人却得志的黑暗政治而采用的隐射手法。当时朝廷由章献太后垂帘听政,幸臣、宦官用事,人才不能进用,文章也有感时伤己的寓意。文章写得委婉曲折,前半写景物的宜人和心情的旷达,正是为了衬托出后文所写的因"斗斛之水不能广其容"、"巨鱼枯涸在旁"而产生的深切哀痛。由此可见,这么一篇不满三百字的小文,其妙处不仅仅在记挖塘养鱼,而是别有所指,立意并不小。

述梦赋

欧阳修早年受到汉阳军知军胥偃的赏识与栽培,于天圣八年(1030)中进士;次年与胥偃的女儿结婚。孰料明道二年(1033)三月,妻子便去世了。欧阳修在万分悲痛之中写了这篇悼亡赋。

夫君去我而何之乎[1]?时节逝兮如波。昔共处兮堂上,忽独弃兮山阿[2]。

呜呼,人美久生,生不可久,死其奈何!死不可复,惟可以哭,病予喉使不得哭兮,况欲施乎其他!愤既不得与声而俱发兮,独饮恨而悲歌;歌不成兮断绝,泪疾下兮滂沱[3],行求兮不可遇,坐思兮不知处,可见惟梦兮,奈寐少而寤多[4]。

或十寐而一见兮,又若有而若无,乍若去而若来,忽若亲而若疏。杳兮[5],倏兮[6],犹胜于不见兮,愿此梦之须臾[7]。

尺蠖怜予兮为之不动[8],飞蝇闵予兮为之无声。冀驻君兮可久,恍予梦之先惊。梦一断兮魂立断,空堂耿耿兮华灯!

世之言曰:"死者澌也[9]。"今之来兮,是也,非也?又曰:"觉之所得者为实,梦之所得者为想。"苟一慰乎予心,又何较乎真妄。

绿发兮思君而白,丰肌兮以君而瘠,君之意兮不可忘,何憔悴而云惜?愿日之疾兮,愿月之迟;夜长于昼兮,无有四时。虽音容之远矣,于恍惚以求之。

〔1〕夫:发语词。 君:您。全赋用第二人称称呼亡者。 去:离开。 何之:去什么地方。

〔2〕山阿:山凹曲处,指墓地。
〔3〕滂沱:形容雨大,这里指泪多如雨。
〔4〕寐:入睡。 寤:醒。
〔5〕杳:幽深难见的样子。
〔6〕倏:忽然,一眨眼。
〔7〕须臾:片刻。
〔8〕尺蠖(huò):蛾的幼虫。
〔9〕澌(sī):消失干净。

欧阳修的第一任妻子胥氏,是恩公胥偃之女。欧阳修与胥氏于天圣九年(1031)成婚。他们的结合,源自胥偃对欧阳修的赏识。胥偃是欧阳修科举仕进道路上的大恩人。欧阳修因写古文应试,科举路上曾二度遭遇挫折。为此,天圣六年(1028),他以《上胥学士偃启》为贽,投谒当时有名的骈文家、汉阳军知军胥偃。该文虽不高明,却因投合当时文风而博得了胥偃的赏识。胥偃将他留之门下,并把女儿许配给他。次年,胥偃带他到京师汴梁,遍访骈文名师,从此欧阳修在科举路上一帆风顺,在国子监和国学考试中均拔头筹,继而在礼部考试中名列榜首,后又在殿试中荣选甲科进士,从此步入仕途。

胥夫人于明道二年(1033)生子后患病辞世。胥夫人死后,欧阳修痛彻心肺,后来写了凄恻动人的《绿竹堂独饮》诗和《述梦赋》,表达对亡妻的深切思念。这篇赋全用白描手法,围绕着对梦境的追求、留恋,抒发作者内心无法排遣的悲痛,百折千回,真挚感人,是欧阳修早年的一篇优秀抒情之作。全赋句式变化灵活,基本押韵。

与高司谏书

景祐三年(1036)作。高司谏,即高若讷,字敏之,并州榆次(今山西榆次市)人,时任左司谏。这一年的北宋朝廷,围绕范仲淹抨击朝政、触怒宰相吕夷简因而被贬饶州一事,发生了一场争论,引起了轩然大波。正直的朝臣纷纷论救,余靖上疏请改前命,尹洙亦自称为"仲淹之党",要求同贬。朝廷并有规定,除谏官外,别人不能越职论事。当时任左司谏的高若讷,不但不敢主持公道,反而附和权奸,毁谤贤士,认为范仲淹当被斥逐。高若讷身为谏官,却阿附吕夷简,诋毁范仲淹。

欧阳修激于义愤,写此信给高若讷,揭露他的自私卑鄙、趋炎附势的可耻面目,表现了富有正义感的知识分子嫉恶如仇、刚直不阿的高尚气节。文章义正辞严,说理透彻,结构也颇为讲究。先从对高若讷为人的认识过程写起,以三个"疑"字展现出高若讷俯仰默默的一生,然后再以高在范仲淹问题上的行为同他平常的言论比较,得出高若讷乃"君子之贼"的结论,可谓痛快淋漓,不容置辩。据史载,高见信后,愤怒难堪,上此书于朝廷,欧阳修也因此被贬为夷陵令。

修顿首再拜白司谏足下[1]:某年十七时,家随州[2],见天圣二年进士及第榜,始识足下姓名。是时予年少,未与人接[3],又居远方,但闻今宋舍人兄弟与叶道卿、郑天休数人者[4],以文学大有名,号称得人。而足下厕其间[5],独无卓卓可道说者,予固疑足下,不知何如人也。

其后更十一年[6],予再至京师[7]。足下已为御史里行[8],然犹未暇一识足下之面,但时时于予友尹师鲁问足下之贤否[9]。而师鲁说足下正直有学问,君子人也。予犹疑之。夫正直者,不可屈曲;有学问者,必能辨是非。以不可屈之节,有能辨是非之明,又为言事之官,而俯仰默默[10],无异众人,是果贤者耶?此不得使予之不疑也。

自足下为谏官来,始得相识。侃然正色[11],论前世事,历历可听,褒贬是非,无一谬说。噫!持此辩以示人,孰不爱之?虽予亦疑足下真君子也[12]。

是予自闻足下之名及相识,凡十有四年,而三疑之。今者,推其实迹而较之[13],然后决知足下非君子也。

前日范希文贬官后[14],与足下相见于安道家[15]。足下诋诮希文为人[16]。予始闻之,疑是戏言。及见师鲁,亦说足下深非希文所为,然后其疑遂决。希文平生刚正,好学,通古今,其立朝有本末[17],天下所共知;今又以言事触宰相得罪。足下既不能为辨其非辜,又畏有识者之责己,遂随而诋之,以为当黜,是可怪也。

夫人之性,刚果懦软,禀之于天,不可勉强,虽圣人亦不以不能责人之必能。今足下家有老母,身惜官位,惧饥寒而顾利禄,不敢一忤宰相以近刑祸,此乃庸人之常情,不过作一不才谏官尔[18],虽朝廷君子,亦将闵足下之不能[19],而不责以必能也。今乃不然,反昂然自得,了无愧畏,便毁其贤以为当黜[20],庶乎饰己不言之过。夫力所不敢为,乃愚者之不逮[21];以智文其过[22],此君子之贼也[23]。

且希文果不贤耶?自三四年来,从大理寺丞至前行员外郎[24];作待制日[25],日备顾问,今班行中无与比者[26]。是天子骤用不贤之人?夫使天子待不贤以为贤,是聪明有所未尽。足下身为司谏,乃耳目之官[27],当其骤用时,何不一为天子辨其不贤,反默默无一语,待其自败,然后随而非之?若果贤耶,则今日天子与宰相以忤意逐贤人[28],足下不得不言。是则足下以希文为贤,亦不免责,以为不贤,亦不免责。大抵罪在默默尔。

昔汉杀萧望之与王章[29],计其当时之议,必不肯明言杀贤者也,必以石显、王凤为忠臣,望之与章为不贤而被罪也。今足下视石显、王凤果忠耶,望之与章果不贤耶?当时亦有谏臣,必不肯自言畏祸而不谏,亦必曰当诛而不足谏也。今足下视之,果当诛耶?是直可欺当时之人,而不可欺后世也。今足下又欲欺今人,而不惧后世之不可欺耶?况今之人未可欺也!

伏以今皇帝即位已来[30],进用谏臣,容纳言论。如曹修古、刘越[31],虽殁犹被褒称,今希文与孔道辅皆自谏诤擢用[32]。足下幸生此时,遇纳谏之圣主如此,犹不敢一言,何也?前日又闻御史台榜朝堂,戒百官不得越职言事,是可言者惟谏臣尔[33]。若足下又遂不言,是天下无得言者也。足下在其位而不言,便当去之,无妨他人之堪其任者也。昨日安道贬官、师鲁待罪[34],足下犹能以面目见士大夫,出入朝中称谏官,是足下不复知人间有羞耻事尔!所可惜者,圣朝有事,谏官不言,而使他人言之[35]。书在史册,他日为朝廷羞者,足下也。

《春秋》之法,责贤者备[36]。今某区区犹望足下之能一言者[37],不忍便绝足下而不以贤者责也。若犹以谓希文不贤而当逐,则予今所言如此,乃是朋邪之人尔[38]。愿足下直携此书于朝,使正予罪而诛之,使天下皆释然知希文之当逐,亦谏臣之一效也[39]。

前日足下在安道家召予往论希文之事,时坐有他客不能尽所怀[40],故辄布区区[41],伏惟幸察[42],不宣[43]。修再拜。

〔1〕顿首、再拜:古人写信时的客套话,用于开头或结尾。　司谏:即高若讷。司谏掌规谏讽谕,负责向皇帝提批评意见。　足下:古人书信中对同辈的敬称,相当于现在的"您"。

〔2〕随州:州治在今湖北省随县。欧阳修四岁丧父,叔父晔时任随州推官,修随母郑氏前往投靠,即定居于随州。

〔3〕未与人接:没有跟社会上的名流接触交往。

〔4〕宋舍人兄弟:指宋庠、宋祁兄弟。宋庠后官至宰相,当时任起居舍人,故称二人为"舍人兄弟"。宋祁,官至工部尚书,后与欧阳修合修《新唐书》。《宋史》本传称:"祁兄弟皆以文学显。" 叶道卿:即叶清臣,道卿为字,长洲(今江苏苏州)人,时任太常丞。他关心民生疾苦,不避权贵。《宋史》本传称他"善属文"。 郑天休:即郑戬,天休为字,吴县(今江苏苏州)人,后官至吏部侍郎、枢密副使,《宋史》本传称他"以属辞知名"。以上四人都是天圣二年高若讷的同榜进士。

〔5〕厕其间:夹在其中,即列名于诸人中间。

〔6〕更:经历。

〔7〕再至京师:景祐元年(1034),欧阳修西京留守任满,由枢密使王曙推荐,到开封任馆阁校理。

〔8〕御史里行:唐宋时官名,职责同监察御史,但品级较低。高若讷在任司谏前,曾任监察御史里行、殿中侍御史里行。

〔9〕尹师鲁:即尹洙,师鲁为字,河南府(今洛阳)人,与范仲淹、欧阳修友善,官至起居舍人,直龙图阁。欧阳修称其"为文章简而有法,博学强记,通知古今"(《尹师鲁墓志铭》)。

〔10〕俯仰:不讲是非,随人进退。

〔11〕侃然正色:刚正严肃。侃然,刚直严肃的样子。

〔12〕疑:猜想。

〔13〕推其实迹而较之:考察你的实际行为,并跟你的言论相比较、对照。推,推求,考察。

〔14〕范希文:即范仲淹,字希文,吴县(今江苏苏州)人,北宋著名政治家、军事家、文学家。

〔15〕安道:即余靖,字安道,曲江(今广东韶关)人,当时颇有文名,并以直谏著名,时任右正言。因对范仲淹被贬事有看法,直言上谏,结果与尹洙、欧阳修同时被贬,后官至工部尚书。

〔16〕诋诮:诋毁,诽谤。

〔17〕本末:指树木的根与梢,此处比喻能分清主次,坚持原则。

〔18〕不才:不称职。

〔19〕闵:同"悯",怜悯,同情。

〔20〕毁:诋毁,攻击。

〔21〕不逮:不如,不及。

〔22〕文:文饰,掩盖。

〔23〕贼:败类。

〔24〕大理寺丞:朝廷司法官。 前行员外郎:唐宋时,六部分前行、中行、后行三等,吏部、兵部属前行。范仲淹曾任吏部员外郎。

〔25〕作待制日:景祐二年(1035)二月,范仲淹由苏州知府升迁为吏部员外郎、天章阁待制。同年十一月,因言事为吕夷简所忌,调任开封府。待制,皇帝的左右侍从顾问称天章阁待制。据《范文正公集·年谱》记载,范仲淹于宋仁宗天圣二年至六年(1024—1028)为大理寺丞,景祐二年(1035)升迁为尚书吏部员外郎、天章阁待制,权知开封府,十馀年内共升了十五阶,可见其贤能超群,升迁很快。

〔26〕班行:指同一朝臣的班次、行列,即同僚。

〔27〕耳目之官:谏官为皇帝的耳目,因其负责监督、纠察百官,故名。

〔28〕忤(wǔ)意:违背个人意志。

〔29〕萧望之:字长倩,山东兰陵(今山东苍山)人,汉宣帝时任太子太傅,元帝时任宰相,颇有政绩。因反对宦官专政,被弘恭、石显诬陷下狱,最后被迫服毒自杀。 王章:字仲卿,钜平(今山东宁阳)人,汉元帝时任左曹中郎将,因反对石显而被罢官。成帝时任谏议大夫、京兆尹,因反对外戚王凤专权,被诬陷下狱,

死于狱中。

〔30〕今皇帝:指宋仁宗赵祯,公元1023年即位。仁宗于明道元年设置谏院,并扩大谏官的权力。

〔31〕曹修古:字述之,福建建安(今福建建瓯)人,曾任监察御史、殿中侍御史和尚书刑部员外郎。宋仁宗初即位时,章献太后临朝,垂帘听政,权幸用事,因劾奏太后被贬官,后卒。仁宗亲政,"帝思修古忠,特赠右谏议大夫,赐其家钱二十万"(《宋史》本传)。 刘越:字子长,大名(今河北大名)人,官至秘书丞,亦因触犯章献太后而被贬。仁宗亲政时,刘已死,追赠右司谏,赐其家钱十万。

〔32〕孔道辅:字原鲁,山东曲阜人,官至御史中丞,与范仲淹一起谏阻废郭皇后而被贬,至景祐二年(1035)起用为龙图阁直学士。

〔33〕"前日"三句:《宋史纪事本末·庆历党议》记载:"御史韩缜奉夷简旨,请以仲淹朋党榜朝堂,戒百官越职言事者,从之。"实际是采用强制手段,封住百官之口。

〔34〕安道贬官、师鲁待罪:余靖因反对贬谪范仲淹而由集贤校理贬为监筠州酒税。尹洙也上书自称"仲淹同党",尚未处理,因称"待罪",后也被贬为监郢州酒税。

〔35〕他人:指余靖等人。

〔36〕《春秋》二句:《春秋》笔法,责备贤者很严格。《旧唐书·太宗本纪赞》:"《春秋》之法,常责备于贤者。"

〔37〕区区:古人信中常用的客套话,此处是诚恳的意思。

〔38〕朋邪之人:跟奸邪小人结为同党的人。

〔39〕一效:一桩功劳。

〔40〕不能尽所怀:不能充分表达自己的意见。

〔41〕区区:此处是自谦词,即微不足道的意见。

〔42〕伏惟:敬词,意为俯伏而思。 幸察:希望能体察。

〔43〕不宣:古人书信结束时的套语,即言不尽意,多用于平辈。

　　景祐三年(1036),宰相吕夷简在位日久,政事多有积弊,大用党羽,吏治败坏。范仲淹当时任吏部员外郎、天章阁待制,权知开封府,有感于官吏进退取决于宰相,便向皇帝上《百官图》,论迁除之弊。不久,又进献《帝王好尚》、《选贤任能》、《近名》、《推委》四论,讥评时政,指责宰相。吕夷简恼羞成怒,对范仲淹加以"越职言事,离间君臣,引用朋党"的严重罪名,将他贬为饶州知州。据《宋史·欧阳修传》记载:"范仲淹以言事贬,在朝多论救,司谏高若讷独以为当黜。修贻书责之,谓其'不复知人间有羞耻事'。若讷上其书,坐贬夷陵令。"

　　文章对高若讷的严厉指责,实际上是对各种趋炎附势、尸位素餐者的揭露,表现了作者刚正不阿、不避危难的品质。后来欧阳修虽因此事而被贬为夷陵令,但他这封信却脍炙人口,永垂史册。文章先由"三疑"写到高司谏攻击范仲淹的卑下用心。在天圣二年及第的同榜进士中,高最无成就可言,不知他究竟是什么样的人,这是一疑。十一年后,高任御史里行,身为谏官,"而俯仰默默,无异众人,是果贤者耶?"这是二疑。自从欧阳修与高相识后,见其"侃然正色,论前世事,历历可听,褒贬是非,无一谬说",猜想他真是君子,其实更感困惑,这是三疑。

接着再从范仲淹的贤否着笔。如果范仲淹真的不贤,当天子重用他时,高为何"反默默无一语,待其自败,然后随而非之?"如果范仲淹确是贤者,"则今日天子与宰相以怿意逐贤人,足下不得不言"。这样,不管范仲淹是否贤者,作为谏官,默默不言,都难以免责,从正反两方面推论谏官不言之过,将高若讷置于无可辩驳的尴尬境地。然后,作者引证历史故事与当代故事写高不堪担任谏官。汉代贤臣萧望之和王章被奸佞杀害,当时必然要颠倒是非,认为他们是"不贤而被罪",但只能欺当时,不可欺后世,现在高"又欲欺今人,而不惧后世之不可欺"。更何况"今之人",亦"未可欺也"。行文至此,文章又回到现实,高仍尸位素餐而不言,"便当去之,无妨他人之堪其任者也",并进一步揭露他恬不知耻地厚着脸皮见士大夫,出入朝中号称谏官,真是"不复知人间有羞耻事尔!"全文义正辞严,气势充足,说理透辟,逐层揭露,语语击中对方要害,使阿谀尸位之徒无地自容,是欧阳修政论中的第一等文章。所以黄庭坚说:"观欧阳文忠公在馆阁时《与高司谏书》语气,可以折冲万里!"(《跋欧阳公红梨花诗》)

范仲淹、欧阳修与吕夷简的第一回较量是十一世纪三十年代宋王朝政治生活中的重大事件,它是"庆历党议"的前奏。短短十二天之内,范仲淹、余靖、尹洙与欧阳修相继见逐。朝廷上下,阴霾弥天。大家对吕夷简一伙的飞扬跋扈、倒行逆施都敢怒不敢言。这时,西京留守推官蔡襄却斗胆写了《四贤一不肖诗》,赞许范仲淹等四人为贤者,斥责高若讷为屑小之辈。诗中有句云:"欧阳秘阁官职卑,欲雪忠良无路岐。累幅长书快幽愤,一责司谏心无疑。""我嗟时辈识君浅,但推藻翰高文场。斯人满腹有儒术,使之得地能施张。"(《全宋诗》卷三八五)此诗一出,霎时间,京师人士争相传写,书手传抄,获致厚利,一时洛阳纸贵。甚至契丹使者也买下诗的抄本,张贴于幽州(今北京)馆壁上。人心向背,由此可见。后来,欧阳修在《与尹师鲁第一书》中说:写信给高若讷时,"盖已知其非君子,发于极愤而切责之,非以朋友待之也"。可见这时,欧阳修不再是倒冠落佩的洛阳才子,而已冶炼成以古文为武器直接参与政治斗争的一员猛将了。

黄杨树子赋并序

景祐二年(1035),天章阁待制范仲淹因言论触犯当朝宰相吕夷简,落职贬饶州。欧阳修路见不平,与权奸吕夷简、高若讷等斗争,遭打击报复,从京师贬谪为夷陵(今湖北宜昌)令,跋涉五千馀里,于景祐三年(1036)十月抵达贬所。沿途所见,地僻民贫,十分荒凉,途中山谷间的黄杨树,给作者留下深刻印象。此文是托物言志、即景抒怀之作。

夷陵山谷间多黄杨树子[1]，江行过绝险处，时时从舟中望见之，郁郁山际，有可爱之色。独念此树生穷僻，不得依君子封殖备爱赏[2]，而樵夫野老又不知甚惜，作小赋以歌之。

若夫汉武之宫，丛生五柞[3]；景阳之井[4]，对植双桐。高秋羽猎之骑[5]，半夜严妆之钟[6]，凤盖朝佛[7]，银床暮空[8]。固已葳蕤近日[9]，的皪含风[10]，婆娑万户之侧，生长深宫之中。

岂知绿藓青苔，苍崖翠壁，枝蓊郁以含雾[11]，根屈盘而带石。落落非松，亭亭似柏，上临千仞之盘薄[12]，下有惊湍之濆激[13]。涧断无路，林高暝色，偏依最险之处，独立无人之迹。江已转而犹见，峰渐回而稍隔。嗟乎！日薄云昏，烟霏露滴，负劲节以谁赏，抱孤心而谁识？徒以窦穴风吹[14]，阴崖雪积，哢山鸟之嘲哳[15]，袅惊猿之寂历[16]。无游女兮长攀，有行人兮暂息。节既晚而愈茂，岁已寒而不易。乃知张骞一见[17]，须移海上之根；陆凯如逢[18]，堪寄陇头之客。

[1]黄杨树子：即黄杨树，常绿乔木，因其树身矮小，故树名后缀以"子"字，一称"瓜子黄杨"。
[2]封殖：培育。
[3]五柞：汉武帝时宫名，因有五柞树，故名。
[4]景阳：南朝陈景阳殿井名，又名胭脂井，井畔植有两棵梧桐，故址在今江苏南京市鸡鸣寺附近。
[5]羽猎：帝王出猎，士卒负羽箭随从。
[6]严妆：装束整齐。
[7]凤盖：皇帝仪仗的一种，指饰有凤凰图案的伞盖。
[8]银床：辘轳架。《杜诗详注》引《名义考》："银床乃辘轳架，菲井栏也。"
[9]葳蕤(wēi ruí)：草本茂盛的样子。
[10]的皪(lì)：洁白鲜明的样子。
[11]蓊郁：浓密茂盛的样子。
[12]盘薄：上下曲折延伸。
[13]濆(pēn)激：喷涌激荡。
[14]窦穴：山洞。
[15]哢(lòng)：鸟鸣。 嘲哳(zhāozhā)：声音嘈杂。
[16]寂历：指寂静冷清。
[17]张骞(？—前114)：汉武帝时人，在建元三年(前139)、元狩四年(前119)先后奉命出使西域，开通丝绸之路。
[18]陆凯：《荆州记》载，陆凯与范晔相善，自江南寄梅花一枝到长安，并赠花诗曰："折花逢驿使，寄与

陇头人。江南无所有，聊赠一枝春。"这里"陆凯如逢"与"张骞一见"，都是推想假设之词，以示黄杨树子可以作为稀见的珍品赠与友人。

新评

此文是欧阳修贬谪夷陵途中心怀感慨托物言志之作，文中以黄杨树自况，对当朝的现实环境作了含蓄的比喻。首先略述汉武之柞和景阳之桐，衬托出名木生于荣华，傍靠富贵，养尊处优，繁茂鲜丽，的砾含风，风光无限，暗比当朝的群小。然后以"岂知"为反转作对比，着重烘托黄杨树"偏依最险之处，独立无人之迹"，对黄杨树在荒冷零落之地傲然特立，奋力生长，时茂枝繁的情景作了真切的描绘，赞美黄杨树坚忍不拔，高尚不凡的气节，却受到不公平的待遇，尤其是"负劲节以谁赏，抱孤心而谁识"和"节既晚而愈茂，岁已寒而不易"两句，透露出作者忠君爱国的拳拳之心和不屈不挠的高尚气节，抒发了正直高洁之士被群小谗逐的不平磊落之情。全篇骈对整饬，造语精工，音韵和谐，是一篇出色的托物抒怀之作。

读李翱文

题解

景祐三年（1036），作者因为写了《与高司谏书》得罪权贵，被贬夷陵令。本文便是在贬谪途中写的一篇读后感。文章借题发挥，抒发了因改革受到挫折的沉痛心情，揭露了守旧派尸位素餐的苟且行为。

予始读翱《复性书》三篇[1]，曰：此《中庸》之义疏尔[2]！智者诚其性，当读《中庸》；愚者虽读此，不晓也，不作可焉[3]。又读《与韩侍郎荐贤书》[4]，以谓翱特穷时愤世无荐己者[5]，故丁宁如此；使其得志，亦未必。然以韩为"秦汉间好侠行义之一豪俊"[6]，亦善论人者也。

最后读《幽怀赋》，然后置书而叹，叹已复读，不自休。恨翱不生于今，不得与之交；又恨予不得生翱时，与翱上下其论也[7]。

凡昔翱一时人[8]，有道而能文者莫若韩愈。愈尝有赋矣[9]，不过美二鸟之光荣，叹一饱之无时尔；推是心使光荣而饱，则不复云矣[10]。若翱独不然，其赋曰[11]："众嚚嚚而杂处兮[12]，咸叹老而嗟卑[13]；视予心之不然兮，虑行道之犹非[14]。"又怪神尧以一旅取天下[15]，后世子孙不能以天下取河北[16]，以为忧。呜呼，使当时君子皆易其叹老嗟卑之心为翱所忧之心，则唐之天下岂有乱与亡哉！

然翱幸不生今时,见今之事[17];则其忧又甚矣!奈何今之人不忧也?余行天下,见人多矣,脱有一人能如翱忧者[18],又旨贱远[19],与翱无异[20];其馀光荣而饱者[21],一闻忧世之言,不以为狂人,则以为病痴子,不怒则笑之矣。呜呼,在位而不肯自忧,又禁他人使皆不得忧,可叹也夫!

景祐三年十月十七日,欧阳修书。

[1]《复性书》:唐代哲学家李翱研究人性的重要著作,共三篇。李翱(772—841),字习之,是韩愈的弟子,有《李文公集》传世。

[2]《中庸》:《礼记》中的一篇,传说是孔子的孙子所著。 义疏:说明、注解。欧阳修主张"修身治人",强调教育的作用,反对空谈人性,故对《复性书》评价不高。

[3]"智者"几句:意思是聪明的人要了解人性的含义,应该读《中庸》原书;愚笨的人即使读《复性书》,仍旧搞不清楚说的什么,因此大可不写这样的文章。

[4]《与韩侍郎荐贤书》:李翱写给韩愈的一封信。

[5]特:只不过。 穷时:不遇于时。

[6]引语是李翱信中的话。

[7]上下其论:反复讨论。

[8]一时人:同时人。

[9]赋:指韩愈在唐德宗贞元十一年五月所作的《感二鸟赋》。赋的主题是借有人向皇帝献二鸟事,以抒发自己不得志的不平之感。

[10]"推是"二句:意思是按这种想法推断,如果使他荣耀满足了,他便不会说话了。

[11]其赋:指李翱的《幽怀赋》。

[12]嚣嚣:喧哗的样子。

[13]叹老嗟卑:为个人年岁大,官卑职小而叹息。

[14]虑行道之犹非:担心即使能够施展抱负也还是不能扭转国家的局势。这几句指出了李翱和众人不一样,他不为个人遭遇不幸而愁叹,担心的是国家的命运。

[15]神尧:指唐高祖,他的庙号是"神尧大圣大光孝皇帝"。 一旅:一支军队。古代五百人为一旅。这里借指唐王朝发祥地太原的部队。

[16]"后世子孙"句:唐代自安史之乱后,河北、河南诸重镇相继被藩镇割据,战乱不息,唐王朝始终不能收复。

[17]今之事:指宋王朝的各种弊政。

[18]脱:若,假如。

[19]贱远:指地位卑微,被朝廷抛弃到远方的人。

[20]与翱无异:李翱性格耿直不屈,因而官位不显,多任外职,很少留在朝廷。

[21]光荣而饱者:指显贵的当权者。

新评

　　这篇文章写于景祐三年（1036）作者被贬赴夷陵途中。文章通过对唐代李翱忧国忧民思想的赞颂，借题发挥地抒写了作者改革受挫后的沉痛心情和对时政的忧虑，愤怒地谴责了那些"在位而不肯自忧，又禁他人使皆不得忧"的"光荣而饱者"。

　　文章感情强烈，波澜起伏，手法多样。开始用欲扬先抑的手法，逐步写出李翱文章的价值；再用韩愈的赋衬托李翱的赋，写出李翱突破个人小圈子，为国事担忧的思想光辉；最后，由古及今，抒发作者内心的愤慨。文章鲜明地表达了作者强烈的爱憎之情和坚定的政治立场。一个封建时代的官吏，在遭遇如此严重的挫折面前，仍能以国家利益为重，不计个人得失，这种精神是相当可贵而感人的。文章气势饱满，感情真挚，评古论今，层层深入，议论与抒情相结合，有力地突出了主题，可与范仲淹的《岳阳楼记》并读。

纵囚论

题解

　　本文作于景祐四年（1037）任夷陵（今湖北宜昌）令任上。纵囚，指唐太宗贞观六年（632）冬，放死囚约三百馀人回家探亲，约定期限自动归狱，期至，皆归，因下诏大赦免死的事件（见《旧唐书·太宗纪》，又见《资治通鉴》卷一九四）。这是一篇剖析批判此事的翻案文章，立论大胆，逻辑严密，笔锋犀利。

　　信义行于君子，而刑戮施于小人。刑入于死者，乃罪大恶极，此又小人之尤甚者也。宁以义死，不苟幸生，而视死如归，此又君子之尤难者也。

　　方唐太宗之六年[1]，录大辟囚三百馀人[2]，纵使还家，约其自归以就死[3]。是以君子之难能，期小人之尤者以必能也[4]。其囚及期，而卒自归无后者[5]，是君子之所难，而小人之所易也。此岂近于人情哉？

　　或曰：罪大恶极，诚小人矣，及施恩德以临之，可使变而为君子。盖恩德入人之深而移人之速，有如是者矣。

　　曰：太宗之为此，所以求此名也。然安知夫纵之去也，不意其必来以冀免[6]，所以纵从之乎？又安知夫被纵而去也，不意其自归而必获免，所以复来乎？夫意其必来而纵之，是上贼下之情也[7]。意其必免而复来，是下贼上之心也。吾见上下交相贼以成此名也,乌有所谓施恩德与夫知信义者哉?不然,太宗施德于天下,于兹六年矣,不能使小人不为极恶大罪,而一日之恩,能使视死如归,而存信义,此又不通之论也。

然则,何为而可?曰:纵而来归,杀之无赦。而又纵之,而又来,则可知为恩德之致尔。然此必无之事也。若夫纵而来归而赦之,可偶一为之尔。若屡为之,则杀人者皆不死,是可为天下之常法乎?不可为常者,其圣人之法乎?是以尧舜三王之治[8],必本于人情,不立异以为高[9],不逆情以干誉[10]。

[1]方:当。 唐太宗:即李世民,年号为贞观(627—649),因治理有方,呈太平盛世之景,史称贞观之治。 六年:指贞观六年(632)。
[2]录大辟(bì)囚:审查记录判为死刑囚犯的罪状。大辟,古代五刑之一,死刑。
[3]"约其"句:指约定他们按照执行死刑的日期自动归来受刑。
[4]期:期望、要求。 小人之尤者:小人中最坏的。 必能:一定能做到。
[5]卒:最终。 无后者:没有迟到的,即准时返回来受死刑。
[6]不意:没有料到。 冀免:希望得到赦免。
[7]上贼下之情:指朝廷暗中摸透了囚犯的心理状态。
[8]三王:指夏禹、商汤、周文王和周武王。
[9]立异:标新立异,与传统做法不同。
[10]逆情:违背常情。干誉:谋求名誉。

唐太宗纵囚一事,在封建社会被美誉为以德治国的范例,史家称之为"德政"。而欧阳修却唱反调,从维护法律尊严出发,认为唐太宗纵囚是沽名钓誉之举,不可师法,并对此举的弊端,作出了深刻的剖析和批判。

全文分三段。第一段先行立论,认为纵囚不合人情法理。第二段,边破边立,认为纵囚违背事理,揭穿唐太宗恩德的虚伪,目的是求名。第三段,深入一层,采用反诘手法,把所谓恩德感化之说从根本予以否定。全文逻辑严密,抓住要害,步步为营,词严义正,真如清人张伯行所评:"行文老辣,不肯放松一字,真酷吏断狱手。"(《唐宋八大家文钞》卷五)

答吴充秀才书

题解

本文作于宋仁宗康定元年（1040）欧阳修任馆阁校勘之时。吴充写信向欧阳修讨教文与道的关系，欧阳修对此作了阐述。这是一封回信，它在古代文论中很著名。吴充（1021—1080），字冲卿，福建浦城人。熙宁九年（1076），监修国史，代王安石为同中书门下平章事。秀才，唐宋时对考中进士者的称呼。

修顿首白[1]，先辈吴君足下[2]：前辱示书及文三篇[3]，发而读之，浩乎若千万言之多[4]；及少定而视焉，才数百言尔。非夫辞丰意雄[5]，霈然有不可御之势[6]，何以至此！然犹自患伥伥莫有开之使前者[7]，此好学之谦言也。

修材不足用于时，仕不足荣于世，其毁誉不足轻重，气力不足动人，世之欲假誉以为重[8]，借力而后进者，奚取于修焉！先辈学精文雄，其施于时，又非待修誉而为重，借力而后进者也。然而惠然见临，若有所责[9]，得非急于谋道[10]，不择其人而问焉者欤[11]？

夫学者未始不为道，而至者鲜焉，非道之于人远也，学者有所溺焉尔[12]。盖文之为言，难工而可喜[13]，易悦而自足。世之学者，往往溺之。一有工焉，则曰：吾学足矣，甚者至弃百事不关于心，曰：吾文士也，职于文而已。此其所以至之鲜也。

昔孔子老而归鲁，六经之作，数年之顷尔[14]。然读《易》者如无《春秋》，读《书》者如无《诗》[15]。何其用功少而至于至也[16]！圣人之文，虽不可及，然大抵道胜者文不难而自至也。故孟子皇皇不暇著书[17]，荀卿盖亦晚而有作。若子云、仲淹[18]，方勉焉以模言语，此道未足而强言者也[19]。

后之惑者，徒见前世之文传，以为学者文而已，故愈力愈勤而愈不至。此足下所谓终日不出于轩序[20]，不能纵横高下皆如意者，道未足也。若道之充焉，虽行乎天地，入于渊泉[21]，无不之也。

先辈之文，浩乎霈然，可谓善矣，而又志于为道，犹自以为未广。若不止焉，孟、荀可至而不难也。修，学道而不至者，然幸不甘于所悦而溺于所止,因吾子之能不自止,又以励修之少进焉[22],幸甚幸甚。修白。

〔1〕顿首:低头表达敬意。 白:告语,禀报。
〔2〕先辈:原是对先中科举的人的敬称,唐宋人用作对一般举子的尊称。
〔3〕辱示:谦词。表示自己使对方辱没。
〔4〕"浩乎"句:形容他的文章词句不多,而含意极丰富。
〔5〕辞丰:指辞藻丰富。 意雄:指文义雄健。
〔6〕霈然:水流通畅的样子。霈,同"沛"。
〔7〕患:忧虑。 伥伥(chāng chāng):无所适从的样子。 开之使前:启发他,使他前进。
〔8〕假誉:借着别人的称赞,以造成名誉。假,借。誉,称赞。
〔9〕责:求。指希望得到欧阳修的指导。
〔10〕得非:岂不是。 谋道:求道。
〔11〕不择其人:不选择合格的人,这里是欧阳修谦称自己不够被选作他的指导者。
〔12〕溺:沉湎于某种东西,达到不能自拔的地步。
〔13〕工:指精到。 可喜:可使自己欣喜。
〔14〕顷:顷刻,指短时间。孔子周游列国,终不被用,老年回到鲁国。相传孔子修订六经,即在这几年间。
〔15〕"然读《易》者"二句:这里说明六经道理的精粹,不互相因袭,各自成为完整独立的著作。
〔16〕用功少:指所用的时间少。 至于至:达到最高的成就。
〔17〕皇皇:同"遑遑",急迫的样子。
〔18〕子云:汉扬雄,字子云。他模仿《周易》,写了《太玄》;又模仿《论语》,写了《法言》。 仲淹:隋末王通字仲淹,也模仿《论语》,写了《中说》。
〔19〕"此道未足"句:这里说扬雄、王通的道还不够而勉强著书立说。
〔20〕轩序:这里指居第、住所。阑槛曰轩,堂侧曰序。
〔21〕渊泉:深泉。
〔22〕励:策励。 进:进益。

　　这篇文章是一封回信,主要谈的是文与道的关系。欧阳修从文的角度提出问题,主张重道以充文,认为"道胜者文不难而自至",反之,仅仅从文的本身着眼,则"愈力愈勤而愈不至"。文中提到扬雄、王通等人从文字语言去模拟经传,是"道未足而强言",因而认为:道是本,文是末,学道是为了充实文的内涵。同时,认为文相对于道,具有独立性,并不是有道即有文。欧阳修坚决反对为文而文,反对"弃百事不关于心,曰,吾文士也,职于文而已"。他主张作家要关心现实。由于本文是书信,谈论问题娓娓道来,从容不迫,平易畅达,前后呼应,浑然一体,很能反映欧阳修的文章风格特点。

送曾巩秀才序

　　本文作于庆历二年(1042),是写给曾巩的临别赠言。曾巩(1019—1083),字子固,建昌南丰(今江西南丰县)人,北宋诗文革新运动的积极支持者,散文创作有较高成就,为唐宋八大家之一。王安石也是他推荐给欧阳修的。他很早就得到欧阳修的赏识,但直到嘉祐二年(1057)才考中进士,那时已是欧阳修写作此文十多年以后了。宋代科举以进士科为主,考试诗赋,以声病对偶定优劣,内容好坏可以不问,完全着眼于文章的形式,这正是作者倡导的诗文革新运动要革除的对象。明经科考试帖经等,也只要求死背经书的词句。录取与否的标准,并不在于应试者的才华。本文通过曾巩的下第,尖锐地指出了这个考试制度的不合理,进而斥责试官拘于成法,废弃有用之才,并发出"有司所操果良法耶?何其久而不思革也"的慨叹。作者在庆历三年(1043)作的《送杨辟秀才》诗中也表明了同样的看法:"有司选群才,绳墨困量度。胡为谨毫分,而使遗磊落。"庆历三年范仲淹提出的十条改革主张中的第三条"精贡举",便是改革考试制度,主张废除专以声病对偶定优劣的办法,着重考策论和经学。嘉祐二年(1057),欧阳修知贡举,力革旧弊,黜落一切雕刻的文字,曾巩、苏轼、苏辙等都于是科中进士。这篇赠序也反映了欧阳修一贯重视人才、奖掖后进的作风。

　　广文曾生[1],来自南丰[2],入太学[3],与其诸生群进于有司[4]。有司敛群材[5],操尺度[6],概以一法[7]。考其不中者而弃之。虽有魁垒拔出之材[8],其一絫黍不中尺度[9],则弃不敢取。幸而得良有司,不过反同众人叹嗟爱惜,若取舍非己事者,诿曰[10]:"有司有法,奈不中何[11]?"有司固不自任其责,而天下之人亦不以责有司,皆曰:"其不中,法也。"不幸有司尺度一失手[12],则往往失多而得少。呜呼!有司所操果良法耶?何其久而不思革也?

　　况若曾生之业,其大者固已魁垒[13],其于小者亦可以中尺度[14],而有司弃之,可怪也!然曾生不非同进,不罪有司,告予以归,思广其学而坚其守[15]。予初骇其文,又壮其志。夫农不咎岁而菑播是勤[16],其水旱则已[17],使一有获,则岂不多耶?

　　曾生橐其文数十万言来京师[18],京师之人无求曾生者,然曾生亦不以干也[19]。予岂敢求生,而生辱以顾予。是京师之人既不求之,而有司又失之,而独余得也。于其行也,遂见于文,使知生者可以吊有司[20],而贺余之独得也。

〔1〕广文:广文馆的简称。唐、宋均设广文馆,掌教国子监中习进士业的生徒。

〔2〕南丰:曾巩祖籍建昌南丰(今江西南丰县)。

〔3〕太学:宋代国学之一,宋代国子监下分国子学、太学、四门学、小学等。太学为八品以下官员子弟及庶人之俊异者入学之所。

〔4〕进于有司:指赴主管考试的礼部应进士试。进,举荐;有司,在本文中,有时指礼部,有时指试官。

〔5〕敛群才:集中了许多人才。敛,聚集。

〔6〕操尺度:掌握衡文录取的标准。

〔7〕概以一法:用一个标准加以衡量。"概"本为平斗斛的推子,在此用作动词,有衡量的意思。

〔8〕魁垒拔出:雄伟而突出。

〔9〕絫黍:极微小的计重或计长单位,形容极细微的出入。黍,未去壳的黄米;絫,十黍的重量。

〔10〕诿:推卸责任。

〔11〕有司有法,奈不中何:主管考试的礼部有一定的取用标准,考不取也没有办法。

〔12〕失手:发生误差。

〔13〕大者:指道德品质、为学识见、思想深度。

〔14〕小者:指文字技巧。

〔15〕"然曾生"四句:写曾巩的气度与抱负。古代落第士子往往认为录取者侥幸,攻击试官无知,而曾巩却不这样,落第后依然气度不凡,既不非议嫉妒已考取者,也不责怪主考官无知,而是准备回去继续深入学习并努力提高其品德修养。据南宋王明清《挥麈后录》记载:"(巩)与长弟晔应举,每不利于春宫。里人有不相悦者,为诗以唱之曰:'三年一度举场开,落杀曾家两秀才。有似檐间双燕子,一双飞去一双来。'南丰不以介意,力教诸弟不息。"

〔16〕咎岁:责怪年景不好。 菑(zī)播:耕耘播种。

〔17〕水旱则已:遇上水旱灾害就不谈。联系下句意思是,农夫不责怪年成不好,只是勤恳地从事耕耘,实在因水旱没有收成才停止不干,如果多少有点收获,那岂不值得赞扬吗?

〔18〕橐(tuó):原义指口袋。此处用作动词,即用口袋装着。

〔19〕不以干:不用(文章)去求告别人。干,干谒。

〔20〕吊有司:意思是试官不能识拔曾巩是个莫大的损失。吊,此处是惋惜、伤悯之意。

本文主要通过曾巩的落榜,对礼部取士"概以一法"的做法提出批评,同时也赞扬曾巩学业精进,品德超群,为其不被录取而深深惋惜。文章先在简单地交代了曾巩来京求学考试不中的经过之后,一方面称赞他才学出众,一方面对当时的考试办法和录取标准表示了怀疑和不满。"虽有魁垒拔出之材,其一絫黍不中尺度,则弃不敢取","往往失多而得少",对礼部的考试标准和方法提出了尖锐的批评,指出主考官员墨守成规、推卸责任,不能选拔出真正的有用之材。欧阳修严厉责问:"有司所操果良法耶,何其久而不思革也?"后来范仲淹推行"庆历新政"时,其中有一条就是"精贡举",主张废除专以声病对偶定优劣的办法,提倡应着重考策论和经学。欧阳修自己十多年后当主考官,就贯彻了这项改革措施,亲自录取程颢、张载、曾巩、苏轼、苏辙等具真才实学之士,造就了一大批有重大历史影响的人物。

文章接着赞扬曾巩的学业精进,品德超群,"其大者固已魁垒,其于小者亦可以中尺度",而偏偏有司弃之,由此进一步印证是"法"的弊病所致。继而盛赞曾巩"不非同进,不罪有司"而要继续"思广其学而坚其守"的优秀品德,并以农夫"不咎岁而菑播是勤"为喻来勉励他,认为他最后一定能获得成功。文章最后认为京师之人和有司不能识拔曾巩是个莫大的损失,并庆幸自己独能得才。欧阳修求才若渴的心情和奖掖后进的热情得到了淋漓尽致的表述。

画舫斋记

题解

庆历二年(1042)三月,契丹欲侵宋,逼宋割让瓦桥关以南十县地。宰相吕夷简因不悦富弼,荐富弼使契丹。欧阳修认为富弼是朝廷重臣,不宜出使,并引唐代颜真卿使李希烈遇害事加以谏阻。五月,欧阳修又应诏上书极言当时的弊政。这两件事都没有受到朝廷重视,于是欧阳修请求调任外职,被任命为滑州(州治在今河南滑县)通判。本篇即作于滑州。

予至滑之三月[1],即其署东偏之室[2],治为燕私之居[3],而名曰画舫斋。斋广一室,其深七室,以户相通。凡入予室者,如入乎舟中。其温室之奥[4],则穴其上以为明[5];其虚室之疏以达[6],则栏槛其两旁,以为坐立之倚。凡偃休于吾斋者,又如偃休乎舟中。山石崷崒[7],佳花美木之植列于两檐之外,又似泛乎中流,而左山右林之相映,皆可爱者。故因以舟名焉。

《周易》之象,至于履险蹈难,必曰涉川[8]。盖舟之为物,所以济险难而非安居之用也。今予治斋于署,以为燕安,而反以舟名之,岂不戾哉[9]!矧予又尝以罪谪走江湖间,自汴绝淮,浮于大江,至于巴峡,转而以入于汉沔,计其水行凡万馀里[10]。其羁穷不幸而卒遭风波之恐[11],往往叫号神明以脱须臾之命者,数矣。

当其恐时,顾视前后,凡舟之人,非为商贾,则必仕宦。因窃自叹,以谓非冒利与不得已者,孰肯至是哉。赖天之惠,全活其生,今得除去宿负,列官于朝,以来是州[12],饱廪食而安署居[13]。追思曩时山川所历舟楫之危,蛟鼍之出没,波涛之汹歘[14],宜其寝惊而梦愕,而乃忘其险阻,犹以舟名其斋,岂真乐于舟居者邪?

然予闻古之人,有逃世远去江湖之上,终身而不肯反者,其必有所乐也。苟非冒利于险,有罪而不得已,使顺风恬波,傲然枕席之上,一日而千里,则舟之行岂不乐哉。顾予诚有所未暇,而舫者,宴嬉之舟也,姑以名予斋,奚曰不宜[15]?

予友蔡君谟善大书[16],颇怪伟,将乞其大字以题于楹[17]。惧其疑予之所以名斋者,故具以云[18],又因以置于壁。

壬午十二月十二日书[19]。

〔1〕滑:滑州,今河南滑县。欧阳修于庆历二年(1042)十月任滑州通判。

〔2〕署:官署。

〔3〕燕私之居:闲居休息的处所。

〔4〕温室:指暖和的房间。 奥:房屋的深处。

〔5〕穴其上:即开一个天窗。穴,开设窗口。

〔6〕虚室之疏以达:指外面没有墙壁的屋子,疏朗通达。

〔7〕崷崪(qiúzú):高峻的样子。

〔8〕《周易》三句:《周易》中的象词,凡说及险难之事,常以涉川为喻。象,指《周易》中解释卦象的辞。

〔9〕戾(lì):乖戾。

〔10〕"斥予"六句:欧阳修在景祐三年(1036)贬峡州夷陵令,从开封出发,由水路经汴水、淮河、长江,到达贬所。宝元元年(1038)三月,出夷陵仍经水路赴光化军乾德县(今湖北老河口市)任县令。矧(shěn),况且。汉沔,即汉水,长江支流,古代通称汉水为沔水。

〔11〕羁穷不幸:即指被贬外官而颠沛流离。 卒:通"猝",突然。

〔12〕"今得"三句:宝元二年(1039),欧阳修恢复原来的官职,次年进京,任馆阁校勘,权同知太常礼院。后因议事与朝廷意见不合,自请调任外职,即被任命为滑州通判。宿负,指以前所受到贬谪的罪。

〔13〕廪食:官府供给的粮食,这里指俸禄。

〔14〕汹歘(xū):形容波涛汹涌疾变的样子。

〔15〕奚曰不宜:有什么不合适的呢。

〔16〕蔡君谟:蔡襄,字君谟,以书法著名。

〔17〕楹:厅堂的前柱。

〔18〕具:陈述。

〔19〕壬午:庆历二年的干支。

欧阳修在滑州的官署东侧营建了一所休憩之居,题名"画舫斋"。文章的第一段对画舫斋的命名作了说明:斋广一室,深七室,其形似舟;斋中数室各具特色,或深奥温暖,如同船舱,或虚空四壁,如舱外两舷,处于室中,犹如在舟;斋之左右风景如画,花木山石分列两侧,斋置于其中,好似一舟行于山林相间的江水之中。

文章写到这里,有关画舫斋的内容似已写尽,下文将如何展开呢?清人唐彪在《读书作文谱》中曾说:"文章说到此理已尽,似难再说。拙笔至此,技穷矣。巧人一转弯,便又另是一番境界,可以生出许多议论,理境无穷。"欧阳修正是以他文章大家的手笔,转折出了又一境界。

第二段放开斋的本题,却顺因画舫之名,转而言舟。舟是涉川之具,济川则难免风波之险,议论就从这里展开。第三段再行转折,提出了另一种舟行,既非冒利,也非不得已,这是遁世者的江湖之游。"顺风恬波,傲然枕席之上",写出了风平浪静的江湖之景,也写出隐者的怡然神态。

一篇解释斋名的短文形成多层次的对照和转折,在艺术上固然可造成峰回路转之势而引人入胜,然而更重要的是,作者以反复转折的文意表露了自己思想发展的层次。他把仕宦和冒利的商贾相提并论,并借斋名而反复议论,实是借题发挥,曲折地道出了内心的感受。欧阳修是正视现实的,文中最后着重抒发了作者居安思危的思想,说明退居外职是出于不得已,放浪江湖"诚有所未暇",仍表示要有所作为。

释秘演诗集序

庆历二年(1042)作。欧阳修不信佛,却喜与和尚交朋友,主要是看重他们的气节和才华,同情他们"无所用其能"的遭遇。释秘演,即法名秘演的和尚。欧阳修为怀才不遇而隐于佛的秘演的诗集作序,也是出于同样的心情。本文不落诗序的俗套,对秘演的诗着墨不多,却着重写他同亡友石曼卿及自己的交往过程,从死生聚散着笔,把重点放在写秘演的才能、性格方面,处处以"奇男子"曼卿来衬托秘演的形象,突出他也是一个有能力却得不到发挥的"伏而不出"的奇男子,同时用"既习于佛无所用"一语,表现了无限的惋惜,又含蓄地批评了佛教。张裕钊评曰:"《秘演集序》直起直落,直转直接,具无穷变化。"(《古文辞类纂》卷八)

予少以进士游京师[1],因得尽交当世之贤豪。然犹以谓国家臣一四海[2]，休兵革，养息天下以无事者四十年[3]，而智谋雄伟非常之士，无所用其能者，往往伏而不出，山林屠贩[4]，必有老死而世莫见者，欲从而求之不可得。

其后得吾亡友石曼卿。曼卿为人，廓然有大志[5]，时人不能用其材，曼卿亦不屈以求合，无所放其意，则往往从布衣野老[6]，酣嬉淋漓[7]，颠倒而不厌。予疑所谓伏而不见者，庶几狎而得之[8]，故尝喜从曼卿游，欲因以阴求天下奇士[9]。

浮屠秘演者[10]，与曼卿交最久，亦能遗外世俗[11]，以气节自高[12]。二人欢然无所间[13]。曼卿隐于酒，秘演隐于浮屠，皆奇男子也，然喜为诗歌以自娱。当其极饮大醉，歌吟笑呼，以适天下之乐，何其壮也！一时贤士，皆愿从其游，予亦时至其室。十年之间，秘演北渡河[14]，东之济、郓[15]，无所合，困而归。曼卿已死，秘演亦老病。嗟夫！二人者，予乃见其盛衰，则予亦将老矣。

夫曼卿诗辞清绝[16]，尤称秘演之作，以为雅健有诗人之意。秘演状貌雄杰，其胸中浩然[17]，既习于佛无所用；独其诗可行于世，而懒不自惜[18]。已老，胠其橐[19]，尚得三四百篇，皆可喜者。曼卿死，秘演漠然无所向。闻东南多山水，其巅崖崛岬[20]，江涛汹涌，甚可壮也，遂欲往游焉，足以知其老而志在也。于其将行，为叙其诗，因道其盛时以悲其衰。庆历二年十二月二十八日庐陵欧阳修序。

〔1〕予少以进士游京师：进士，州府选送礼部参加进士考试的士子。欧阳修在天圣八年(1030)中进士，时年二十四岁。

〔2〕国家：指当时的朝廷。　臣一：臣服统一。　四海：古代以为中国在四海之中，故四海指全国。

〔3〕养息：休养生息。　无事者四十年：宋自真宗景德元年(1004)与契丹订立澶渊和议，到庆历二年(1042)为三十八年，四十取其约数。

〔4〕山林屠贩：指隐居山林或做屠夫、商贩的隐士。

〔5〕廓然：开朗豪放，胸怀阔大的样子。

〔6〕野老：乡村老人。

〔7〕酣嬉：尽情喝酒，任性嬉游。　淋漓：形容非常尽兴，痛快。

〔8〕庶几：或许。　狎：亲近而且态度随便。

〔9〕阴求：暗地里寻求。

〔10〕浮屠：佛教徒，梵语的音译，也作"浮图"。

〔11〕遗外：超脱，即抛弃摆脱世俗的功名富贵。

〔12〕自高:元刊本作"相高"。
〔13〕间:间隔。
〔14〕河:黄河。
〔15〕济、郓:济南、郓城,都在今山东省。
〔16〕清绝:清新到极点。
〔17〕浩然:刚直正大之气。
〔18〕懒不自惜:疏懒而不自爱惜,指随写随弃,没有编次。
〔19〕胠(qū):打开。 囊(tuó):袋子。
〔20〕巅崖:山峰和山崖。 崛崪(lù):高峻陡峭的样子。

  清代古文家刘大櫆说:"欧公诗文集序,当以秘演、江邻几为第一,而惟俨、苏子美次之。"本文被刘大櫆评为欧阳修序文中第一的作品,确有其不同凡响之处。序文是为《释秘演诗集》而作的,却不落一般诗文集序文的俗套,重点在于刻画秘演的个性、人格,对其诗只是画龙点睛式地略作评述,而且是从石曼卿的眼中来评述,"(曼卿)尤称秘演之作,以为雅健有诗人之意",精美入妙。

  文章起笔从自己年轻时的交游开始,写自己欲从山林屠贩中寻觅奇才,然后引出作者好友石曼卿,再由石曼卿引出秘演,对这位和尚的性格和为人作了描述,最后才写到秘演的诗,"已老,胠其囊,尚得三四百篇,皆可喜者"。仅一句又将笔意宕开,以秘演在石曼卿死后孤寂无聊而去云游山水作结。由远及近,迂回曲折,迤逦而来,如抽丝剥笋,直到篇末,方显核心,这是欧文最典型的笔法。

  为了突出秘演的不得志,作者用石曼卿作陪衬,并插入自己对老、死、离别的沉痛感受,写得一往情深。如文中写道:"曼卿为人,廓然有大志,时人不能用其材,曼卿亦不屈以求合,无所放其意,则往往从布衣野老,酣嬉淋漓,颠倒而不厌。"明写石曼卿,暗写秘演,一虚一实,由此可以体会出欧文一笔两用之妙。总之,这篇序文写得委婉曲折,情文并茂,是一篇"多慷慨呜咽之音,命意最旷而逸"(明代茅坤评语)的千古杰作。

王彦章画像记

  本文作于庆历三年(1043)。王彦章(863—923),五代后梁名将,年轻时在梁太祖朱温部下当兵,骁勇善战,屡次以军功升迁。梁末帝龙德三年(923),由于军力不足,被后唐庄宗李存勖打败后拒降被杀。旧《五代史》有他的本传,欧阳修《新五代史》将他列入《死节传》。宋朝在对外关系上,从一开始就采取守势,时常被动挨打。五年前西夏赵元昊反叛,宋军屡战屡败,连吃败仗,朝野内外"闻鼙鼓而思良将"。就在这样的背景之下,欧阳修两次往滑州(今河南滑县)任通判,得以了解五代名将王彦章的事迹,并亲赴"铁枪寺"瞻仰其遗像。睹物思人,悼古伤今,不觉感慨万端,以饱蘸感情的笔墨写下了这篇画像记。

作者曾在《新五代史》中写过王彦章的传记,因此,文中没有全面叙述王彦章的一生,只抓住他善出奇兵和忠勇殉职二事来写,同时穿插点染他的一些言行细节,便觉音容笑貌如在眼前,虎虎有生气。本文在写法上采用夹叙夹议、以论带史的方法,把史书、家传、画像三种材料融为一体,突出王彦章的忠义之节与英勇善战,用以激励宋朝将领为国尽忠,保卫边防。后人常将此文与韩愈的《张中丞传后叙》及柳宗元的《段太尉逸事状》誉为传记散文鼎足而三的杰作。

太师王公讳彦章[1],字子明。郓州寿张人也[2]。事梁[3],为宣义军节度使[4],以身死国,葬于郑州之管城[5]。晋天福二年[6],始赠太师。

公在梁以智勇闻。梁、晋之争数百战,其为勇将多矣;而晋人独畏彦章[7]。自乾化后[8],常与晋战,屡困庄宗于河上。及梁末年,小人赵岩等用事[9],梁之大臣老将,多以谗不见信,皆怒而有怠心,而梁亦尽失河北,事势已去,诸将多怀顾望。独公奋然自必,不少屈懈,志虽不就,卒死以忠[10]。公既死而梁亦亡矣!悲夫!

五代终始才五十年[11],而更十有三君[12],五易国而八姓[13],士之不幸而出乎其时[14],能不污其身得全其节者,鲜矣[15]!公本武人,不知书,其语质[16],平生尝谓人曰:"豹死留皮,人死留名。"盖其义勇忠信出于天性而然。予于五代书[17],窃有善善恶恶之志[18]。至于公传,未尝不感愤叹息。惜乎旧史残略,不能备公之事。

康定元年[19],予以节度判官来此。求于滑人,得公之孙睿所录家传[20],颇多于旧史,其记德胜之战尤详[21]。又言:敬翔怒末帝不肯用公[22],欲自经于帝前[23];公因用笏画山川,为御史弹而见废[24]。又言:公五子,其二同公死节。此皆旧史无之。又云:公在滑以谗自归于京师[25],而史云召之。是时,梁兵尽属段凝[26],京师赢兵不满数千;公得保銮五百人[27],之郓州,以力寡,败于中都[28]。而史云将五千兵以往者[29],亦皆非也。

公之攻德胜也,初受命于帝前,期以三日破敌;梁之将相闻者皆窃笑。及破南城[30],果三日。是时,庄宗在魏[31],闻公复用,料公必速攻,自魏驰马来救,已不及矣。庄宗之善料,公之善出奇,何其神哉!今国家罢兵四十年[32],一旦元昊反[33],败军杀将,连四五年,而攻守之计,至今未决。予尝独持用奇取胜之议,而叹边将屡失其机。时人闻予说者,或笑以为狂,或忽若不闻,虽予亦惑不能自信。及读公家传,至于德胜之捷,乃知古之名将,必出于奇,然后能胜;然非审于为计者不能出奇[34],奇在速,速在果,此天下伟男子之所为,非拘牵常算之士可到也[35]。每读其传,未尝不想见其人。

后二年,予复来通判州事[36]。岁之正月,过俗所谓铁枪寺者,又得公画像而拜焉。岁久磨灭,隐隐可见。亟命工完理之,而不敢有加焉,惧失其真也。公尤善用枪,时号"王铁枪"[37]。公死已百年,至今俗犹以名其寺,童儿牧竖皆知王铁枪之为良将也[38]。一枪之勇,同时岂无?而公独不朽者,岂其忠义之节使然欤?画已百余年矣;完之复可百年。然公之不泯[39],不系乎画之存不存也[40]。而予尤区区如此者[41],盖其希慕之至焉耳。读其书,尚想乎其人[42];况得拜其像,识其面目,不忍见其坏也。画既完,因书予所得者于后,而归其人[43],使藏之。

[1]太师:追赠的官衔,三公之一,古代以太师、太傅、太保为三公。王彦章死后被追赠太师官衔。 讳:避讳,这里指避讳的名字。
[2]郓州:州治在今山东郓城县。 寿张:县名,今属山东。
[3]事梁:王彦奉年轻时在梁太祖朱温部下当兵。
[4]宣义军:治所在滑州(今河南滑县)。《旧五代史·梁书·末帝纪》记载,后梁龙德元年(921),王彦章为宣义军节度副大使知节度事。
[5]郑州:即今河南郑州市。
[6]晋天福二年:公元937年。晋指后晋。石敬瑭灭后唐,国号晋,年号天福。下文的梁晋之争,指梁军与晋王李克用之间进行的战争。
[7]晋人:指后唐庄宗李存勖,当时是晋王。《新五代史·死节传》引李存勖的话说:"彦章骁勇,吾尝避其锋。"
[8]乾化:梁太祖朱温建立后梁的年号(911—915)。王彦章在争夺黄河两岸曹、濮、郓、滑等州的百多次大战中曾屡次打败李存勖,并轻蔑地说:"亚子(李存勖小名)斗鸡小儿耳,何足惧哉!"
[9]小人赵岩:后梁末帝时宠臣,官至户部尚书、租庸使,后梁亡后被杀。
[10]"独公奋然自必"四句:唯独此公精神振奋而有必胜的信心,不肯松懈,愿望虽然没有实现,终于以身殉国。王彦章于梁末帝龙德三年(923)兵败被杀。自必,自己坚持。
[11]五代终始才五十年:唐朝亡后,梁、唐、晋、汉、周相继而起,史称五代。自后梁太祖开平元年(907)至后周恭帝显德七年(960),实际上共五十四年,更换了八姓十三个皇帝。"五十年"为举其概数。
[12]十有三君:指后梁太祖朱温、末帝朱瑱,后唐庄宗李存勖、明宗李亶、闵帝李从厚、末帝李从珂,后晋高祖石敬瑭、出帝石重贵,后汉高祖刘知远、隐帝刘承祐,后周太祖郭威、世宗柴荣、恭帝柴宗训。

〔13〕五易国：指后梁篡唐，后唐灭后梁，后晋灭后唐，后汉代后晋，后周代后汉。　八姓：后梁姓朱，后唐姓李，但明宗为胡人，废帝为明宗养子本姓王，共三姓，后晋姓石，后汉姓刘，后周姓郭，世宗为郭威养子本姓柴，共二姓。合起来为八姓。

〔14〕出乎其时：指生活于这一时期。

〔15〕鲜(xiǎn)：少。五代时的很多官僚都没有气节，如著名的冯道便历事后唐、后晋、契丹、后汉、后周五朝，任宰相等职。

〔16〕语质：说话朴实。

〔17〕五代书：指欧阳修所撰的《新五代史》，有别于薛居正等撰写的《旧五代史》(即下文所说的"旧史")。

〔18〕善善恶恶：褒扬好人好事，批判坏人坏事。这便是所谓《春秋》褒贬之义。

〔19〕康定元年：公元1040年。这年欧阳修由乾德令升任武成军节度判官。武成军治所在滑州。

〔20〕家传：子孙为自己的祖先写作的传记。以下诸事皆家传所记。

〔21〕德胜之战：指龙德三年(923)王彦章任招讨使，于德胜城击败晋军之战。德胜，黄河重要渡口，有南北二城，故址在今河南濮阳县。当时李存勖已夺取黄河以北地区，以铁锁断德胜口，筑河南北为两城，号夹寨。王彦章暗中派士兵六百人拿着大斧，载着炉炭，从杨村顺流而下，在岸上几千精兵的掩护下，烧断铁锁，斩断浮桥。王彦章乘机带兵急攻南城，一举而下。

〔22〕敬翔：字子振，后梁宰相。

〔23〕自经：自己吊死。据《新五代史·死节传》记载，梁末帝不用王彦章，在唐兵压境，国家危亡时，他便带着绳子去见末帝，要当面自经；末帝只好召王彦章为招讨使。

〔24〕"公因"二句：言王彦章攻破德胜后，又攻杨刘未下，副使段凝诬其使酒轻敌致败，"彦章被罢职，驰至京师入见，以笏画地，自陈胜败之迹"，又被赵岩等诬陷为不恭。

〔25〕自归于京师：王彦章因蒙受冤屈，不等皇帝召唤，自动回到京城向皇帝申辩。

〔26〕段凝：初名明远，杨刘之战后代王彦章为招讨使，后来率精兵五万投降后唐，为唐庄宗所宠，任节度使。明宗立后，被赐死。

〔27〕保銮：保卫皇帝的军队。

〔28〕中都：今山东汶上县。王彦章罢职后，晋兵攻下兖州，梁势危急，重新起用彦章守东路，仅五百新兵，因以致败，受伤被俘。

〔29〕史云将五千兵以往：《旧五代史》记载，王彦章去郓城时带了五千兵力抵抗后唐，欧阳修认为是旧史之误，实际上只有五百保銮兵。欧阳修在此极辨旧史之误，以突出王彦章的英勇和不幸。

〔30〕南城：指德胜黄河渡口南岸之城。

〔31〕魏：州名。治所在今河北大名县。　出奇：出奇兵奇计。

〔32〕今国家罢兵四十年：宋真宗景德元年(1004)，与契丹订立澶渊之盟，双方停战，至欧阳修写作本文时，恰好四十年。

〔33〕元昊：西夏君主。西夏原臣属于宋，宝元元年(1038)十月，元昊自称大夏皇帝，举兵骚扰宋边境，宋军连年战败，束手无策。

〔34〕审：缜密仔细。

〔35〕拘牵常算之士：被常规所束缚、办事畏缩守旧的人。

〔36〕通判州事：庆历二年(1042)欧阳修自请外调，任滑州通判。

〔37〕王铁枪：王彦章作战时用两枝铁枪，都重百斤，一置鞍中，一拿在手，所向披靡，所以人称"王铁枪"。

〔38〕牧竖:牧童。未成年的童仆叫竖。

〔39〕不泯:不朽,不泯灭。

〔40〕系乎:有赖于。

〔41〕区区:微小。这里指特别留心,心意诚挚。

〔42〕读其书,尚想乎其人:语本《孟子·万章下》:"颂其诗,读其书,不知其人,可乎?是以论其世也,是尚友也。"

〔43〕归其人:将画像还给原来收藏的人。

  本文不是一般的历史传记,而是一篇叙议兼施的人物评传。文章在首段概括介绍王彦章的生平之后,便以论带史围绕智勇忠义进行叙事。先极简明扼要地介绍"梁、晋之争数百战,其为勇将多矣;而晋人独畏彦章。自乾化后,常与晋战,屡困庄宗于河上"。晋王李存勖(即后唐庄宗),别人都不怕,"独畏彦章",并屡受其困,从对比中更加突出了他的英勇善战。接着再叙后梁末年,小人用事,大臣老将,"皆怒而有怠心",当大势已去时,"诸将多怀顾望"、"独公奋然自必"、"卒死以忠",也是从对比描写中突出其忠勇。最后论述五代混乱之世,全节之士极少,而王公独能说出"豹死留皮,人死留名"的掷地作金石声的警语,显示"其义勇忠信出于天性而然",再一次通过对比来赞颂他的崇高品德。

  文章的第二、三段重点叙述"家传"比旧史多出的王公事迹,以家传补充旧史的缺略,特别突出王彦章用奇取胜的战绩来讽谕拘牵常算之士。德胜之战,王公在末帝前"期以三日破敌",遭到后梁将相的讥笑,结果果然在三日内攻下南城。而李存勖知道末帝复用王公后,从魏州驰马奔救不及。据此,欧阳修论曰:"庄宗之善料,公之善出奇,何其神哉!"接着就此联系作者当时抗辽的现实,说自己也曾建议"用奇取胜",却遭到不少人的讥笑和讽刺,王公家传中所记的德胜之战用奇兵取胜的情节,更坚定了作者的信念:"乃知古之名将,必出于奇,然后能胜。然非审于为计者不能出奇,奇在速,速在果,此天下伟男子之所为,非拘牵常算之士可到也。"这是一段极精彩的议论,其用意一方面是补充王公事迹,另一方面也是以古喻今,针砭现实。

  文章的最后一段,才写到王彦章的画像,归入正题。先说画像是在铁枪寺内见到的,"岁久磨灭,隐隐可见";接着就"王铁枪"的绰号展开议论,王公已死百年,民间妇孺皆知王铁枪是良将,并作为寺名,这说明是王公的忠义之节使他永垂不朽;最后,点明作者之所以要写这篇《画像记》于画像后,表达对王公的敬仰之情,以使王公的忠勇精神真正能青史留名,永垂不朽。

  全文洋溢着低回崇敬的感情,行文也极为严谨而曲折变化,如用"惜乎旧史残略"自然过渡到引用"家传";又用"每读其传,未尝不想见其人"自然过渡到"画像",使来源于史书、家传、画像的三方面材料融为一体,天衣无缝,并适当穿插一些精彩的议论,评述传主,联系现实,显得纵收自如,顿挫有致,的确不愧是古代传记文中的一篇杰作。

朋党论

本文作于庆历四年(1044),一本题为《朋党议》,另有小标题作"在谏院进",是欧阳修以太常丞知谏院时给仁宗皇帝的奏章。景祐三年(1036),范仲淹、欧阳修等因议论朝政,倡导改革,被吕夷简、夏竦等保守派目为朋党,加以贬逐。自此朋党之论一直延续多年,阻碍着这批有志改革之士的任用。

庆历三年(1043),宋仁宗又复起用范仲淹、富弼等推行庆历新政,革新派重新上台执政,吕夷简、夏竦等人被免职。欧阳修、蔡襄等人同时出任谏官。范仲淹提出十大改革主张,富弼又提出四项建议。这时吕、夏的馀党极力反对,并制造舆论攻击范仲淹私结"朋党",排斥异己。欧阳修以谏官身份写了这篇奏章回击他们。文中历数史实,层层对比,说明朋党自古存在,重要的问题是要分辨"君子之朋"与"小人之朋",只要"退小人之伪朋,用君子之真朋",天下就能大治。《宋史纪事本末·庆历党议》记庆历四年夏,"帝(文宗)与执政论及朋党事,范仲淹对曰:'方以类聚,物以群分。合古以来,邪正在朝,各为一党,在主上鉴辨之耳。诚使君子相朋为善,其于国家何害?不可禁也。'"可见范仲淹的思想与欧阳修完全一致。这篇政论,语气从容而又棱角分明,论证清晰而又富于感情,说理透彻有力,对说服宋仁宗支持范仲淹等推行庆历新政,起了一定作用。

臣闻朋党之说,自古有之[1],惟幸人君辨其君子小人而已[2]。大凡君子与君子,以同道为朋[3];小人与小人,以同利为朋。此自然之理也。然臣谓小人无朋,惟君子则有之。其故何哉?小人所好者禄利也[4],所贪者财货也。当其同利之时,暂相党引以为朋者[5],伪也;及其见利而争先,或利尽而交疏,则反贼害[6],虽其兄弟亲戚,不能相保;故臣谓小人无朋,其暂为朋者,伪也。君子则不然:所守者道义,所行者忠信,所惜者名节[7],以之修身,则同道而相益;以之事国,则同心而共济[8];终始如一,此君子之朋也。

故为人君者,但当退小人之伪朋[9],用君子之真朋,则天下治矣[10]。

尧之时[11],小人共工、驩兜等四人为一朋[12],君子八元、八恺十六人为一朋[13]。舜佐尧,退四凶小人之朋,而进元、恺君子之朋,尧之天下大治[14]。及舜自为天子[15],而皋、夔、稷、契等二十二人[16],并列于朝,更相称美,更相推让,凡二十二人为一朋,而舜皆用之,天下亦大治。

《书》曰[17]:"纣有臣亿万,惟亿万心;周有臣三千,惟一心。"纣之时,亿万人各异心,可谓不为朋矣;然纣以亡国。周武王之臣三千人为一大朋,而周用以兴[18]。

后汉献帝时[19],尽取天下名士囚禁之,目为党人[20]。及黄巾贼起[21],汉室大乱,后方悔悟,尽解党人而释之,然已无救矣[22]。

唐之晚年,渐起朋党之论[23]。及昭宗时[24],尽杀朝之名士,或投之黄河,曰:"此辈清流,可投浊流。"[25]而唐遂亡矣。

夫前世之主,能使人人异心不为朋,莫如纣;能禁绝善人为朋,莫如汉献帝;能诛戮清流之朋,莫如唐昭宗之世;然皆乱亡其国[26]。更相称美推让而不自疑,莫如舜之二十二臣;舜亦不疑而皆用之,然而后世不诮舜为二十二人朋党所欺[27],而称舜为聪明之圣者[28],以能辨君子与小人也。周武之世,举其国之臣三千人共为一朋,自古为朋之多且大,莫如周;然周用此以兴者,善人虽多而不厌也[29]。

夫兴亡治乱之迹[30],为人君者,可以鉴矣[31]。

[1]"臣闻"两句:朋党,是指人们因某种共同的政治目的和利害关系而聚集成一个团体,古代专指士大夫各树党羽相互倾轧。这里指人们因某种共同的目的而结成的集团。关于朋党的问题,早在《韩非子·孤愤》和《史记·蔡泽列传》中就有记述,故称"自古有之"。与欧阳修同时的王禹偁在《朋党论》中也说:"夫朋党之来远矣,自尧、舜时有之。八元、八恺,君子之党也;四凶族,小人之党也。"

[2]惟幸:只希望。幸,希望。

[3]以同道为朋:以道义一致、志同道合为原则结成朋党。道,指志向、道德、信仰等,亦即下文的"道义"、"忠信"、"名节"。

[4]好:喜爱。

[5]党引:结为私党,相互勾结、援引。

[6]贼害:残害,伤害。

[7]名节:声名气节。

[8]共济:共同协力办事。

[9]退:废斥,罢退,摒弃。

[10]治:社会安定,天下太平。

[11]尧:尧和下文的舜、周武王都是儒家所推崇的古代圣君。

[12]共工、驩兜等四人:即下文所说的"四凶"。《尚书·虞书·舜典》记载:"(舜)流共工于幽州,放驩

兜于崇山,窜三苗于三危,殛鲧于羽山。"

〔13〕八元、八恺:元、恺,都是善良的意思。相传上古高辛氏的八个有才德的后裔叫八元,高阳氏的八个有才德的后裔叫八恺。《左传·文公十八年》记载:"昔高阳氏有才子八人:苍舒、隤敳、梼戭、大临、龙降、庭坚、仲容、叔达,齐圣广渊,明允笃诚,天下之民,谓之八恺;高辛氏有才子八人:伯奋、仲堪、叔献、季仲、伯虎、仲熊、叔豹、季狸,忠肃共懿,宣慈惠和,天下之民,谓之八元。"

〔14〕"舜佐尧"四句:谓舜辅助尧治理天下,举贤良,逐奸凶,天下大治。《左传·文公十八年》记载:"舜臣尧,举八恺,使主后土,以揆百事,莫不时序,地平天成。举八元,使布五教于四方,父义、母慈、兄友、弟共、子孝,内平外成。""舜臣尧,宾于四门,流四凶族。"

〔15〕及:等到。

〔16〕皋、夔、稷、契:都是舜的贤臣,皋陶,掌管刑狱;夔,掌管音乐;后稷,掌管农事,相传为周的始祖;契(xiè),掌管教育,相传为商朝始祖。

〔17〕《书》:指《尚书》,下面所引四句见于《尚书·周书·泰誓》:"受(纣)有臣亿万,惟亿万心;予有臣三千,惟一心。"《泰誓》是周武王伐纣,兵渡孟津时的誓师词。纣,名受,亦称帝辛,是商朝亡国之暴君。

〔18〕用:因此。

〔19〕后汉献帝:指汉朝亡国之君刘协。

〔20〕"尽取"二句:据《后汉书·党锢列传》记载,汉桓帝时,宦官专权,李膺、杜密、陈实、范滂等二百余人被目为党人,遭到逮捕。到了汉灵帝时,李膺、范滂等百余人被害死于狱中,全国各州郡受株连者达六七百人之多,这就是历史上著名的党锢之祸。作者说"汉献帝时",属误记。

〔21〕黄巾贼:指东汉灵帝中平元年(184)张角所领导的农民起义军,因头裹黄巾为标志,故称为"黄巾军"。"贼"是封建统治者污蔑农民起义军的称呼。

〔22〕"后方悔悟"三句:据《后汉书·党锢列传》记载:"中平元年,黄巾贼起,中常侍吕强言于帝曰:'党锢久积,人情多怨。若久不赦宥,轻与张角合谋,为变滋大,悔之无救。'帝惧其言,乃大赦党人,诛徙之家皆归故郡。其后黄巾遂盛,朝野崩离,纲纪文章荡然矣。"

〔23〕"唐之晚年"二句:从唐穆宗长庆初年,经过文宗、武宗,直至宣宗朝,统治阶级内部发生了以牛僧孺、李宗闵为首的牛党和以李德裕为首的李党的对立,据《旧唐书·李宗闵传》记载,双方"比相嫌恶,因是列为朋党,皆挟邪取权,两相倾轧。自是纷纭排陷,垂四十年。"史称"牛李党争"或"朋党之争"。

〔24〕昭宗:唐代亡国之君李晔。

〔25〕"尽杀"以下数句:据《新五代史·唐六臣传》记载,天祐三年,权臣朱全忠(已封梁王)受李振等人唆使,将"凡缙绅之士与唐而不与梁者,皆诬以朋党,坐贬死者数百人,而朝廷为之空"。又据《旧五代史·李振传》记载:"时振自以咸通、乾符中尝应进士举,累上不第,尤愤愤,乃谓其祖(即朱全忠)曰:此辈(指裴枢等缙绅之士)自谓清流,宜投于黄河,永为浊流。"结果朱全忠笑而从之,投尸于河。第二年,唐哀帝被迫禅位于朱全忠,唐亡。 清流,喻德行高洁之士。 浊流,指黄河水。按"天祐"本是唐昭宗年号,而天祐元年八月哀帝即位后仍沿用此年号,故天祐三年所发生的上述事件,应是哀帝时的事,文中说"昭宗时",显系误记。

〔26〕皆:一本"皆"下多一"以"字。

〔27〕诮:讥诮,责备。

〔28〕聪明:这里指头脑清醒,明白事理。

〔29〕不厌:不满足。

〔30〕迹:迹象,轨迹,事物发展变化的线索。

〔31〕可以鉴:可以把它作为一面镜子。 鉴,鉴戒。唐太宗曾说:"以古为镜,可以知兴替。"

宋仁宗庆历三年（1043），以参知政事范仲淹、枢密副使富弼、韩琦为代表的革新派实行新政，以吕夷简、夏竦为代表的保守派负隅顽抗，并再次以朋党的罪名来对他们进行陷害。欧阳修当时担任谏官，支持庆历新政，对此愤愤不平，于是便在第二年写下了这篇著名的政论，上奏皇帝，予以严厉驳斥。

文章出人意表地从肯定朋党"自古有之"入手："臣闻朋党之说，自古有之，惟幸人君辨其君子小人而已。"开宗明义，总领全文。之所以要这样写，是有原因的。李焘《续资治通鉴长编》卷一四八记载："初，吕夷简罢相，夏竦授枢密使，复夺之，代以杜衍，同时进用富弼、韩琦、范仲淹在二府，欧阳修等为谏官。石介作《庆历圣德诗》言进贤退奸之不易。奸，盖斥夏竦也。竦衔之。而仲淹等与修素所厚善。修言事一意径行，略不以形迹嫌疑顾避。竦因与其党造为党论，目衍、仲淹及修为党人，修乃作《朋党论》上之。"由此可知当时范仲淹、杜衍、富弼、韩琦、欧阳修等为了革新政治，精诚团结，毫无顾忌，不避形迹。因此欧阳修以退为进，文中首先肯定"朋党之说，自古有之"，以消除仁宗对朋党的戒惧心理，并在气势上压倒对方。紧接着，具体论述君子之朋与小人之朋的本质区别在于："大凡君子与君子，以同道为朋；小人与小人，以同利为朋。此自然之理也。"两者界限极其分明，不容有丝毫含混。

然后，欧阳修凭借其渊博的历史知识，列举大量无可争辩的历史事实，从正反两方面总结历史经验教训，证明用君子之朋，则天下大治，用小人之朋，则天下乱亡，大大加强了文章的气势和说服力。从历史来看，大体上有以下六种情况：尧之时，有小人共工、驩兜等四人为一朋，有君子八元、八恺十六人为一朋；舜佐尧退四凶小人之朋，而进元恺君子之朋，尧之天下大治，这是一；其二，及舜自为天子，而皋、夔、稷、契等二十二人并列于朝廷，互相称美推让，凡二十二人为一朋，而舜皆用之，天下亦大治；其三，"周有臣三千，惟一心"，周武王用此三千人为一大朋，而周用以兴；反之，纣有臣亿万，人各异心，"可谓不为朋矣，然纣以亡国"，此其四；其五，"禁绝善人为朋，莫如汉献帝"，他尽取天下名士囚禁之，目为党人。及至黄巾起义，汉室大乱，才"尽解党人而释之"，然悔之晚矣，"已无救矣"；其六，能诛戮清流之朋，或投之黄河，莫如唐昭宗之世，"而唐遂亡矣"。由此可见，重要的问题在于：善于识别君子之朋，抑或小人之朋。只要进退得当，坚定不移地任用君子之朋，可以使天下大治。善人之朋"虽多而不厌"，"不疑而皆用之"，足以兴国。最后点明："夫兴亡治乱之迹，为人君者，可以鉴矣。"再一次强调，为人君者应以天下兴亡治乱之迹为鉴，退小人之伪朋，用君子之真朋，从而达到使天下长治久安的目的。

文章论点鲜明,论据充分,论证剀切,并通过正反史事的鲜明对比和排比、反复句式的运用,增强了文章的气势和辩论力量,义正辞严,无懈可击,堪称政论文中的精品,与《与高司谏书》同为作者政论文的代表作。它不仅在当时具有极大的现实意义,而且翻了一个历史的大案,摘掉了"朋党"一词的贬义帽子,在中国政治史上也有一定的意义。

醉翁亭记

本文作于宋仁宗庆历六年(1046),即"庆历新政"失败后,作者遭谗被贬到滁州任知州的第二年。这是一篇历来广为传诵的名篇,反映了欧阳修滁州生活的一个侧面。滁州西南是林木葱茏、峰峦优美的琅琊山,山中有泉清澈甜美,适于酿酒,名为酿泉,泉边有座山僧建造的凉亭。从这亭子,可以观赏山水风光,又能看到游人来去,听到山歌互答,真是一个使人心旷神怡、流连忘返的人间胜境。欧阳修来到滁州以后,远离了官场的角逐,经常带领一群宾客到这亭上酣饮游玩,直到傍晚才兴尽而返。因而就以自己的别号称这亭子为"醉翁亭"。这篇游记,以轻松、流畅的笔调,词采生动、音调嘹亮的语言,描写了他和宾客在醉翁亭中欢宴的情景以及所领略的山林情趣和人间安乐,从而抒发了"与民同乐"的深沉感情。抒写同滁人在醉翁亭畔的游赏之乐,表现士大夫放情山水、悠然自适的情调的同时,也隐约流露出仕途失意的情绪。此文在当时就刻石行世,远近争得,疲于摹打,广为传诵了。

环滁皆山也[1]。其西南诸峰,林壑尤美[2]。望之蔚然而深秀者[3],琅琊也[4]。山行六七里,渐闻水声潺潺,而泻出于两峰之间者,酿泉也[5]。峰回路转[6],有亭翼然临于泉上者[7],醉翁亭也。作亭者谁?山之僧智仙也。名之者谁?太守自谓也[8]。太守与客来饮于此,饮少辄醉,而年又最高,故自号曰醉翁也[9]。醉翁之意不在酒,在乎山水之间也。山水之乐,得之心而寓之酒也[10]。

若夫日出而林霏开,云归而岩穴暝,晦明变化者,山间之朝暮也[11]。野芳发而幽香,佳木秀而繁阴,风霜高洁,水落而石出者,山间之四时也[12]。朝而往,暮而归,四时之景不同,而乐亦无穷也。

至于负者歌于途[13],行者休于树,前者呼,后者应,伛偻提携[14],往来而不绝者,滁人游也。临溪而渔,溪深而鱼肥,酿泉为酒,泉香而酒洌[15],山肴野蔌[16],杂然而前陈者,太守宴也。宴酣之乐,非丝非竹[17];射者中[18],弈者胜[19],觥筹交错[20],坐起而喧哗者[21],众宾也。苍颜白发,颓乎其中者[22],太守醉也。

　　已而夕阳在山,人影散乱,太守归而宾客从也。树林阴翳[23],鸣声上下[24],游人去而禽鸟乐也。然而禽鸟知山林之乐,而不知人之乐;人知从太守游而乐,而不知太守之乐其乐也[25]。醉能同其乐,醒能述以文者,太守也。太守谓谁?庐陵欧阳修也。

　　[1]环滁皆山也:此句写滁州城四周山川形势。实际上滁州只是西南有丛山,讲"环滁皆山",可能是由于当时林木繁茂,望之起伏如山。
　　[2]林壑:树林山谷。壑,山沟、山谷。
　　[3]蔚然:林木茂盛的样子。　深秀:幽深秀丽。
　　[4]琅琊(láng yá):山名,在滁县西南十里。据说东晋元帝为琅琊王时曾驻滁州,因以名山及溪。
　　[5]酿泉:即琅琊泉,又名醴泉,为琅琊溪源头之一。因其水适宜酿酒而得名。
　　[6]峰回路转:山势回环,山路也随之拐弯。
　　[7]有亭翼然:有个亭子四角翘起,就像鸟展翅欲飞的样子。
　　[8]太守:即郡太守,汉代一郡行政长官的称号。宋代有州无郡,一州的长官称知州,这里作者袭用汉代旧称。　自谓:自己命名。
　　[9]醉翁:作者自号,当时欧阳修才四十岁,自号醉翁,可以看出他的失意。他的《赠沈遵》诗写道:"我时四十犹强力,自号醉翁聊戏客。"
　　[10]"山水之乐"二句:意思是说,欣赏山水的乐趣,是要心领神会的,饮酒只是一种寄托而已。寓,寄托。
　　[11]"若夫"四句:分写朝暮的景色变化。若夫,文言中承接上文引出另一层意思的虚词。林霏开,林间的雾气消散。岩穴暝,山岩洞穴都暗下来了。晦明变化,早晚的阴暗变化,时暗时明,变化多端,即指上文"日出而林霏开,云归而岩穴暝"而言。
　　[12]"野芳"四句:分写山间春夏秋冬四时的不同景色。
　　[13]负者:挑担背物的人。
　　[14]伛偻(yǔ lǚ):弯腰曲背的老人。　提携:抱着搀着小孩。
　　[15]洌:清。一本作"泉洌而酒香"。
　　[16]山肴野蔌(sù):山中野味野菜。
　　[17]"宴酣"二句:意为宴席之欢,并不靠琴瑟箫管的助兴。丝、竹,泛指管弦乐。
　　[18]射者中:投壶的投中了。射,指投壶,古代饮宴时的一种娱乐,以矢投壶中,投中者胜,败者罚酒。欧阳修与韩琦书云:"理其(丰乐亭)旁为教场,时集州兵弓手,阅其习射。"
　　[19]弈:下围棋。
　　[20]觥(gōng):用犀牛角制成的酒杯。　筹:酒筹。　交错:杂乱。
　　[21]喧哗:大声叫嚷。

〔22〕颓:本指精神萎靡不振,这里指酒醉欲倒。　乎:于。
〔23〕阴翳:树木浓密成阴。
〔24〕鸣声上下:上上下下到处都是鸟的鸣叫声,一片喧闹。
〔25〕其:指太守。

　　这是庆历六年(1046)欧阳修在滁州知州任上所写的一篇传诵千古的名文。其时因"庆历新政"已彻底失败,作者又遭谗被贬,思想十分矛盾,正如他后来在《归田录》序中所说:"既不能因时奋身,遇事发愤,有所建明,以为补益,又不能依阿取容,以徇世俗。使怨疾谤怒丛于一身,以受侮于群小。"作者四十而自称"醉翁",即有旷达自放的意思。作者并有诗说:"四十未为老,醉翁偶题篇。醉中遗万物,岂复记吾年。……惟有岩风来,吹我还醒然。"(《题滁州醉翁亭》)本文抒写了作者与民同乐的博大胸怀,委婉含蓄地表达了身处逆境的失意情绪。

　　起笔"环滁皆山也",极为简括,据称是几经改削而成。《朱子语类》卷一三九记载:"欧公文亦多是修改到妙处。顷有人买得他《醉翁亭记》稿,初说滁州四面有山,凡数十字。末后改定,只曰'环滁皆山也'五字而已。"接着,介绍醉翁亭所在地琅琊山,突出"林壑尤美"、"蔚然深秀"的特色。再接下去写入山途中所见,"山行六七里,渐闻水声潺潺,而泻出于两峰之间者,酿泉也。"先闻水声,后见泉形,引人入胜。最后笔势一振:"峰回路转,有亭翼然临于泉上者,醉翁亭也。"题为《醉翁亭记》,全文描写醉翁亭的字句仅止于"翼然临于泉上"六字,真是惜墨如金。然而,接下对于与醉翁亭有关的人文方面情况介绍,却又泼墨如水:"作亭者谁?山之僧智仙也。名之者谁?太守自谓也。太守与客来饮于此,饮少辄醉,而年又最高,故自号曰醉翁也。醉翁之意不在酒,在乎山水之间也。山水之乐,得之心而寓之酒也。"这一段文字作者巧妙地"偷换"了题旨:将记"醉翁亭"偷换成记"醉翁"了,从而突出"醉翁之意不在酒,在乎山水之间也",山水之乐,这才是此文的真正重点所在。

　　文章二三两段围绕一个"乐"字着笔。第二段集中笔力写琅琊山朝暮四时的美景,归结到"朝而往,暮而归,四时之景不同,而乐亦无穷也",与第一段结句的"山水之乐,得之心而寓之酒也"互相紧密呼应。进入第三段,是本文高潮所在,先写滁人游山之乐,后写太守宴饮之乐。写滁人游山先以"负者"、"行者"、"前者"、"后者"、"伛偻"、"提携"分写男女老幼各种游客和各种姿态,极形象地显示出滁人游山的热闹欢乐景象,然后以"往来而不绝者,滁人游也"一句来总括。写太守宴饮先写"杂然前陈"的溪鱼、泉酒、山肴、野蔌等,以扣合前边所写的琅琊山和酿泉;然后写宴酣之乐,"非丝非竹,射者中,弈者胜,觥筹交错,坐起而喧哗者,众宾欢也。苍颜白发,颓乎其中者,太守醉也"这些描写,既逼真地显示了山中宴饮的特色和宴饮中的欢乐情景,又在结构上具有承上启下的作用,引发了下文"人知从太守游而乐,而不知太守之乐其乐也"这一段议论,使得文章结构谨严,层次清晰,衔接自然,文脉贯通。

最后一段写宴饮散后的情景,采用叙议交织的手法。"已而夕阳在山,人影散乱,太守归而宾客从也。树林阴翳,鸣声上下,游人去而禽鸟乐也。"写宴尽客散、人鸟俱乐的情景,渲染了一种极为欢乐的氛围,并引发出下文的议论。"然而禽鸟知山林之乐,而不知人之乐;人知从太守游而乐,而不知太守之乐其乐也。"这是三种具有不同内涵、不同层次的乐,禽鸟之乐是自然之乐,宾客之乐是宴饮之乐,太守之乐则是与民同乐。

通观全文,由环滁皆山而引出琅琊山,由琅琊山而引出醉翁亭,由醉翁亭而引出醉翁,由醉翁而引出山水之乐,由山水之乐而引出滁人游山之乐和宾客宴饮之乐,最后引出作者与民同乐的崇高理想。清人过珙说:"'醉翁之意不在酒'及'太守之乐其乐'两段,有无限乐民之乐意,隐言在外。若止认作风月文章,便失千里。"此话是非常中肯的。

这篇游记,是欧阳修散文艺术成就的最突出的代表。语句骈散结合,错落变化,打破赋体的呆板单调,颇有文体解放的生气。全篇使用同类句式,连用二十一个"也"字,回环咏叹,音律优美,见出是作者精心结撰的力作。宋·罗大经《鹤林玉露》评曰:"韩、柳犹用奇字、重字,欧阳唯用平常轻虚字,而妙丽古雅,自不可及。"据《滁州州志》记载,此文刚出就立刻受到人们高度重视,"欧阳公记成,远近争传,疲于摹打。山僧云:寺库有毡,打碑用尽,至取僧舍卧毡给用。凡商贾来,亦多求其本,所遇关征,以赠监官,可以免税。"表明此记在当时何等为人宝重。

丰乐亭记

作于庆历六年(1046),时作者在滁州。丰乐亭,在滁州城西丰山北麓,欧阳修被贬到滁州以后所建。亭东有紫薇泉,有苏轼所书《丰乐亭记》碑刻。庆历五年春,朝廷执政大臣杜衍、范仲淹、韩琦、富弼相继罢去,他们所推行的"新政"只一年多时间即宣告失败。《宋史纪事本末》记此事说:"仲淹亦以天下为己任,与富弼日夜谋虑,兴致太平。然更张无渐,规模阔大,论者藉藉,以为难行。及按察使出,多所举劾,众心不悦;任子之恩薄,磨勘之法密,侥幸者不便,由是谤毁寖盛,而朋党之论滋不可解。"欧阳修这时任河北都转运使,又上书极谏,指出:"自古小人谗害忠贤,其识不远。欲广陷良善,则不过指为朋党,欲动摇大臣,则必须诬以专权。"(《论杜衍范仲淹等罢政事状》)于是触怒了造为党论的御史中丞王拱辰等,因以致罪,降知滁州。

滁州五代时为争战之地,兵连祸结,备受破坏,经过宋初近百年的休养生息,已初复元气。州西南琅琊山为游览胜地,欧阳修政事之暇,颇喜寻幽访胜,辟地筑亭。此文除记述建丰乐亭的经过及与滁人共游之乐外,重点是描绘滁州从战乱到和平的变迁,从而寄托了安定来之不易,应予珍惜的命意。

　　修既治滁之明年夏[1],始饮滁水而甘[2]。问诸滁人,得于州南百步之近。其上丰山则耸然而特立[3],下则幽谷窈然而深藏[4],中有清泉,滃然而仰出[5]。俯仰左右,顾而乐之。于是疏泉凿石,辟地以为亭,而与滁人往游其间[6]。

　　滁于五代干戈之际[7],用武之地也。昔太祖皇帝[8],尝以周师破李景兵十五万于清流山下,生擒其将皇甫晖、姚凤于滁东门之外[9],遂以平滁。修尝考其山川,按其图记,升高以望清流之关,欲求晖、凤就擒之所,而故老皆无在者,盖天下之平久矣。自唐失其政,海内分裂,豪杰并起而争,所在为敌国者,何可胜数[10]!及宋受天命,圣人出而四海一。向之凭恃险阻,铲削消磨[11],百年之间漠然徒见山高而水清。欲问其事,而遗老尽矣[12]。今滁介于江、淮之间[13],舟车商贾,四方宾客之所不至,民生不见外事,而安于畎亩衣食[14],以乐生送死,而孰知上之功德,休养生息,涵煦百年之深也[15]?

　　修之来此,乐其地僻而事简,又爱其俗之安闲。既得斯泉于山谷之间,乃日与滁人仰而望山,俯而听泉。掇幽芳而荫乔木[16],风霜冰雪,刻露清秀,四时之景,无不可爱。又幸其民乐其岁物之丰成,而喜与予游也。因为本其山川,道其风俗之美,使民知所以安此丰年之乐者,幸生无事之时也。夫宣上恩德,以与民共乐,刺史之事也[17],遂书以名其亭焉。

　　庆历丙戌六月日[18],右正言、知制诰、知滁州军州事欧阳修记[19]。

　　[1]滁:滁州,即今安徽滁州市。庆历五年(1045),范仲淹改革失败,欧阳修被以同党罪贬为滁州知州。

　　[2]甘:甘甜。

　　[3]特立:独立。

　　[4]幽谷:指紫薇谷。　窈(yǎo)然:幽暗深沉的样子。

　　[5]滃(wěng)然:泉水溢出盛大的样子。

〔6〕"于是"三句:欧阳修在《与韩忠献王书》中曾具体写到构亭情况:"山川穷绝,比乏水泉。昨夏秋之初,偶得一泉于州城之西南,丰山之谷中,水味甘冷。因爱其山势回抱,构小亭于泉侧。"

〔7〕五代:唐亡后,中原地区先后建立了后梁、后唐、后晋、后汉、后周五个短期王朝,史称五代,共历时五十三年。

〔8〕太祖皇帝:指宋太祖赵匡胤。

〔9〕"尝以"二句:当时赵匡胤在后周世宗柴荣属下掌领禁军。李景应为李璟,南唐中主。清流山在滁州清流县。后周世宗命赵匡胤袭击清流关(关在清流山上,是江淮地区重要关隘),南唐将领皇甫晖、姚凤败逃滁州。赵匡胤指挥军队,跃马涉水,直抵城下,剑斩皇甫晖,生擒姚凤,平定滁州。

〔10〕胜数:尽数。

〔11〕铲削消磨:指被铲除或因年久风化而磨灭。

〔12〕遗老:指经历五代历史变迁的老人。

〔13〕介于:位于。

〔14〕畎亩:田地。畎(quǎn),田间小沟。

〔15〕涵煦:滋润化育。这里颂扬宋王朝功德无量,养育万物。

〔16〕掇:拾取,采取。

〔17〕刺史:隋唐时称州官为刺史,宋代称知州,这里沿用旧称。

〔18〕庆历丙戌:即庆历六年(1046)。

〔19〕右正言:宋初有左右正言,掌规谏。　知制诰:掌管起草诏令告示的官职。　知滁州军州事:即滁州知州。

欧阳修对滁州是有深厚感情的,他曾在《别滁》诗中写到:"花光浓烂柳轻明,酌酒花前送我行。我亦且如常日醉,莫教管弦作离声。"滁州在宋代属淮南东路,五代时这里是兵争之地,但经过宋朝立国以来近百年的休养生息,较之河东、河北诸路相对要安定。"民生不见外事,而安于畎亩衣食",在当时来说似是世外桃源。本文虽竭力颂圣,但并不是单纯歌功颂德,而是寄托着作者深刻的寓意。正如姚叔节所言:"宋代兵革不修,酿成积弱之祸,公盖预见及此,特言之以讽当世,足见经世之略。而文情抑扬吞吐,绝不轻露,所以为高。"(见高步瀛《唐宋文举要》所引)

文章共分三段。第一段说明丰乐亭兴建的缘起及经过。先写作者知滁的第二年才饮到甘泉水,接着写在丰山幽谷中探寻到这眼甘泉;最后写因甘泉周围景色十分优美,故辟地建亭。第二段用承平之宋代与动荡之五代对照,议论开来,旨在说明此乃"上之功德,休养生息","百年之深"。开始先回忆宋太祖赵匡胤在五代干戈之际,曾在滁州清流山下大破南唐十五万军队,并生擒其大将皇甫晖与姚凤,从而引出作者欲寻其故址而不得,于是慨叹"故老皆无在者,盖天下之平久矣",极自然地引入下一层的议论。自唐末乱世到来后,恃险割据者何可胜数,宋太祖铲削消磨,从而四海统一。最后再回到现实,由于滁州地方偏僻,商贾、宾客不至,滁民闭塞,只知"安于畎亩衣食,以乐生送死",因而不能体察圣皇帝的功德。第三段说明作记目的在于"宣上恩德,以与民共乐",要使滁民"知所以安此丰年之乐者,幸生无事之时也"。文章一直写到这里,方才瓜熟蒂落,点明这是此亭命名"丰乐"的缘由。

这篇《丰乐亭记》与《醉翁亭记》作于同一年,并且题材也相类,但其立意和表现手法却完全不同。《醉翁亭记》表现了作者"与民同乐"的博大胸怀,采用以抒情咏叹为主的表现手法;《丰乐亭记》则寄寓着作者"安不忘危"的深刻思想,采用以回忆议论为主的表现手法。确如前人所评:"此与《送田画序》并佳绝,其抚今思昔亦同,而彼篇作于谪宦之中,心旷而神怡,此篇作于丰乐之时,忧深而思远,盖贤人君子之意量如此。"(高步瀛《唐宋文举要》引吴先生语)

桑怿传

本文作于皇祐二年(1050),是欧阳修散文中写得最细腻传神的人物传记。文章略去了对桑怿出身、世系、仕履的介绍以及他最后抵抗西夏为国捐躯的事迹,而是集中笔力写他在捕捉盗贼过程中所表现出来的勇敢机智、立功拒赏等高贵品质。作品还写了巡检欺骗桑怿、枢密吏索贿、桑怿让赏等情节,暴露了宋王朝从朝廷到地方的黑暗腐败,加上"盗贼"四起,便在客观上较全面地反映了当时的社会现实。作者有意选取最能表现人物性格和才能的层出不穷的奇特情节,来突出桑怿这位奇男子、伟丈夫,具有强烈的艺术吸引力。这种介于正史与传奇之间的写法对后代颇有影响。明清时期著名的人物传记如宋濂的《秦士录》、魏禧的《大铁椎传》等在构思上都有意模仿本文。

桑怿[1],开封雍丘人[2]。其兄慥,本举进士有名[3],怿亦举进士,再不中。去游汝、颍间[4],得龙城废田数顷[5],退而力耕。

岁凶,汝旁诸县多盗。怿白令,愿为耆长[6],往来里中察奸民。因召里中少年,戒曰:"盗不可为也,吾在此,不汝容也。"少年皆诺。里老父子死未敛[7],盗夜脱其衣。里老父怯,无他子,不敢告县,裸其尸不能葬。怿闻而悲之,然疑少年王生者。夜入其家,探其箧[8],不使之知觉。明日遇之,问曰:"尔诺我不为盗矣,今又盗里父子尸者,非尔邪?"少年色动。即推仆地,缚之。诘共盗者,王生指某少年。怿呼壮丁守王生,又自驰取少年者送县。皆伏法。

又尝之郏城[9]，遇尉方出捕盗[10]，招怿饮酒，遂与俱行。至贼所藏，尉怯，阳为不知以过[11]。怿曰："贼在此，何之乎？"下马独格杀数人，因尽缚之。又闻襄城有盗十许人[12]，独提一剑以往，杀数人，缚其馀。汝旁县为之无盗。京西转运使奏其事[13]，授郏城尉。

天圣中，河南诸县多盗，转运奏移渑池尉[14]。崤，古险地，多涂山，而青灰山尤阻险，为盗所恃。恶盗王伯者，藏此山，时出为近县害。当此时，王伯名闻朝廷，为巡检者皆授名以捕之[15]。既怿至，巡检者伪为宣头以示怿[16]，将谋招出之。怿信之，不疑其伪也，因谋知伯所在[17]，挺身入贼中招之，与伯同卧起十馀日。信之，乃出。巡检者反以兵邀于山口[18]，怿几不自免。怿曰："巡检授名，惧无功尔。"即以伯与巡检，使自为功，不复自言。巡检俘献京师[19]，朝廷知其实，罪黜巡检。

怿为尉岁馀，改授右班殿直、永安县巡检[20]。明道、景祐之交[21]，天下旱蝗，盗贼稍稍起其间，有恶贼二十三人不能捕。枢密院以传召怿至京[22]，授二十三人名，使往捕。怿谋曰："盗畏吾名，必已溃，溃则难得矣，宜先示之以怯。"至则闭栅[23]，戒军吏，无一人得辄出。居数日，军吏不知所为，数请出自效[24]，辄不许。既而夜与数卒变为盗服以出，迹盗所尝行处[25]。入民家，民皆走，独有一媪留[26]，为作饮食馈之如盗[27]。乃归，复闭栅。三日又往，则携其具就媪馔，而以其馀遗媪[28]，媪待以为真盗矣。乃稍就媪，与语及群盗辈。媪曰："彼闻桑怿来，始畏之，皆遁矣。又闻怿闭营不出，知其不足畏，今皆还也。某在某处，某在某所矣。"怿尽钩得之[29]。复三日，又往厚遗之，遂以实告曰："我，桑怿也。烦媪为察其实而慎勿泄，后三日，我复来矣。"后又三日往，媪察其实审矣。明旦，部分军士[30]，用甲若干人于某所取某盗，卒若干人于某处取某盗。其尤强者在某所，则自驰马以往，士卒不及从，惟四骑追之，遂与贼遇，手杀三人。凡二十三人者，一日皆获。二十八日，复命京师。

枢密吏谓曰："与我银，为君致阁职[31]。"怿曰："用赂得官，非我欲。况贫无银；有，固不可也。"吏怒，匿其阀[32]，以免短使送三班[33]。三班用例[34]，与兵马监押[35]。未行，会交趾獠叛[36]，杀海上巡检，昭化诸州皆警[37]，往者数辈不能定。因命怿往，尽手杀之。还，乃授阁门祗候[38]。怿曰："是行也，非独吾功，位有居吾上者，吾乃其佐也。今彼留而我还，我赏厚而彼轻，得不疑我盖其功而自伐乎[39]？受之，徒惭吾心。"

将让其赏归己上者,以奏稿示予。予谓曰:"让之,必不听,徒以好名与诈取讥也。"怪叹曰:"亦思之,然士顾其心何如尔,当自信其心以行,讥何累也!若欲避名,则善皆不可为也已。"余惭其言。卒让之,不听。怪虽举进士而不甚知书,然其所为皆合道理,多此类。

始居雍丘,遭大水,有粟二廪,将以舟载之,见民走避溺者,遂弃其粟,以舟载之。见民荒岁,聚其里人饲之,粟尽乃止。怪善剑及铁简[40],力过数人,而有谋略。遇人常畏,若不自足。其为人不甚长大,亦自修为威仪,言语如不出其口[41],卒然遇人,人不知其健且勇也。

庐陵欧阳修曰:勇力人所有,而能知用其勇者少矣。若怪,可谓义勇之士。其学问不深而能者,盖天性也。余固喜传人事,尤爱司马迁善传[42],而其所书皆伟烈奇节士,喜读之。欲学其作,而怪今人如迁所书者何少也,乃疑迁特雄文,善壮其说,而古人未必然也。及得桑怪事,乃知古之人有然焉,迁书不诬也[43],知今人固有而但不尽知也。怪所为壮矣,而不知予文能如迁书使人读而喜否?姑次第之。

〔1〕桑怪:生平事迹见本文。后来担任泾原路(辖泾、原两州,相当于现今甘肃省泾川、固原两地)兵马都监,驻扎于镇戎军。庆历元年(1041),韩琦命令环庆副总管任福领兵出敌后寻求战机,并告诫他不要鲁莽行事。任福违背韩琦意图,与桑怪等在好水川被元昊诱入埋伏,全军覆灭,任福、桑怪皆力战而死。

〔2〕雍丘:属京畿路开封府,治所在今河南杞县。

〔3〕举进士:参加进士考试。

〔4〕汝:州名,州治在今河南临汝县。 颍:颍州,州治在今安徽阜阳市。

〔5〕龙城:汝州有龙兴县,县境有豢龙城。县治在今河南宝丰县。

〔6〕耆长:乡间巡捕盗贼者,一般由民户担任。

〔7〕殓:收殓尸体入棺。

〔8〕箧(qiè):箱笼之类物品。

〔9〕郏(jiá)城:属汝州,即今河南郏县。

〔10〕尉:县尉。

〔11〕阳:通"佯",假装。

〔12〕襄城:属汝州,今河南襄城县。

〔13〕转运使:官名,掌管一路的财赋,亦负责举荐、监督一路的官吏。

〔14〕渑(miǎn)池:属京西北路河南府,今河南渑池县。

〔15〕巡检:官名,州县均设,负责治安和巡捕盗贼。

〔16〕宣头:朝廷传出的宣召文书,这里指招安文书。

〔17〕谍:秘密侦察。

〔18〕邀:拦截,堵截。

〔19〕俘献京师：将捉拿的犯人押往京城。
〔20〕殿直：帝王侍从官，分左右班，这里是虚衔。　永安县：在今重庆奉节县东。
〔21〕明道、景祐：宋仁宗的两个年号，公元1032—1038年。
〔22〕枢密院：宋代最高军事机关。　传：驿车。
〔23〕栅：栅栏，指军营大门。
〔24〕自效：自己效力。
〔25〕迹：跟踪寻找。
〔26〕媪(ǎo)：老太婆。
〔27〕馈：赠送。
〔28〕遗(wèi)：送给。
〔29〕钩：套出，即在不知不觉中让对方讲出实情。
〔30〕部分：部署分派。
〔31〕阁职：指阁门通事舍人、阁门祗候等武职，是武官中有发展前途的职位。
〔32〕阀：立功情况。
〔33〕免短使：宋代考选武官，弓箭骑马等武艺经过考试，名列一、二等的称免短使。
〔34〕三班：指三班院，为武官任免机构。　用例：按照常规。
〔35〕兵马监押：武官名，负责一路的治安工作。
〔36〕交趾：今越南北部。　獠：古代对少数民族的侮辱性称呼。
〔37〕昭化：昭州和化州，均属广东西路。昭州即今广西平乐县，化州即今广东化县。
〔38〕祗候：官名，分置于东西阁门，供奔走服役。
〔39〕伐：夸耀。
〔40〕简：即"锏"，古代一种兵器，似剑而无刃，有四棱。
〔41〕言语如不出其口：形容笨嘴拙舌，不善言辞。
〔42〕司马迁善传：司马迁的《史记》，善于作人物传记，其中许多人物列传，都写得栩栩如生。苏轼曾称欧阳修"记事似司马迁"，本文即有意模仿司马迁《史记》中写人物的手法作传。
〔43〕诬：虚假，不真实。

　　作者写桑怿，以捕盗为重点。所谓"盗"，大体上有两类：一类是单纯偷窃抢夺财物的不良之徒；一类是与封建政权为敌的起义农民。桑怿所捕的盗这两种类型都有，因而他的行为虽有除暴安良的一面，但本质上是为维护封建统治服务的。这是我们在阅读这篇文章时首先要明确的一点。在艺术表现手法上，作者选择了几个典型事例，有略有详地展开生动的描写，成功地塑造了桑怿这位奇男子、伟丈夫形象，读来栩栩如生。
　　第一个典型事例是汝州近边诸县多盗贼，桑怿主动向县令要求当耆长，"往来里中察奸民"，一举拿获两名盗尸衣的少年，并交县衙绳之以法。第二个典型事例是在郏城和襄城捕盗，突出桑怿的勇敢。郏城捕盗是将他与郏城县尉作对比描写，以县尉之怯衬出桑怿之勇。襄城捕盗则是独写其勇："闻襄城有盗十许人，独提一剑以往,杀数人,缚其馀。"这两个事例都是简笔描写,却能抓住人物最关键的言行,刻画人物,生动传神。

第三个典型事例是桑怿任渑池县尉时招安恶盗王伯,突出桑怿的智勇及胸襟。巡检用伪造的朝廷招降文书欺骗桑怿,要他去招降王伯,于是,他"挺身入贼中招之,与伯同卧起十馀日。信之,乃出"。谁知当他带王伯一起下山受降时,"巡检者反以兵邀于山口,怿几不自免"。桑怿上当受骗,几乎丢掉性命,却仍对那位欺骗他的巡检宽大为怀,让他把王伯押解朝廷去请功,如此肚量,实为罕见。

第四个典型事例是桑怿当永安县巡检时,用计在一日之间将二十三名恶贼一网打尽。这个事例最曲折复杂,也是作者重点刻画所在。桑怿接受任务后,先准确地分析了群盗的心理:"盗畏吾名,必已溃,溃则难得矣,宜先示之以怯。"接着,描写桑怿在紧闭栅门,向群盗示怯的同时,穿上盗贼的服装私访,经过许多曲折,终于收买了一个能探知贼情的老媪,摸清了群盗的情况。最后,经过周密的部署,桑怿身先士卒,亲自去捕捉最强悍的对手,"凡二十三人者,一日皆获。"通过这一典型事例,桑怿的智勇已刻画得栩栩如生。

第五个典型事例是写他拒绝用行贿手段取得高官,表现了他的崇高品德。第六个典型事例写他立功不愿受重赏的谦逊胸怀。第七个典型事例是写他爱民的情怀。通过这些事例的补充,桑怿这个人物形象已十分高大丰满。最后,作者又出人意表地简略介绍桑怿真实的形象,身材不算高大,遇人羞涩,不善言辞,与他那力过数人、深通谋略的大智大勇似不相称。然而,这正是作者塑造人物的成功之处。

总之,这篇传记选择了最能突出人物性格和才能的奇特情节,栩栩如生地塑造了宋代一个奇男子、伟丈夫的形象。这种将正史人物传记和传奇小说笔法糅合在一起的写法,对明清时代描写奇特人物的传记文学产生了巨大的影响。

五代史伶官传序

五代史,指《新五代史》,以区别于薛居正的《旧五代史》。伶官,宫廷中的乐官、艺人。相传黄帝时伶伦作乐,故称乐师、艺人为伶人。这里指供奉内廷并授有官职的乐官、艺人。《新五代史》是欧阳修在宋仁宗景祐三年(1036)至皇祐五年(1053)间所撰,列入我国的"二十四史"。清·赵翼对这部史书评价很高,说它"不惟文笔洁净,直追《史记》,而以《春秋》笔法,寓褒贬于传记之中,虽则《史记》亦不及也。"(见《二十二史札记》)

《五代史伶官传》记载后唐庄宗宠幸伶官景进、史颜琼、郭从谦等败乱朝政的史实。传云:"庄宗既好俳优,又知音,能度曲,至今汾、晋之俗往往能歌其声,谓之'御制'者皆是也。其小字亚子,当时人或谓之亚次。又别为优名以自目,曰李天下。自其为王,至于为天子,常身与俳优杂戏于庭,伶人由此用事,遂至于亡。"本文则是为《伶官传》写的序言。文中通过评述五代时后唐皇朝兴衰的原因,说明"忧劳可以兴国,逸豫可以亡身"、"祸患常积于忽微,而智勇多困于所溺"的深刻历史教训,并强调了人事对于兴亡的作用。对当时忍辱求安、日趋腐败的北宋社会具有很强的针对性,即使在今天也还有一定的认识意义。

呜呼!盛衰之理[1],虽曰天命,岂非人事哉[2]!原庄宗之所以得天下[3],与其所以失之者,可以知之矣。

世言晋王之将终也[4],以三矢赐庄宗而告之曰:"梁,吾仇也[5],燕王,吾所立[6],契丹,与吾约为兄弟[7],而皆背晋以归梁。此三者,吾遗恨也。与尔三矢,尔其无忘乃父之志[8]!"庄宗受而藏之于庙[9]。其后用兵,则遣从事以一少牢告庙[10],请其矢,盛以锦囊,负而前驱,及凯旋而纳之[11]。

方其系燕父子以组[12],函梁君臣之首[13],入于太庙,还矢先王,而告以成功,其意气之盛,可谓壮哉!及仇雠已灭[14],天下已定,一夫夜呼,乱者四应[15],仓皇东出,未及见贼而士卒离散,君臣相顾,不知所归[16]。至于誓天断发,泣下沾襟,何其衰也!岂得之难而失之易欤?抑本其成败之迹[17],而皆自于人欤?

《书》曰[18]:"满招损,谦得益[19]。"忧劳可以兴国,逸豫可以亡身[20],自然之理也。故方其盛也,举天下之豪杰[21],莫能与之争;及其衰也,数十伶人困之,而身死国灭,为天下笑[22]。夫祸患常积于忽微[23],而智勇多困于所溺[24],岂独伶人也哉[25]!作《伶官传》。

[1]盛衰之理:兴盛和衰败的规律。

[2]"虽曰"二句:虽说是上天注定,但人的作为岂能不起作用。天命,国家的治乱兴衰,均由天定。 人事,人的所作所为。封建帝王常以"受命于天"来抬高自己,麻痹人民。《旧五代史》中也把后唐的灭亡,说成是"天命"的转移,欧阳修不同意这种宿命论,认为政治的好坏主要还决定于人为。但他在语气上并未彻底否认"天命"论,能够重视人事,已十分难能可贵。

[3]原:即"源",寻本求源,推究原因。 庄宗:后唐庄宗李存勖,晋王李克用之子。

[4]晋王:李克用,沙陀族人,本姓朱邪,因其父朱邪赤心有功于唐而赐姓朱。李克用因镇压黄巢起义军有功而被封为晋王。李存勖灭后梁称帝,建立后唐,追谥李克用为武皇帝,庙号太祖。此后,李存勖因宠

信伶官，贪图享乐而身死国灭。

〔5〕梁，吾仇也：后梁太祖朱温，原黄巢部将，叛变归唐后，唐僖宗赐名全忠，封为梁王。后又篡唐称帝，建立后梁。他曾企图谋害李克用，与李克用屡相攻伐，在一次宴请李克用时，暗置伏兵，使李克用几乎丧命，因此结仇很深。

〔6〕燕王，吾所立：燕王指刘守光。李克用曾向唐朝保荐其父刘仁恭为卢龙节度使。后刘仁恭不听李克用调遣，李克用于是带兵征讨，又被他打得大败，并叛李依附于后梁，公元909年，朱全忠封刘守光为燕王。公元911年，刘守光又自称大燕皇帝。

〔7〕契丹，与吾约为兄弟：公元905年，李克用同契丹族首领耶律阿保机会于云州东城，订立盟约，结为兄弟，决定一起举兵攻打朱全忠。后阿保机背盟违约，反与朱全忠通好，与李克用为敌。

〔8〕其：表示命令口气，相当于"一定"之意。 乃父：你的父亲。

〔9〕庙：宗庙，即下文"太庙"。

〔10〕从事：原指刺史辖下地位较低的僚属，这里泛指一般属官。 少牢：祭品，一般用猪、羊二牲祭祀。 告庙：古代帝王和诸侯外出或遇大事，照例要向祖庙祭祀祷告，称之告庙。

〔11〕纳之：将箭放回原处。

〔12〕方其系燕父子以组：方，当他，系，捆绑。组，绳索。刘守光自称大燕皇帝的第四年，李存勖派周德威攻破幽州，俘刘守光及其父，用绳索捆绑，献于太庙，后来刘守光父子都被处死。

〔13〕函梁君臣之首：函，用木匣盛装。公元923年，后唐庄宗李存勖领兵攻破后梁，末帝朱友贞怕自己死于仇人手，命部将皇甫麟把自己杀死，皇甫麟也自杀，庄宗命令漆其首级，装在木匣中，献于太庙。

〔14〕仇雠：仇敌。

〔15〕一夫夜呼，乱者四应：公元926年，屯驻贝州（今河北清河县）军士皇甫晖勾结党羽作乱，发动兵变，推指挥赵在礼为帅，攻入邺都（今河南安阳市）。邢州（今河北邢台市）、沧州（今河北沧州市）驻军相继兵变，一时间后唐大乱。

〔16〕"仓皇东出"四句：皇甫晖作乱后，庄宗派李嗣源去征讨，不料李的部下乘机拥李为帝，并联合邺都乱兵，向后唐京都洛阳进军。庄宗仓皇率军去镇压，到达万胜镇，听说李已占领大梁（今河南开封市）。庄宗神色沮丧，下令折回，途中军士叛逃了一半。"初，帝东出关，从驾兵二万五千。及复至汜水，已失万馀骑。"至洛阳城东石桥西，置酒痛哭，谓诸将曰："卿辈事吾以来，急难富贵靡不同之。今致吾于此，皆无一策相救乎？"诸将百馀人，均垂泣面奏曰："臣本小人，蒙陛下抚养，位极将相。危难之时，不能立功报主，虽死无以塞责。乞申后效，以报国恩。"于是，"皆援刀截发，置誓于地，以断首自誓，上下无不悲号。"（见《旧五代史·唐纪·庄宗纪》）

〔17〕抑：或，表示转折。 本：推本，考察。 迹：事迹，轨迹，此处指道理。

〔18〕《书》：指《尚书》，亦称《书经》，儒家五经之一。

〔19〕满招损，谦得益：见《尚书·大禹谟》，原作"谦受益"。孔颖达疏："自以为满，人必损之，自谦受物，人必益之。"即骄傲自满就要遭受损失，谦虚谨慎便能得益之意。

〔20〕逸豫：安逸享乐。指庄宗耽于音乐戏曲，宠信伶人。

〔21〕举：全部，所有。

〔22〕"数十伶人"三句：庄宗灭梁后，骄傲自满，纵情声色，宠信伶人、宦官，常与伶人杂戏于宫廷，并自称优名为"李天下"。李嗣源兵反，乐官韩从谦乘机作乱，庄宗被乱箭射死。李嗣源即位，为后唐明宗。因为李嗣源是李克用的养子，跟庄宗无血统关系，等于换了朝代，所以说"国灭"。

〔23〕忽微：忽为寸之十万分之一，微为寸之百万分之一，此处喻指极细小的事物。

〔24〕所溺：指过分溺爱某事或某物。

〔25〕"岂独"句：此句意为"忽微"、"所溺"的现象不仅只是宠幸乐官伶人这一种。

　　欧阳修坚持文以载道的观点，所以在写《新五代史》时，往往通过序论，寄托对历史兴亡的见解和感慨。《伶官传》记载了后唐庄宗李存勖宠信伶官景进、史彦琼、郭从谦等乱政亡国，最后死于作乱的伶人郭从谦之手的史实。这篇序论即是对这些史实进行评论，褒忠贬奸，扬善抑恶，这是从司马迁著《史记》以来一直保持着的史传传统。

　　文章劈面就以"呜呼"二字领起，带有强烈的感情色彩。紧接着，提出"盛衰之理，虽曰天命，岂非人事哉"这一中心论点，紧扣住庄宗得天下、失天下的原因来展开议论。文章先叙述晋王临终赐三矢要庄宗复仇的事，这既是为下文写庄宗"意气之盛"所作的必要交代，也是为"忧劳可以兴国"的论断所埋下的伏笔。接着用夹叙夹议的手法进行鲜明对比，庄宗为其父复仇而得天下时，气势何等壮盛，这是扬；庄宗因伶官作乱而失天下时，气势又是多么的衰颓，这是抑。这一扬一抑两段文字，简净明快，绘声绘色，饱含感情，对比强烈。再加上两个反诘句："岂得之难而失之易欤？抑本其成败之迹，而皆自于人欤？"动之以情，申之以理，不容人不服。正如清·李刚己所评述的那样："自'方其系燕父子以组'以下数行文字，横空而来，如风水相搏，洪涛巨浪，忽起忽落，极天下之壮观。而声情之浓郁，气势之淋漓，与史公亦极相近也。"至此，通过盛衰对比，深刻揭露了造成庄宗丧身亡国的根本原因在于"人事"而非"天命"。

　　下面一段引述儒家经典中的至理名言来对中心论点作进一步申述。"忧劳可以兴国，逸豫可以亡身，自然之理也。"这一饱含哲理的警句，既是欧阳修对于"满招损，谦得益"的引申发挥，又是他对于中心论点中得失天下由于人事的具体内涵的明确昭示。接着，将盛衰的不同又一次作了对比，从庄宗的一生中概括出"祸患常积于忽微，而智勇多困于所溺"的著名论点，发人深思，在当时是十分难能可贵的。

　　总之，这篇史论中心明确，以委婉曲折的语气，申不容置疑之真理。文章将叙事与议论紧密结合，讲究起、承、转、合，结构严谨，同时运用盛衰对比、欲抑先扬的手法和反复感叹的句式，寄寓作者的深切感慨，情理兼擅，精彩纷呈。明代古文家茅坤说："此等文章，千古绝调！"清代著名评论家沈德潜说："抑扬顿挫，得《史记》神髓，《五代史》中第一篇文字。"并非过誉。

送徐无党南归序

本篇是至和元年(1054)写的一篇赠序。徐无党,婺州东阳郡永康县(今浙江永康县)人,皇祐中进士,曾师从欧阳修学古文辞,后来又曾为欧阳修编纂的《新五代史》作注。他自京都回乡,因永康在开封南,所以说"南归"。

草木鸟兽之为物,众人之为人,其为生虽异,而为死则同,一归于腐坏、澌尽、泯灭而已[1]。而众人之中,有圣贤者,固亦生且死于其间,而独异于草木鸟兽众人者,虽死而不朽,逾远而弥存也。其所以为圣贤者,修之于身,施之于事,见之于言,是三者所以能不朽而存也[2]。

修于身者,无所不获;施于事者,有得有不得焉;其见于言者,则又有能有不能也[3]。施于事矣,不见于言可也。自《诗》、《书》、《史记》所传,其人岂必皆能言之士哉?修于身矣,而不施于事,不见于言,亦可也。孔子弟子有能政事者矣[4],有能言语者矣;若颜回者[5],在陋巷,曲肱饥卧而已,其群居则默然终日如愚人。然自当时群弟子皆推尊之,以为不敢望而及[6],而后世更千百岁亦未有能及之者。其不朽而存者,固不待施于事,况于言乎?

予读班固《艺文志》[7]、唐四库书目[8],见其所列,自三代、秦、汉以来著书之士,多者至百馀篇,少者犹三四十篇;其人不可胜数,而散亡磨灭,百不一二存焉。予窃悲其人,文章丽矣,言语工矣,无异草木荣华之飘风,鸟兽好音之过耳也[9]。方其用心与力之劳,亦何异众人之汲汲营营[10]?而忽焉以死者,虽有迟有速,而卒与三者同归于泯灭[11]。夫言之不可恃也盖如此。今之学者,莫不慕古圣贤之不朽,而勤一世以尽心于文字间者,皆可悲也!

东阳徐生,少从予学,为文章,稍稍见称于人。既去,而与群士试于礼部,得高第[12],由是知名。其文辞日进,如水涌而山出。予欲摧其盛气而勉其思也[13],故于其归,告以是言。然予固亦喜为文辞者,亦因以自警焉。

〔1〕一:皆。 腐坏:指肉体腐烂。 澌尽:指精神消亡。 泯灭:综合两个方面而言,一切消失。

〔2〕"是三者"句：三不朽之说来自《左传》："太上有立德，其次有立功，其次有立言，虽久不废，此之谓不朽。"

〔3〕"修于身者"六句：意思是修身（立德）是个人的事，只要身体力行，必然有收获；施事（即立功）是社会的事，不能决定于个人；立言则因人的才能不同，有能有不能。

〔4〕"孔子弟子"句：《史记·仲尼弟子列传》："孔子曰：受业身通者七十有七人，皆异能之士也。"

〔5〕颜回：即颜渊。《论语·雍也篇》："子曰：贤哉回也！一箪食，一瓢饮，在陋巷，人不堪其忧，回也不改其乐。"

〔6〕望：相比。 及：赶上。《论语·公冶长篇》："子谓子贡曰：'汝与回也孰愈？'对曰：'赐也何敢望回？回也闻一以知十，赐也闻一以知二。'"

〔7〕班固《艺文志》：即《汉书·艺文志》。

〔8〕唐四库书目：唐玄宗在长安、洛阳各建书库，以甲乙丙丁为次，分为经史子集四库。

〔9〕"无异"二句：跟草木的花朵随风飘散，鸟兽的优美鸣声过耳即逝没有差异。

〔10〕汲汲营营：不停息地为私利经营奔走。

〔11〕三者：指草木、鸟兽、众人。

〔12〕高第：名列前茅。

〔13〕摧其盛气：徐无党少年中进士，意气很盛，所以欧阳修加以摧抑，使他能继续前进。 勉其思：鼓励他思考，意即思考三不朽的主次与依存关系，强调不能光凭文章求不朽。

简评

文章是至和元年（1054）作者写给学生徐无党的一篇赠序。这年，欧阳修任翰林学士兼史馆修撰，编《新唐书》。从天圣九年（1031）提倡诗文革新到这时已二十三年了，虽然欧阳修在政治上、文化上的地位已很高，但仍谦虚刻苦，劝勉后学，表现了十分可贵的品质。

宋初，以西昆派为代表的骈体俪文风靡文坛，犹如欧阳修在《记旧本韩文后》中所指出的："是时，天下学者杨、刘之作，号为时文，能者取科第、擅名声，以夸荣当世。"虽然有不少学者试图扭转这股风气，终没有取得成效。自欧阳修登上文坛，他的理论对当时文风的转变起到了重要作用。三年之后，欧阳修知贡举，又通过科举考试提倡古文，进一步打击了弃道求文的浮艳文风，使诗文革新运动取得了决定性的胜利。

这篇文章的观点就是针对西昆馀风而提出的，是欧阳修文学理论的重要组成部分。文中欧阳修提出了先"道"后"文"的主张，批判了当时的形式主义文风。文章从三不朽立论。"三不朽"的说法，最早见于《左传》："太上有立德，其次有立功，其次有立言，虽久不废，此之谓不朽。"在这里，作者一方面把文章提到"立言"的高度，同时又以颜渊为例，提出"修于身矣，而不施于事，不见于言，亦可也"。就是说"道"（德行）为本，文为末。如果仅仅"尽心于文字间"，即使"文章丽矣，言语工矣"，也"无异草木荣华之飘风，鸟兽好音之过耳"。这些话对浮艳的时文有明显的针对性，也是对作者《答吴充秀才书》中"道胜者文不难自至"的补充，对当时的古文运动有直接的指导意义。文章以"三不朽"立论,有高屋建瓴之势;又用草木、鸟兽、众人作衬托,以师长身份语重心长地劝勉,反复感叹,言词恳切,很有启发性和感染力。

秋声赋

作于嘉祐四年(1059),作者时年五十三岁。自从至和元年(1054)欧阳修被任为翰林学士、史馆修撰以后,虽然官职几度晋升,但是在政治上却不能有所作为,思想十分矛盾,渐渐积劳成疾,遂以衰病自居,"思其力之所不及,忧其智之所不能","奈何以非金石之质,欲与草木而争荣",此可谓是"庆历新政"失败后作者长时期的苦闷情绪的反映。嘉祐三年(1058),由于连续从事繁重的纂修《新唐书》工作,损害了他的健康,眼病发作,到了次年,便辞去开封府尹职务,专事纂修。春去秋来,秋风萧瑟,万物摧败,他在病衰和苦闷中有感于时令更替,被这自然的秋声唤起人生的悲感,产生人生短促、力不从心的悲观情绪,《秋声赋》便是这种情绪的写照。悲秋之作,历代多见。但在本赋中,作者把复杂无形的秋声,作了生动的描绘渲染,仿佛张目可见,倾耳可闻。在这神奇深远的意境之中,渗透着作者对于人生易逝的悲凉感伤。结尾之处,用虫声来照应叹息,寓不尽之意于言外。此赋虽在思想内容上无甚可取,然艺术成就却很高,因此历来为人们所传诵。

欧阳子方夜读书[1],闻有声自西南来者[2],悚然而听之[3],曰:异哉!初淅沥以萧飒,忽奔腾而砰湃,如波涛夜惊,风雨骤至[4]。其触于物也,鏦鏦铮铮,金铁皆鸣;又如赴敌之兵,衔枚疾走,不闻号令,但闻人马之行声[5]。予谓童子[6]:"此何声也?汝出视之!"童子曰:"星月皎洁,明河在天[7],四无人声,声在树间。"

余曰:"噫嘻,悲哉!此秋声也!胡为而来哉?盖夫秋之为状也,其色惨淡,烟霏云敛;其容清明,天高日晶;其气慄冽,砭人肌骨;其意萧条,山川寂寥。故其为声也,凄凄切切,呼号愤发[8]。丰草绿缛而争茂,佳木葱茏而可悦,草拂之而色变,木遭之而叶脱[9]。其所以摧败零落者,乃其一气之馀烈[10]。

"夫秋,刑官也[11],于时为阴[12];又兵象也[13],于行用金[14];是谓天地之义气[15],常以肃杀而为心。天之于物,春生秋实[16]。故其在乐也,商声主西方之音[17],夷则为七月之律[18]。商,伤也[19],物既老而悲伤;夷,戮也[20],物过盛而当杀[21]。

"嗟乎!草木无情,有时飘零。人为动物,惟物之灵。百忧感其心,万事劳其形,有动于中,必摇其精。而况思其力之所不及,忧其智之所不能,宜其渥然丹者为槁木[22],黟然黑者为星星[23]。奈何以非金石之质[24],欲与草木而争荣?念谁为之戕贼[25],亦何恨乎秋声[26]!"

童子莫对,垂头而睡,但闻四壁虫声唧唧[27],如助予之叹息。

[1] 欧阳子:作者自称。元刊本注云,"墨迹止作'余'",无"欧阳子方"四字。
[2] 西南:《太平御览》卷九引《易纬》:"立秋,凉风至。"注:"西南方风。"
[3] 悚然:惊惧的样子。
[4] "初淅沥"四句:以风声、雨声、波涛声来状写秋声。淅沥,形容雨声;潇飒,形容风声;砰湃,形容波涛汹涌声,分别与下文"风雨骤至"、"波涛夜惊"相应。
[5] "其触"七句:再以金铁相撞、人马行军声来比拟秋声。 鏦鏦(cōngcōng)铮铮(zhēngzhēng),金属撞击的声音。衔枚,古代行军,令士兵口中衔着形似筷子似的枚,保持肃静,以防说话被敌人发现。
[6] 童子:年幼的侍从。
[7] 明河:银河。
[8] "盖夫"九句:从色、容、气、意四个方面,描写秋天肃杀之状。盖夫,发语词。盖,承上说明原由;夫,接下文发表议论。 烟霏云敛:烟气飞动,云雾消失。 慄冽,寒冷。 砭,针刺。 寂寥,寂静冷落。
[9] "丰草"四句:意为丰茂的草树,一遇秋风即刻凋零。 缛:茂盛。 葱茏:草木青翠茂盛的样子。
[10] 一气:指秋气。 馀烈:馀威。
[11] 夫秋,刑官也:据《周礼》记载,周代以天、地、春、夏、秋、冬之名命官,称为六卿。掌管刑法、狱讼的司寇为秋官,取其杀戮之意,故称秋为刑官。审决死囚也在秋天。(见《礼记·月令》)
[12] 于时为阴:古人以阴阳配合四时,春夏为阳,秋冬为阴。《汉书·律历志》:"春为阳中,万物以生;秋为阴中,万物以成。"
[13] 又兵象也:古代打仗,多在秋天,故云。兵象,战争之征兆。
[14] 于行用金:古代阴阳家,将金、木、水、火、土五行分配四季,认为四季是五行"相生"的结果,秋天属金。
[15] 天地之义气:《礼记·乡饮酒义》:"天地严凝之气,始于西南,而盛于西北,此天地之尊严气也,此天地之义气也。"孔颖达疏:"西南,象秋始。"由西南至西北方,正是秋的方位。
[16] 春生秋实:春天生长,秋天结实。
[17] 商声主西方之音:古代将乐声分为宫、商、角、徵(zhǐ)、羽五声,分配于四时,角属春,徵属夏,商属秋,羽属冬,宫属中央。又以五声和五行相配,商声属金,主西方之音。西方为秋之方位。
[18] 夷则为七月之律:古代以黄钟、大吕、太簇、夹钟、姑洗、中吕、蕤宾、林钟、夷则、南吕、无射、应钟十二律与十二月相配,七月为夷则。《史记·律书》:"七月也,律中夷则。夷则,言阴气之贼万物也。"律指音律。
[19] 商,伤也:商、伤同音,故云。
[20] 夷,戮也:《太平御览》卷二十四引《释名》:"七月谓之夷则,何?夷者,伤也。则者,法也。言万物始伤,被刑法也。"

〔21〕杀:此处是衰败凋零的意思。
〔22〕槁木:枯木。《庄子·齐物论》:"形固可使如槁木,而固可使如死灰乎?"
〔23〕黝(yǒu)然:黑色的样子。一作黟然。　星星:点点白发。晋·谢灵运《游南亭》诗:"戚戚感物叹,星星白发垂。"
〔24〕非金石之质:不是坚固不坏的素质。《古诗十九首》:"人非金石质。"
〔25〕戕贼:摧残,伤害。
〔26〕"亦何恨"句:人的衰老是自己的忧愁造成的,又怎能去埋怨秋声呢。
〔27〕唧唧:秋虫鸣叫声,又为叹息声,在此语含双关。

　　欧阳修的《秋声赋》是一篇形象独特,感情澎湃,意境优美,潇洒而含蓄的抒情散文。在这篇文赋中,作者把无形的秋声,写得有声有色、有意有形,从而塑造了一个独特的"秋声"的形象,并通过这一形象,完美地抒发了郁结于作者胸中的悲愤之情。这秋声既是气象万千的大自然所特有的奇妙之声,也是从作者肺腑里呼号愤发而出的悲郁之声。

　　此赋一反欧阳修惯用由远及近、迤逦而来、渐近中心的笔法,开门见山,直入正题,写他夜读时对秋声的感觉,连用"淅沥"、"萧飒"、"奔腾"、"砰湃"等象声词以具体模拟秋声;再连用"波涛夜惊"、"风雨骤至"、"金铁皆鸣"、"赴敌之兵,衔枚疾走"等生动贴切的比喻以描绘秋声。多方面,多角度,由小而大,由远而近地描摹了秋声的生动形象,可谓描绘秋声的千古绝唱。接着作者引出与童子的问答,从浮想联翩又回到现实,增加了艺术的真实感。作者问童子:"此何声也?汝出视之。"书童出外看视后也只是说:"星月皎洁,明河在天,四无人声,声在树间。""声在树间",真是"树欲静而风不止"。作者的"悚然"与童子的若无其事,作者的悲凉之感与童子的朴拙幼稚,相映成趣,意味深远。首段从文章开头提出"有声自西南来"的悬念,到对此声进行形象描绘,直到点明主题是秋声,写得脉络清晰,摇曳多姿,环环相扣,熨帖自然。

　　文章顺势进入第二段。"胡为而来哉"引起下文,作者寻根溯源,探究秋声所以"凄凄切切,呼号愤发"的原因。秋声是秋天的声音,那么秋天是怎样的形状呢?于是作者又把自己所感受到的难以言状的秋天,写得有色、有容、有气、有意。继之,作者又从社会现象和自然现象两个方面着手,对秋季进行剖析和议论。秋,是刑官行刑的时候,在四季中属于阴冷的季节;又是战争的象征,在五行之中属"金"。这就是所谓"天地之义气,常以肃杀而为心"。从自然界来说,天地万物,春天生长,秋天结实,由茁壮到衰老,这是必然的。又以音乐为喻,秋属于商声,商即伤也。万物衰老,自然会有悲伤之感。"夷则"是七月的音律。夷,是杀戮的意思。万物由繁荣到衰败是自然规律。这些看法,都说明肃杀是秋季的主调,当然是秋声的本质属性了,从而引出"秋"与"悲"的必然联系。

第三段作者仍然紧紧抓住秋声，从对秋声这自然景象的感慨引入对人生的哲理性思索。无情的草木，尚且会遭受肃杀的秋气的摧残而凋谢，何况是富有感情的万物之灵的人。人类"百忧感其心，万事劳其形，有动于中，必摇其精"，比草木更易衰老，更何况还要去思考人的力量所办不到的事情，还要去担心人的智慧所无法解决的问题，当然红颜要变成枯木、黑发要变花白了。这是人类自我戕害的结果，又何必去埋怨秋声。在这里，作者抒写了清心寡欲以保天年的老庄哲学，这就把"庆历新政"失败后长期郁结在其心中的愤懑和苦闷作了巧妙的倾吐。

文章结尾，作者又写童子年幼不知世事，无以对答，漠然垂头而睡。"但闻四壁虫声唧唧，如助予之叹息。"此情此景是何等悲凉：秋风呼号，秋声凄切，长夜漫漫，虫声唧唧，悲愤郁结，无可奈何，只能徒然叹息。这叹息声中蕴藏着作者多么矛盾而复杂的情绪啊！这样写，不仅呼应了开头一段与童子的对话，也更加浓重地渲染了感伤的气氛和缺乏知音的孤独。

这篇赋沿用汉赋的问答体，既保持了赋体善于铺排、句式整齐、音韵铿锵的特点，又纠正了骈赋、律赋形式呆板、内容空洞、结构程式化等毛病，骈散兼行，以散为主，轻松灵便，绘声绘色，其散文化的程度，超过了唐人（如杜牧的《阿房宫赋》等），为宋代散文赋的进一步发展开辟了道路，是文赋进入成熟时期的代表作品。

梅圣俞诗集序

梅圣俞（1002—1060），名尧臣，安徽宣城人。北宋诗人，与欧阳修齐名，称为"欧梅"。本文的主体部分作于宋仁宗庆历六年（1046）知滁州任上，当时梅诗初次结集，欧阳修为之作序。附记部分作于嘉祐六年（1061）参知政事任上，其时梅已病逝一年。他一生困厄，是"穷而后工"之诗人典型。此文是欧阳修为其诗集所写序言的定稿。

予闻世谓诗人少达而多穷[1]，夫岂然哉？盖世所传诗者[2]，多出于古穷人之辞也[3]。凡士之蕴其所有[4]，而不得施于世者[5]，多喜自放于山巅水涯之外；见虫鱼草木风云鸟兽之状类[6]，往往探其奇怪，内有忧思感愤之郁积，其兴于怨刺，以道羁臣寡妇之所叹[7]，而写人情之难言，盖愈穷则愈工。然则非诗之能穷人，殆穷者而后工也。

予友梅圣俞，少以荫补为吏[8]，累举进士，辄抑于有司，困于州县[9]，凡十余年。年今五十，犹从辟书[10]，为人之佐[11]。郁其所蓄，不得奋见于事业。其家宛陵[12],幼习于诗,自为童子,出语已惊其长老;既长,学乎六经仁义之说;其为文章,简古纯粹,不求苟说于世[13]。世之人徒知其诗而已。然时无贤愚,语诗者必求之圣俞;圣俞亦自以其不得志者,乐于诗而发之。故其平生所作,于诗尤多。世既知之矣,而未有荐于上者。昔王文康公尝见而叹曰[14]:"二百年无此作矣!"虽知之深,亦不果荐也[15]。若使其幸得用于朝廷,作为雅颂,以歌咏大宋之功德,荐之清庙而追商、周、鲁《颂》之作者[16],岂不伟欤! 奈何使其老不得志,而为穷者之诗,乃徒发于虫鱼物类、羁愁感叹之言! 世徒喜其工,不知其穷之久而将老也,可不惜哉!

圣俞诗既多,不自收拾。其妻之兄子谢景初惧其多而易失也[17],取其自洛阳至于吴兴已来所作[18],次为十卷[19]。予尝嗜圣俞诗,而患不能尽得之,遽喜谢氏之能类次也,辄序而藏之。

其后十五年,圣俞以疾卒于京师[20],余既哭而铭之[21],因索于其家,得其遗稿千馀篇,并旧所藏,掇其尤者六百七十七篇[22],为一十五卷。呜呼! 吾于圣俞诗,论之详矣,故不复云[23]。

庐陵欧阳修序。

〔1〕达:显达。 穷:困厄不得志。

〔2〕盖:大概。

〔3〕穷人:即窘困、不显达的人。

〔4〕蕴其所有:指具有政治抱负。

〔5〕不得施于世:指抱负得不到施展,也即是怀才不遇的意思。

〔6〕"见虫鱼"句:《论语·阳货篇》:"诗可以兴,可以观,可以群,可以怨,迩之事父,远之事君,多识于鸟兽、草木之名。"这里即用此意而加以发挥。

〔7〕羁臣:羁旅之臣,指被贬谪之臣。羁臣和寡妇,这里均指失意之人。

〔8〕以荫补为吏:古代官僚的子弟,凭着上辈的功名而获得仕宦资格,叫作"荫"。欧阳修《梅圣俞墓志铭》中说:"从父询,以仕显……圣俞初以从父荫,补太庙斋郎。"又《宋史》本传称梅尧臣"用询荫为河南主簿"。

〔9〕"累举进士"三句:累举进士,屡次应进士考试。司,主管。有司,古时设官分职,各有所司,所以把吏称为有司。这里指主考官。抑于有司,被有司所压抑,意即没有考中。困于州县,长期作州县小官。梅尧臣曾从太庙斋郎出任相城等县主簿和德兴等县知县。

〔10〕辟书:征辟之书。这里指被地方长官聘做幕僚。梅尧臣曾做忠武镇安两军节度判官。

〔11〕佐:僚佐,即幕僚。

〔12〕宛陵:今安徽省宣州市,梅尧臣的故乡。

〔13〕不求苟说于世:不苟且讨好于世人。说,同"悦"。
〔14〕王文康公:即王曙,字晦叔,河南人,卒谥文康。宋仁宗时官至枢密使、同中书门下平章事。
〔15〕不果荐:最终没有举荐。
〔16〕荐:此作"奉献"讲。 清庙:即宗庙,封建皇帝祭祀祖宗的庙堂。《左传·桓公二年》:"清庙茅屋。"注:"清庙,肃然清静之称。" 商、周、鲁《颂》:指《诗经》中的三颂,是春秋宋国、周朝和春秋鲁国的祭歌。
〔17〕谢景初:字师厚,谢绛子。庆历进士,博学能文,尤长于诗。
〔18〕吴兴:今浙江湖州市。
〔19〕次:编排。
〔20〕以疾卒于京师:《梅圣俞墓志铭》载:"嘉祐五年(1060),京师大疫,四月乙亥,圣俞得疾……癸未,圣俞卒。"
〔21〕铭:动词,指作墓志铭。
〔22〕掇其尤者:捡择其中最好的作品。
〔23〕"吾于圣俞诗"三句:意谓在《梅圣俞墓志铭》、《书梅圣俞稿后》、《六一诗话》等中已经较详细地谈过梅尧臣诗作的成就,所以这里不再多谈。

　　此文是反映欧阳修文学思想的重要篇章,提示了诗文创作"穷而后工"的规律,是欧阳修对文学理论和实践的经验总结。欧阳修认为诗歌"殆穷者而后工",诗人"内有忧思感愤之郁积,其兴于怨刺",才能写出"人情之难言"的作品来。中国文学向来有"愤怒出诗人"之说。司马迁《报任安书》谓:"诗三百篇,大抵圣贤发愤之所为作也。"韩愈《荆潭唱和诗序》也云:"夫和平之音淡薄,而愁思之声要妙,欢愉之辞难工,而穷苦之言易好出。"此文首先提出"穷而后工"的命题,接下叙写梅圣俞的经历,重点描写其人之"穷",诗之"工",从而感叹其"穷而工"。末尾交代其诗集编次情况,表达了欧阳修对梅尧臣的仰慕和哀痛之情。全篇行文细针密线,极具匠心,字里行间透出不平和同情。文章起承转合,知人论诗,叙述与议论相结合,笔际又处处语带感情,波澜起伏,首尾呼应,用笔生动,前人谓"此篇是欧阳修最作意文字",这确是知心之论。

集古录目序

　　欧阳修自称"性颛而嗜古",正如《宋史》欧阳修本传中说:"好古嗜学,凡周、汉以降金石遗文、断编残简,一切掇拾,研稽异同,立说于左……谓之《集古录》。"《集古录》是欧阳修所收集的古代金石文字专集,也是我国现存最早的研究金石的著作。欧阳修写给书法家蔡襄的信中说:"盖自庆历乙酉(1045)逮嘉祐壬寅(1062),十有八年,而得千卷。顾其勤至矣,然亦可谓富哉。"(《与蔡君谟求书集古录序书》)《集古录》今存十卷,有作者四百馀篇跋文,对历代史实作了不少考订。本篇是嘉祐七年(1062)作者写的一篇总序。

　　物常聚于所好,而常得于有力之强[1]。有力而不好,好之而无力,虽近且易,有不能致之。

　　象、犀、虎、豹,蛮夷山海杀人之兽[2],然其齿角皮革[3],可聚而有也。玉出昆仑[4],流沙万里之外[5],经十馀译乃至乎中国[6]。珠出南海[7],常生深渊,采者腰絙而入水[8]。形色非人,往往不出,则下饱蛟鱼[9]。金矿于山,凿深而穴远,篝火糇粮而后进[10],其崖崩窟塞,则遂葬于其中者,率常数十百人。其远且难而又多死祸,常如此。然而金、玉、珠玑,世常兼聚而有也。凡物,好之而有力,则无不至也。

　　汤盘、孔鼎[11]、岐阳之鼓[12],岱山、邹峄、会稽之刻石[13],与夫汉、魏已来圣君贤士桓碑、彝器、铭、诗、序、记[14],下至古文、籀、篆、分、隶诸家之字书[15],皆三代以来至宝[16],怪奇伟丽、工妙可喜之物。其去人不远,其取之无祸。然而风霜兵火,湮沦磨灭[17],散弃于山崖墟莽之间[18],未尝收拾者,由世之好者少也。幸而有好之者,又其力或不足,故仅得其一二,而不能使其聚也。

　　夫力莫如好,好莫如一[19]。予性颛而嗜古[20],凡世人之所贪者皆无欲于其间[21],故得一其所好于斯[22]。好之已笃,则力虽未足,犹能致之。故上自周穆王以来[23],下更秦、汉、隋、唐、五代,外至四海九州[24]、名山大泽、穷崖绝谷、荒林破冢,神仙鬼物,诡怪所传,莫不皆有,以为《集古录》。以谓传写失真,故因其石本轴而藏之[25],有卷帙次第而无时世之先后[26]。盖其取多而未已,故随其所得而录之[27]。又以谓聚多而终必散,乃撮其大要,别为录目,因并载夫可与史传正其阙谬者[28],以传后学,庶益于多闻。

　　或讥予曰:物多则其势难聚,聚久而无不散,何必区区于是哉[29]?予对曰:足吾所好,玩而老焉可也。象、犀、金、玉之聚,其能果不散乎?予固未能以此而易彼也。

　　庐陵欧阳修序。

　　[1]力:力量,指势力、财力。　强:这里指努力追求。　之:作连词,相当"与"。

〔2〕蛮夷：古代对南方、东方少数民族的称呼，这里代表辽远的地域。

〔3〕齿：指象牙。　角：指犀角。

〔4〕昆仑：即昆仑山，又简称昆山。古书中所讲的昆仑，是指新疆、甘肃间的中昆仑山，以产玉著名。

〔5〕流沙：沙漠。

〔6〕十馀译：经过十多次转译，形容语言隔阂很大。

〔7〕南海：郡名，治所在广州。《初学记》引沈怀远《南越志》："海中有大珠，明月珠、水晶珠。"

〔8〕腰緪(gēng)：腰间系着绳子。緪，粗绳。

〔9〕蛟鱼：吃人的大鱼，主要指鲨鱼。

〔10〕篝火：这里作动词用，打着火把。　餱(hóu)粮：干粮，这里也用作动词，带着干粮。

〔11〕汤盘、孔鼎：汤盘，相传为商汤沐浴之盘，上刻铭文。《礼记·大学》记汤盘的铭文是："苟日新，日日新，又日新。"孔鼎，相传为孔子先世正考父之鼎，上亦有记文。唐·李商隐《韩碑》诗云："汤盘孔鼎有述作，今无其器存其词。"

〔12〕岐阳之鼓：唐初在陕西凤翔发现的石鼓，共十枚，刻有长篇文字(籀文)，近人考定为秦刻石，是我国现存最早的石刻文字。

〔13〕岱山：即泰山。秦始皇巡游泰山、邹峄山、会稽时，都刻石碑记功。

〔14〕桓碑：大石碑。　彝器：祭祀用的礼器。古代统治者在立有功业或死后，往往立碑制器，铭刻事迹，作为纪念。

〔15〕古文：指秦以前文字，特指《说文解字》中收的古文。　籀：籀书，即大篆。　篆：指小篆。　分：八分书，隶书的变体，接近楷书。　隶：隶书。

〔16〕三代：指夏、商、周。

〔17〕湮沦：埋没丧失。

〔18〕墟莽：废墟草丛。

〔19〕一：专一。

〔20〕颛(zhuān)：同"专"；也可解释为愚笨。

〔21〕世人之所贪者：指象犀金玉等财物。

〔22〕斯：同"此"，指金石拓本。

〔23〕周穆王：西周的第五代帝王。

〔24〕四海九州：指全国各地。古代分中国为九州，各代名称不一。

〔25〕石本：即拓本，用薄纸蒙在碑刻等器物上，经过拍打，使之凹凸分明，然后上墨，在纸上显出文字、图像。　轴：卷轴，此处作动词用。

〔26〕卷帙：古书皆用卷子，可以舒卷，故曰卷；又以囊盛之，故曰帙。帙，书套、书函。这句的意思是按卷编了次序，但没有按时代先后编好。今本《集古录》已由后人整理，按时代先后编排了。

〔27〕"盖其"二句：意思是因为还要不断收集，所以没有按时代编次。

〔28〕正其阙谬：补充缺漏，纠正谬误。

〔29〕区区：眷念，专心致志。

古代的青铜器和碑碣，除了艺术价值外，上面铭刻的文字，还有助于了解历史的发展，考订史籍的缺失，是重要的文物。汉代以后，就有人专门收集，但当时多着眼于文字和书法。《四库全书总目提要》说："曾巩欲作《金石录》而未就，仅制一序,存《元丰类稿》中。修始采撷佚遗,积至千卷,撮其大要,各为之说。"

关于收集金石铭文的目的,欧阳修在致刘敞信中说得很清楚:"愚家所藏《集古录》,尝得故许子春为余言:'集聚多且久,无不散亡,此物理也。不若举取其要,著为一书,谓可传久。'余深以其言为然。昨在汝阴居闲,遂为集古录目,方得八九十篇。不徒如许之说,又因得与史传相参验证,见史家缺失甚多。"

欧阳修编撰《集古录》一千卷,释文考事,编目跋尾,以金石证史,如证史之误、补史之缺、纠史之妄、考索典制、评议人物,扩大了史料来源,为历史研究开辟新门径。欧阳修又据碑证史,唯实是从;由考史而论史,引古筹今,奠定了我国金石考据学的基础。

欧阳修收集的都是金石文字的直接拓本。这篇序中作者肯定金石文字的价值超过犀象珠玉,并将两者详尽对比,表现了作者深邃的学术识见和执著的学术爱好。文章在结构上紧扣聚散与爱好反复论述,极为严谨,"把一个好字,一个聚字,缭绕盘旋到底,如走盘之珠,圆转不穷。"(清·林西仲评语)

全文风格苍劲,作者自己很得意,王安石看到后也说:"读之可以辟疟鬼。"

祭石曼卿文

这篇祭文写于治平四年(1067)欧阳修在亳州(今安徽亳州市)作知州时。石曼卿(994—1041),名延年,宋州宋城(今河南商丘市)人,《宋史》称他"为人跌宕任气节,读书通大略,为文劲健,于诗最工而善书。与人论天下事,是非无不当"。治平四年神宗即位,欧阳修罢参知政事,以观文殿学士、刑部尚书出知亳州,这是他第三次遭到贬谪。石曼卿死于庆历元年(1041),欧阳修写有《石曼卿墓表》一文,对石曼卿家世经历已有详细介绍和评述。那么,为什么在二十六年后又写这篇祭文呢?显然,政治上的失意,更加重了作者感念旧友的情怀。文章虽以声名不朽立论,然而掩饰不了悲怆的情调,流露出他晚年政治失意的孤寂心情,盛衰之感更深。由于是遣人致祭于曼卿墓前,故从曼卿墓前景物着笔,文中三唤曼卿,称赞他的声名不朽,哀悼死后孤凄,感情浓重沉挚,音节低回凄咽,表达对友人的缅怀痛惜,抒发作者的无尽哀思,读之催人泪下。

维治平四年七月日[1],具官欧阳修谨遣尚书都省令史李敭至于太清[2],以清酌庶羞之奠[3],致祭于亡友曼卿之墓下,而吊之以文曰:

呜呼曼卿!生而为英[4],死而为灵[5]。其同乎万物生死而复归于无物者,暂聚之形[6];不与万物共尽而卓然其不朽者[7],后世之名。此自古

148

圣贤，莫不皆然，而著在简册者[8]，昭如日星。

呜呼曼卿！吾不见子久矣，犹能仿佛子之平生。其轩昂磊落、突兀峥嵘而埋藏于地下者[9]，意其不化为朽壤，而为金玉之精。不然，生长松之千尺，产灵芝而九茎[10]。奈何荒烟野蔓，荆棘纵横，风凄露下，走磷飞萤[11]？但见牧童樵叟，歌吟而上下，与夫惊禽骇兽，悲鸣踯躅而咿嘤[12]。今固如此，更千秋而万岁兮，安知其不穴藏狐貉与鼯鼪[13]？此自古圣贤亦皆然兮，独不见夫累累乎旷野与荒城[14]？

呜呼曼卿！盛衰之理[15]，吾固知其如此，而感念畴昔[16]，悲凉凄怆，不觉临风而陨涕者[17]，有愧乎太上之忘情[18]。尚飨[19]！

〔1〕维：发语词，常用以引出时间。　治平四年：公元1067年。治平，宋英宗年号。上距曼卿之死（1041年），已有26年。

〔2〕具官：指作者的官职。欧阳修当时的官衔是观文殿学士、刑部尚书、知亳州军州事，但写文稿时，只简写"具官"二字。　尚书都省：即尚书省，主管全国行政的官署。　令史：管理文书事务的低级官员。　太清：地名，在今河南商丘市东南，石曼卿的家乡。

〔3〕清酌：清酒。　庶羞：各种食品。

〔4〕英：英才。

〔5〕灵：神灵。

〔6〕形：指人的身体。

〔7〕卓然：卓越超群。

〔8〕简策：史书。简，古代用来写字的竹板。

〔9〕轩昂：相貌英俊，气概不凡。　磊落：心地正大光明。　突兀峥嵘：本指山势高峻，这里借来形容石曼卿的人品崇高，才华出众，精神超越寻常。

〔10〕灵芝：一种罕见的菌类药用植物，古人认为是仙草。　九茎：一干九茎的灵芝，更是祥瑞之物。

〔11〕走磷：飘动的磷火，俗称鬼火。

〔12〕踯躅：徘徊不前。　咿嘤：本为小儿学语声，这里用来形容鸟类悲鸣的声音。

〔13〕貉：狗獾。　鼯：形似松鼠。　鼪：黄鼠狼。

〔14〕累累：重叠相连。　荒城：指荒郊野外的坟墓。

〔15〕盛衰：这里指人的生死。

〔16〕畴昔：从前。

〔17〕陨涕：掉泪。

〔18〕太上之忘情：只有圣人才能忘情。忘情，指超脱世俗的情感。据《世说新语·伤逝》记载，王戎死了儿子，山简去慰问，见他十分悲痛，便劝他不要过于哀伤，王戎说："圣人忘情，最下不及情，情之所钟，正在我辈。"

〔19〕尚飨：旧时祭文的惯用语，意为请死者来享用祭品。

这是欧阳修在其好友石曼卿逝世二十六年之后写的一篇祭文。石曼卿是北宋时一位嵚崎磊落的奇男子、伟丈夫,祖居幽州,幽州受契丹侵扰后,迁居宋州,因此他的身上带有幽并游侠的精神,留心边事,崇侠尚武。他曾向宋仁宗提出"天下不识战三十馀年,请选将练兵为二边(北方的契丹、河西的西夏)之备"(《续通鉴长编》)的建议。这项防患于未然,练兵于平时的正确主张,未被采纳。后来西夏元昊叛乱,边防告急,皇帝才召见他,采纳他的意见,编制了河北、河东、陕西的乡兵数十万。他被朝廷派到河东办理防务,对于兵将的勇怯、粮草的多寡、山川的险夷等等情况,都十分熟谙,令人为之惊服,当时就有"天下奇才"之誉。但终其一生潦倒多难,才能不得发挥,郁郁不得志,因此生活豪放不拘,经常痛饮大醉。庆历元年年仅四十八岁就去世了。

　　欧阳修极为推崇他的才能,十分痛惜他的早逝,为他写了深致伤悼的《墓表》,表云:"呜呼曼卿!宁自混以为高,不少屈以合世,可谓自重之士矣。士之所负者愈大,则其自顾也愈重,自顾愈重,则其合愈难。然欲与共大事,立奇功,非得难合自重之士,不可为也。古之魁雄之人,未始不负高世之志,故宁或毁身污迹,卒困于无闻。或老且死,而幸一遇,犹克少施于世。若曼卿者,非徒与世难合,而不允所施,亦其不幸不得至乎中寿,其命也夫!其可哀也夫!"对于这样一位旷世奇才,欧阳修是不能忘怀的。

　　本篇祭文共分三段,每段都以"呜呼曼卿"这充满哀伤凄怆情感的呼告语开头。一呼曼卿,赞颂他"生而为英,死而为灵",虽身形已归于无物,但声名却永垂不朽。二呼曼卿,抒写作者对石曼卿永难泯灭的深情。虽然死者已逝去二十六年,"犹能仿佛子之平生"。但眼前所见的是"荒烟野蔓,荆棘纵横,风凄露下,走磷飞萤",牧童樵叟上下歌吟和惊禽骇兽悲鸣的旷野荒坟,在千年万载以后,又将成为狐貉与鼯鼪藏身的洞穴。这叫作者又怎能不悲痛欲绝、号天呼地呢?三呼曼卿,写作者的内心,虽然明明知道"盛衰之理,吾固知其如此",但仍然是理不胜情,"感念畴昔,悲凉凄怆,不觉临风而陨涕者,有愧乎太上之忘情"。

　　写作这篇祭文之时,作者被罢参知政事,由尚书左丞出任亳州知州之后,既对这位死去二十馀年,墓地一片荒凉的朋友英才盖世、名声不朽称颂之至,怀念至深,同时也表达了人生悲凉之感,不禁临风洒泪。文章采用辞赋格式,然而句式灵活变化,音调抑扬顿挫,低回跌宕,尽情抒发,堪称精妙的抒情散文。

归田录（选三则）

题解

《归田录》成稿于治平四年（1067）后，是欧阳修晚年的笔记文集，共二卷，一百一十五条。此书主要记录当时朝野遗闻轶事，内容广博，涉及到政治、经济、军事、外交、宗教、工艺、个人作风癖好、语言文学等各方面。文笔短小精悍，生动活泼。作者在《归田录序》中说："《归田录》者，朝廷之遗事，史官之所不记，与夫士大夫笑谈之馀而可录者，录以备闲居之览也。"作者早在皇祐元年任颍州知州时，已萌归田致仕（退休）之意，治平四年因被御史彭思永、蒋之奇诬陷，更思急流勇退。《归田录序》说自己"备位朝廷，与闻国论"，"既不能因时奋身，遇事发愤，有所建明，以为补益；又不能依阿取容以徇世俗，使怨疾谤怒丛于一身，以受侮于群小"，"宜乞身于朝，退避荣宠，而优游田亩，尽其天年"。所以以"归田"命名。"归田"之名，是欧氏晚年厌倦官场，急流勇退思想的反映。所选三则，是广为流传的名篇。

（一）

太祖皇帝初幸相国寺[1]，至佛像前烧香，问："当拜与不拜？"僧录赞宁奏曰[2]："不拜。"问其何故，对曰："见在佛不拜过去佛[3]。"赞宁者，颇知书，有口辩。其语虽类俳优[4]，然适会上意，故微笑而领之[5]，遂以为定制。至今行幸焚香，皆不拜也。议者以为得礼。

（二）

开宝寺塔在京师诸塔中最高[6]，而制度甚精[7]，都料匠预浩所造也[8]。塔初成，望之不正而势倾西北。人怪而问之。浩曰："京师地平无山而多西北风，吹之不百年当正也。"其用心之精盖如此。国朝以来[9]，木工一人而已[10]。

至今，木工皆以预都料为法[11]，有《木经》三卷行于世[12]。世传浩惟一女，年十馀岁。每卧，则交手于胸为结构状[13]，如此逾年，撰成《木经》三卷[14]。今行于世者是也。

（三）

陈康肃公尧咨善射[15]，当世无双。公亦以此自矜[16]。尝射于家圃[17]，有卖油翁释担而立[18]，睨之[19]，久而不去。见其发矢十中八九，但微颔之[20]。

康肃问曰："汝亦知射乎？吾射不亦精乎？"翁曰："无他，但手熟尔[21]。"康肃忿然曰："尔安敢轻吾射？"翁曰："以我酌油知之[22]。"乃取一葫芦置于地，以钱覆其口，徐以杓酌油沥之[23]，自钱孔入而钱不湿。因曰："我亦无他，惟手熟尔。"康肃笑而遣之[24]。

此与庄生所谓解牛、斫轮者何异[25]？

注释

[1]太祖皇帝：指宋太祖赵匡胤。相国寺，北宋都城汴京（今开封）的著名佛寺。
[2]僧录：僧官，代朝廷管理佛教事务。
[3]见在佛：此处指皇帝。见，同"现"。 过去佛：指佛祖释迦牟尼。佛教将过去、现在、未来称为三世。
[4]俳优：古代称表演滑稽杂耍的艺人为俳优，他们说话机智诙谐，取悦于人，地位低贱。
[5]颔之：点头称是。
[6]开宝寺塔："开宝"为宋太祖赵匡胤的年号，这座寺建于宋初，故名。寺在北宋都城汴京城内，塔为一座木质结构的宝塔，今已毁。
[7]制度：指比例和结构设计。
[8]都料匠：木工中的掌墨师，这里是指工匠的首领，承担建筑设计与指挥。 预浩：人名，沈括《梦溪笔谈·技艺》中作"喻浩"。
[9]国朝：即宋朝。古人称本朝为国朝。
[10]一人：首屈一指、出类拔萃之意。此句意为自宋朝开国以来，木工里面要算预浩独一无二了。
[11]法：法则，标准。
[12]《木经》：古代木工学著作，今已失传。《梦溪笔谈》记载："近岁，土木之工，益为严善，旧《木经》，多不用。"
[13]"每卧"二句：意思是预浩从女儿的睡态中受到启发，而作《木经》。
[14]撰：编写，写作。此句省略主语，撰者应为预浩。
[15]陈康肃公：陈尧咨，字嘉谟，死后谥号康肃，"公"为尊称。宋真宗时任龙图阁直学士、尚书工部郎中。
[16]自矜：自夸。
[17]尝：曾经。 家圃：私人住宅的后院，古代重视射箭，富贵人家大都设有射圃。
[18]释担：放下担子。古代卖油人挑担沿户出卖。
[19]睨：斜着眼看。
[20]但微颔之：只是微微点头，意思是并不十分佩服。但，仅仅。颔，点头。
[21]但手熟尔：只不过手法熟练而已。
[22]"以我"句：意思是，我根据自己酌油的经验知道，射箭也是凭着熟练，意即熟能生巧。
[23]徐：慢慢地。 沥：向下灌注。
[24]遣之：打发他走了。
[25]"此与"句：这和庄子讲的庖丁解牛、轮扁斫轮又有什么两样呢？庄生，庄子，名周，战国时哲学家，

152

著有《庄子》。解牛,《庄子·养生主》中讲一个宰牛工通过长期实践,摸清了牛体的间架结构,能够专在骨头缝隙中进刀,游刃有馀。斫轮,《庄子·天道》中讲一个木匠善于制造车轮,他削砍辐条和车轮交接榫眼,尺寸分毫不差,既不紧也不松。由于技术熟练,工作起来得心应手。二者都意在说明只要善于掌握事物的规律,经过反复实践,就可以达到熟能生巧、出神入化的境界。斫,砍。

新评

　　笔记,是宋代特别繁荣的一种文学体裁,其内容大至典章制度,遗闻轶事,小至人物风貌,民间俗语,无所不包。著名的如沈括《梦溪笔谈》,苏轼《东坡志林》,陆游《老学庵笔记》,庄季裕《鸡肋篇》,周密《癸辛杂识》等等,它们多方面地反映了有宋一代的时代风貌,文字也大多隽永生动,堪称我国文化遗产宝藏中的一个重要部分。《归田录》是同类著作中较早出现的一部。这部书以及其《试笔》、《笔说》,都是欧阳修散文的重要组成部分。苏轼评曰:"皆文忠公冲口而得,信笔而成,初不加意者也,其文采字画皆有自然绝人之姿,信天下之奇迹也。"

　　第一则写宋太祖赵匡胤去相国寺佛像前烧香。作为皇帝,面对佛像究竟拜还是不拜,这确是一个难题。从当时赵匡胤的心理来说,最好不拜,于是便问僧录赞宁,赞宁明确回答说不拜,并且还杜撰理由说什么"现在佛不拜过去佛"。此论正合赵匡胤心意,"故微笑而颔之,遂以为定制"。赞宁为宋代高僧,"颇知书,有口辩",事见佛学名著《大宋高僧传》,但作者对他诏谀皇帝的行为是颇为不满的,虽未明言,但从"其语虽类俳优,然适会上意"的语句可以体味出来。这是欧阳修写文章讲究"春秋笔法"微言大义之例。

　　第二则写都料匠预浩木工技艺精湛。他负责设计开宝寺塔微向西北倾斜,因"京师地平无山而多西北风,吹之不百年当正也"。建筑设计能根据当地气候特点,因地制宜,这确是预浩的独创,在当时可谓居世界领先水平无疑。预浩专心致志地钻研技术的精神也令人感动,正因如此,他的《木经》方能风行于世。

　　第三则写卖油翁沥油技术熟练的故事,寓意更深,因而也更加脍炙人口。陈尧咨以善射闻名,"当世无双",故他"亦以此自矜"。但他并非百发百中,而是十中八九,因而遭到卖油翁的轻视:"无他,但手熟尔。"当陈尧咨发怒时,卖油翁却不动声色地表演酌油技艺,"乃取一葫芦置地,以钱覆其口,徐以杓酌油沥之,自钱孔入而钱不湿"。技惊四座,但卖油翁仍说:"我亦无他,惟手熟尔。"陈尧咨十分尴尬,只好"笑而遣之"。这则故事,有两层寓意。一层说明"天外有天,人外有人",掌握任何本领,都应谦虚谨慎,决不能夜郎自大,自骄骄人。只有这样,才能不断进步。二层说明必须像"庖丁解牛"和"轮扁斫轮"那样刻苦磨炼,专心致志,才能使技艺臻于化境。值得一提的是,故事还层次分明地刻画了陈尧咨的情绪变化过程以及两人冲突的发生、发展、高潮、结束的全过程,颇具小说意味。

泷冈阡表

题解

泷(shuāng)冈,地名,在今江西永丰县沙溪南凤凰山上。阡表,墓碑文。阡,墓道。这篇墓表写定于宋神宗熙宁三年(1070),时作者在知青州(今山东益都县)任上。早在皇祐四年(1052)他就写过《先君墓表》一文,原注云:"此乃《泷冈阡表》初稿,其后删润颇多,题曰《泷冈阡表》。"这是作者在他父亲死后六十年所写的墓表。墓表是立在墓道上的碑文,又称阡表,或神道碑。欧阳修从祖父一辈起,就住在吉州吉水县沙溪,他的父母葬在沙溪凤凰山泷冈。

欧阳修父亲欧阳观,字仲宾,进士及第,一生只做过推官、判官这类小官。为人敦厚正直,居官清廉勤苦,常为死囚寻找生路,并以此训诫子弟。母亲郑氏,出身名族,知书识字。作者四岁丧父,生活贫寒。母亲勤俭持家,教育子女遵从父亲遗愿,做官不避患难。这些都对作者的政治态度、道德修养起了重要的作用。本文作者记叙父亲的事迹时,只着重写父亲对祖母的怀念孝敬,以及处理民事、刑事案件时审慎认真的人道精神和高尚品德;记叙母亲的事迹时,则着重写母亲对他辛勤抚育,谆谆教诲,积极支持他坚持正义的可贵言行。从中可以看到作者为官清正、勤政爱民,支持改革弊政的思想的形成与他幼年经历的关系。文章所写都是一些家庭琐事,娓娓道来,语言朴素亲切,感情深挚,体现了欧阳修传记散文的鲜明个性,对后世同类散文影响很大。

呜呼!惟我皇考崇公卜吉于泷冈之六十年[1],其子修始克表于其阡,非敢缓也[2],盖有待也[3]。

修不幸,生四岁而孤[4]。太夫人守节自誓[5],居穷[6],自力于衣食,以长以教[7],俾至于成人[8]。太夫人告之曰:"汝父为吏廉,而好施与[9],喜宾客,其俸禄虽薄,常不使有馀,曰:'毋以是为我累。'故其亡也,无一瓦之覆、一垅之植以庇而为生。吾何恃而能自守邪?吾于汝父,知其一二,以有待于汝也。自吾为汝家妇,不及事吾姑[10],然知汝父之能养也;汝孤而幼,吾不能知汝之必有立,然知汝父之必将有后也。吾之始归也[11],汝父免于母丧方逾年[12],岁时祭祀[13],则必涕泣曰:'祭而丰不如养之薄也[14]。'间御酒食[15],则又涕泣曰:'昔常不足而今有馀,其何及也!'吾始一二见之,以为新免于丧适然耳[16]。既而其后常然,至其终身未尝不然。吾虽不及事姑,而以此知汝父之能养也。汝父为吏,尝夜烛治官书[17]，屡废而叹。吾问之，则曰：'此死狱也，我求其生不得尔[18]。'吾曰：'生可求乎？'曰：'求其生而不得，则死者与我皆无恨也；矧求而有得邪[19]？以其有得，则知不求而死者有恨也。夫常求其生，犹失之死，而世常求其死也。'回顾乳者抱汝而立于旁，因指而叹曰：'术者谓我岁行在戌将死[20]，使其言然，吾不及见儿之立也，后当以我语告之。'其平居教他子弟[21]，常用此语，吾耳熟焉，故能详也。其施于外事，吾不能知；其居于家无所矜饰[22]，而所为如此，是真发于中者邪[23]。呜呼！其心厚于仁者邪[24]，此吾知汝父之必将有后也。汝其勉之！夫养不必丰，要于孝[25]；利虽不得博于物[26]，要其心之厚于仁。吾不能教汝，此汝父之志也。"修泣而志之[27]，不敢忘。

先公少孤力学[28]。咸平三年进士及第[29]，为道州判官[30]，泗、绵二州推官[31]，又为泰州判官[32]。享年五十有九，葬沙溪之泷冈[33]。太夫人姓郑氏，考讳德仪，世为江南名族。太夫人恭俭仁爱而有礼，初封福昌县太君[34]，进封乐安、安康、彭城三郡太君[35]。自其家少微时，治其家以俭约，其后常不使过之，曰："吾儿不能苟合于世[36]，俭薄所以居患难也。"其后修贬夷陵[37]，太夫人言笑自若，曰："汝家故贫贱也，吾处之有素矣[38]。汝能安之，吾亦安矣。"

自先公之亡二十年，修始得禄而养[39]。又十有二年，列官于朝，始得赠封其亲[40]。又十年，修为龙图阁直学士、尚书吏部郎中[41]，留守南京[42]，太夫人以疾终于官舍[43]，享年七十有二。又八年[44]，修以非才，入副枢密[45]，遂参政事[46]。又七年而罢[47]。自登二府[48]，天子推恩，褒其三世[49]。盖自嘉祐以来[50]，逢国大庆，必加宠锡[51]。皇曾祖府君累赠金紫光禄大夫、太师、中书令[52]，曾祖妣累封楚国太夫人；皇祖府君累赠金紫光禄大夫、太师、中书令兼尚书令[53]；祖妣累封吴国太夫人。皇考崇公累赠金紫光禄大夫、太师、中书令兼尚书令；皇妣累封越国太夫人。今上初郊[54]，皇考赐爵为崇国公，太夫人进号魏国[55]。

于是，小子修泣而言曰："呜呼！为善无不报，而迟速有时，此理之常也。惟我祖考，积善成德，宜享其隆，虽不克有于其躬[56]，而赐爵受封，显荣褒大，实有三朝之锡命[57]。是足以表见于后世，而庇赖其子孙矣。"乃列其世谱，具刻于碑。既又载我皇考崇公之遗训，太夫人之所以教而有待于修者，并揭于阡，俾知夫小子修之德薄能鲜[58]，遭时窃位，而幸全大节不辱其先者,其来有自。

　　熙宁三年岁次庚戌四月辛酉朔十有五日乙亥[59],男推诚保德崇仁翊戴功臣、观文殿学士、特进、行兵部尚书、知青州军州事兼管内劝农使、充京东东路安抚使、上柱国、乐安郡开国公[60],食邑四千三百户、食实封一千二百户修表[61]。

[1]皇考:封建社会中,对已死父亲的尊称。皇,美好;考,旧称亡父。　崇公:欧阳修之父名观,字仲宾,死后追封为崇国公。　卜吉:请人占卜好的墓地安葬。　六十年:欧阳观葬于宋真宗大中祥符三年(1010),本文写作于宋神宗熙宁三年(1070),其间相隔六十年。

[2]缓:迟缓。

[3]有待:有所等待,有所期待,指等待皇帝对他亡父的封赠。

[4]孤:幼而丧父称"孤"。

[5]太夫人:指欧阳修的母亲郑氏。古代列侯之妻称夫人,列侯死,子称其母为太夫人。　守节自誓:她自己发誓,决不改嫁。

[6]居穷:处于贫困的境地。一作"居贫"。

[7]以长以教:指抚养、教育欧阳修。

[8]俾:使。

[9]施与:施舍,指用资财来周济帮助别人。

[10]姑:婆母。指欧阳修的祖母。郑氏嫁欧阳观时婆母已死。

[11]归:女子出嫁。

[12]免于母丧:母死守丧三年后除去丧服。免,指期满。古时父母死后要在家守孝二十七个月,概称三年。

[13]岁时祭祀:逢年过节祭祀祖先。

[14]"祭而丰"句:意为与其等老人死后祭祀丰厚,还不如让老人活着,哪怕侍奉菲薄一些。

[15]间御酒食:偶尔进用酒食。

[16]适然:偶然如此。

[17]官书:官府的文书。这里指有关定罪判刑的司法文件。

[18]求其生不得:无法免除犯人的死刑。

[19]矧(shěn):连词,何况,况且。

[20]岁行在戌:逢到戌年(岁星经行正在戌年)。古代以天干和地支相配纪年。欧阳修的父亲死于宋真宗大中祥符三年庚戌(1010),是一种巧合。

[21]平居:平时。

[22]矜饰:矜持掩饰。

[23]发于中:出自内心。

[24]厚:看重。

[25]要:求。

[26]博于物:普及于每一样事物。

[27]志:记住。

〔28〕先公:指已去世的父亲。

〔29〕咸平三年:公元1000年,咸平为宋真宗年号。

〔30〕道州:治所在今湖南道县。

〔31〕泗:泗州,所在今安徽泗县。　绵:绵州,治所在今四川绵阳市。

〔32〕泰州:治所在今江苏泰州市。

〔33〕沙溪:地名,在今江西永丰县南凤凰山北。

〔34〕太君:古代官员之母的封号。福昌,今河南宜阳县。

〔35〕乐安:今山东惠民县。　安康:今陕西安康县。　彭城:今江苏徐州市。这些县、郡之名,有的在宋代已不存在,只是作为一种赠封的称号,并不是实封在这些地方。

〔36〕苟合于世:不讲原则附和世俗。

〔37〕夷陵:今湖北宜昌县东南。欧阳修为范仲淹辩护,得罪守旧派,被贬为夷陵县令。

〔38〕处之有素:已经过得习惯了。

〔39〕禄而养:得到俸禄侍养母亲。欧阳修在宋仁宗天圣八年(1030)考中进士,充任西京留守推官,获取俸禄,距其父死二十年。

〔40〕赠封其亲:庆历元年(1041),宋仁宗举行大典祭天,祀南郊,加恩百官,欧阳修获升迁,封赠其亲,当在此年。

〔41〕龙图阁:宋王朝收藏图书典籍的馆阁,设有官署,有学士、直学士、待制、直阁等官职,但往往是一种标志荣誉的虚衔。　尚书:即尚书省,下设吏、户、礼、兵、刑、工六都。　吏部:掌管全国官吏的任免、考课、升降、调动等事务,长官为吏部尚书,下设郎中,分管各司事务。

〔42〕南京:宋真宗时,升宋州(今河南商丘)为应天府,建为南京。

〔43〕太夫人以疾终于官舍:欧阳修的母亲死于皇祐四年(1052)。

〔44〕又八年:指宋仁宗嘉祐五年(1060)。

〔45〕入副枢密:做枢密副使。

〔46〕参政事:做参知政事,即副宰相。欧阳修在嘉祐六年(1061)任参知政事。

〔47〕又七年而罢:宋英宗治平四年(1067),欧阳修被罢免参知政事,降知亳州(今安徽亳县)。

〔48〕二府:指枢密院和中书省。枢密院掌管军事,中书省掌管政事,是全国最高行政机构。

〔49〕褒其三世:指褒奖、封赠到曾祖、祖、父三代。

〔50〕嘉祐:宋仁宗年号(1056—1063)。

〔51〕加宠锡:加官晋爵,予以赏赐。锡,通"赐"。

〔52〕府君:子孙对其先人的尊称。　金紫光禄大夫:官名。战国时置中大夫,汉武帝时改称光禄大夫,掌顾问应对。宋代为散官,加金章紫绶的,称金紫光禄大夫,为正三品。　太师:官名,宋代作为封赠官号,无实职,仅示恩宠。　中书令:中书省长官。

〔53〕尚书令:尚书省长官。

〔54〕今上:当今皇上,指宋神宗。

〔55〕魏国:指魏国夫人,封号。

〔56〕躬:亲自、亲身。

〔57〕三朝:指宋仁宗、英宗、神宗。

〔58〕俾:使。

〔59〕熙宁:宋神宗年号,熙宁三年即公元1070年。　四月辛酉朔:阴历四月初一。

〔60〕以上是欧阳修当时的全部官衔和封爵。

〔61〕食邑：又称采邑或封地，指征收封地的租税作食禄。　食实封：指实封的食邑。前者为名义上的虚封，后者为实封。

《泷冈阡表》历来为人称道。阡表，即墓表，竖立于墓道上的石刻碑文。自为其父作表文而又作于既葬六十年之后，实属创例。清·林云铭说"其文尤不易作"。在他看来有四难：一是"幼孤不能通知父之行状，必借母平日所言为据，多一曲折"；二是"人生大节，莫过廉孝仁厚数端，而母以初归既不逮姑，且妇职中馈，外言不入阃，恶从知之"；三是"母卒已十数年，纵有平日之言，亦不知今日用以表墓，错综引入，不成片段"；四是"赠封祖考，实己之显亲扬名，咏叹语稍不斟酌归美，便涉自矜"。由于欧阳修的惨淡经营，独运匠心，"四难"一一化解，写得十分得体。

墓表开头，简括交代他父死六十年之后才在墓道撰文立碑的原因是"非敢缓也，盖有待也"。《古文观止》评曰："提出缓表之故，包下种种恩荣。"才开始叙述，又立即打住，这是作者匠心独运之处。

接着，墓表大段记叙了母亲对父亲处事为人的回忆，以见父亲的品性。一是清廉自守。父亲说过"毋以是为我累"，即不要让钱财成为他的牵累，这在当时是十分难得的见识。他死后，房无一瓦，地无一垄，而年仅二十九岁的母亲又自誓不嫁，甘于"居穷，自力于衣食，以长以教，俾至于成人"。这种一笔双写的笔法，十分精彩。二是孝顺长辈。重写父亲对祖母的怀念孝敬，每次逢年过节祭祀时，他总是边哭边说："祭而丰不如养之薄也。"接着再用母亲的话"吾虽不及事姑，而以此知汝父之能养也"进一步衬托出父亲的孝德。三是仁慈情怀。欧阳修的父亲虽为推官、判官之类低级官吏，但他仍然极力要为定死罪的犯人寻求活路。他说："求其生而不得，则死者与我皆无恨也；矧求而有得邪！以其有得，则知不求而死者有恨也！夫常求其生，犹失之死，而世常求其死也。"写经常为犯人着想，尽力替他们寻求活路。这一段详细记载了他母亲的回忆，生活琐事，日常琐谈，真挚自然，句句充满深情，而又事事闪着光彩，不仅直接写了作者父亲的高尚品德，而且也间接写了作者母亲的特出人格。

墓表第三段，简介了作者父亲居官的情况，重点写了他母亲俭约治家的精神，特别是她能预先想到由于儿子为官刚正不阿，不苟合于时，为了防患于未然，"俭薄所以居患难也"。果然，儿子为了支持庆历新政，得罪了权贵，被贬为夷陵令。面对这一变故，她谈笑自若，安之若素，真是巾帼中的大丈夫。墓表第四段，写作者先人受封赏的情况。第五段，抒写作者善有善报的感慨。第六段，为作者官衔和具名。

总之，这篇文章最精彩的第二段，通过生活细节的描写来塑造人物形象，写出血亲之间的感情,毫无藻饰,朴素自然,真挚感人。确如清·林西仲所说:"其有待处即决于乃翁素行,因以死后之贫验其廉,以思亲之久验其孝,以治狱之叹验其仁。或反跌,或正叙,琐琐曲尽,无不极其斡旋。中叙太夫人,将治家俭薄一节重发,而诸美自见。末叙历官赠封,以赞叹语之。句句归美先德,且以自己功名皆本于父母之垂裕,深得立言之体。"(《古文析义》卷十四评语)与欧阳修皇祐五年(1054)所作《先君墓表》(未刻石)相比照,可见本文确实是晚年的精心结撰。诚如清·方苞所言:"学者潜心于此,可知修辞之要。"(《古文约选·欧阳永叔约选》评语)本篇开启了明代归有光等唐宋派写亲子之情的古文优良传统,影响相当深远。

六一居士传

题解

这是欧阳修晚年代表作,写于熙宁三年(1070),欧阳修当时六十四岁。当年七月,作者因在青州任上与执政者不合,是年改知蔡州(今河南汝阳县),九月到任。作者宦海沉浮数十年,"轩裳珪组劳吾形于外,忧患思虑劳吾心于内",现在年高体衰,仍须仆仆道途,确实厌倦已极,去志更决,因此自号"六一居士"而作本文。这期间,他一直上表请求致仕(退休),熙宁四年(1071)六月获准,七月退居颍州,次年七月去世。本文模仿汉赋"答客问"的形式,抒写晚年的思想状态和生活情趣,极力渲染退居之乐,是求退心情的自然流露,在传记文中亦别具一格。

六一居士初谪滁山,自号醉翁[1]。既老而衰且病,将退于颍水之上[2],则又更号六一居士。

客有问曰:"六一,何谓也?"居士曰:"吾家藏书一万卷,集录三代以来金石遗文一千卷[3],有琴一张,有棋一局,而常置酒一壶。"客曰:"是为五一尔,奈何?"居士曰:"以吾一翁,老于此五物之间,是岂不为六一乎?"客笑曰:"子欲逃名者乎[4],而屡易其号,此庄生所诮畏影而走乎日中者也[5]。余将见子疾走大喘渴死,而名不得逃也。"居士曰:"吾固知名之不可逃,然亦知夫不必逃也。吾为此名,聊以志吾之乐尔。"客曰:"其乐如何?"居士曰:"吾之乐可胜道哉!方其得意于五物也,太山在前而不见,疾雷破柱而不惊[6]。虽响九奏于洞庭之野[7],阅大战于涿鹿之原[8],未足喻其乐且适也。然常患不得极吾乐于其间者,世事之为吾累者众也。其大者有二焉,轩裳珪组劳吾形于外[9],忧患思虑劳吾心于内,使吾形不病而已悴,心未老而先衰,尚何暇于五物哉?虽然,吾自乞其身于朝者三年矣[10]。一日天子恻然哀之,赐其骸骨[11],使得与此五物偕返于田庐,庶几偿其夙愿焉[12]。此吾之所以志也。"客复笑曰:"子知轩裳珪组之累其形,而不知五物之累其心乎?"居士曰:"不然。累于彼者已劳矣,又多忧;累于此者既佚矣[13],幸无患。吾其何择哉?"于是与客俱起,握手大笑曰:"置之[14],区区不足较也[15]。"

已而叹曰:"夫士少而仕,老而休,盖有不待七十者矣[16]。吾素慕之,宜去一也。吾尝用于时矣[17],而讫无称焉[18],宜去二也。壮犹如此,今既老且病矣,乃以难强之筋骸,贪过分之荣禄,是将违其素志而自食其言[19],宜去三也。吾负三宜去[20],虽无五物,其去宜矣,复何道哉!"

熙宁三年九月七日,六一居士自传。

〔1〕自号醉翁:庆历六年(1046)欧阳修贬知滁州,自号醉翁,详见《醉翁亭记》。滁州多山,故称"滁山";下文颍州则突出"水",合起来看,有寄情山水之意。

〔2〕将退于颍水之上:作者早在皇祐元年知颍州(今安徽阜阳市)时,见西湖风景美丽,就和梅尧臣约定,晚年将退休于此。熙宁元年,在那儿修房建屋,准备退休。至熙宁四年,果然实现夙愿,退居颍上;但第二年即去世了。

〔3〕金石遗文:指欧阳修《集古录》中所录的金石拓本。

〔4〕逃名:逃避名声。

〔5〕"此庄生"句:《庄子·渔父》:"人有畏影恶迹而去之走者,举足愈数而迹愈多,走愈疾而影不离身。自以为尚迟,疾走不休,绝力而死。不处阴以休影,处静以息迹,愚亦甚矣。"庄生,即庄子。

〔6〕"太山"两句:意谓心有专注,不闻外物。语本《鹖冠子·天则》:"一叶蔽目,不见泰山;两耳塞豆,不闻雷霆。"刘伶《酒德颂》:"静听不闻雷霆之声,熟视不睹泰山之形。"太山即泰山。表示心中有所专注,一切置之度外,都感觉不到了。

〔7〕响九奏于洞庭之野:《庄子·至乐》:"咸池九韶之乐,张之洞庭之野。"九奏即九韶,是虞舜时的音乐。

〔8〕阅大战于涿鹿之原:传说中黄帝与蚩尤曾大战于涿鹿(今属河北)之野,事见《史记·五帝本纪》。

〔9〕轩:高车。　裳:官员的服装。　珪:官员上朝所拿玉制礼器。　组:印绶,系印之带。以此四样物品代指官场事务。

〔10〕乞其身:要求退休。

〔11〕赐其骸骨:古代称官员告老退休为"乞骸骨",从皇帝角度讲称"赐骸骨",即准予退休。

〔12〕夙愿:素愿,早就具有的志愿。

〔13〕佚:同"逸",安逸。

〔14〕置之:放在一边。

〔15〕区区:形容事小。

〔16〕不待七十者矣:不必等到七十岁才退休。《礼记·王制》记载:"七十不俟朝。"俟朝,等待朝见,指

做官。

〔17〕吾尝用于时：指担任枢密副使、参知政事等职，得到皇帝信任。

〔18〕迄无称：一直没有可以称许的政绩。

〔19〕自食其言：违背自己讲过的话。欧阳修任西京留守推官时，即认为做官不应"老不知止"，五十二岁任翰林学士时，曾和韩绛、王珪等相约五十八岁退休，现已过限，故云。

〔20〕负：负担，这里用引申义，有具备的意思。

熙宁三年(1070)九月，欧阳修由青州改知蔡州。前一年，他任青州知州时，由于擅自停止青苗法而受到朝廷责备，这是促使他急于要求退休的一个近因。其实，淡于名利的欧阳修早就萌生退志，远在皇祐元年(1049)知颍州时，由于欣赏西湖的美景，就与梅尧臣相约，将来退休以后卜居于此，当时他只有四十三岁。从熙宁元年(1068)起，他就连续上书要求退休。此文集中描写了作者将要退休的生活意趣。

文章首段简要交代作者谪滁时自号"醉翁"，现在来知蔡州，更号为"六一居士"。古人喜欢为自己取号，而号往往是心境的反映。作者从初贬夷陵时自戒"无饮酒，益慎职"，到谪滁时号醉翁，"醉翁之意不在酒，在乎山水之间也"，再到知蔡州时号六一居士，陶醉于五物之中，这反映了他的官场经历和心路历程。由早年在政治舞台上的充满朝气、奋力拼搏到中年被贬后安于职守、与民同乐，再到晚年时的急流勇退、修身养性。这经历极为典型，很有代表性，反映了封建士大夫普遍的情形。在这段文章中，作者特别点明"将退于颍水之上"，主要是贪恋那儿美丽的自然风光，他曾在《思颍诗后序》中强调："思颍之念未尝一日稍忘于心"，于此可见颍州对他的吸引力了。

文章第二段是本文的重点所在，全由主客对话组成。先由主客问答交代清楚何谓"六一"。接着文章又通过主客问答，进一步说明这样陶醉于五物是否是逃名的问题。"六一"就是藏书一万卷，金石遗文一千卷，琴一张，棋一局，酒一壶，再加上"吾一翁"。所以作者以此为号，"聊以志我之乐尔"。正如陶渊明的《五柳先生传》所写因为门前种五棵柳树，"因以五柳为号焉"。不管是爱好琴、棋、书、酒、金石，还是爱好柳，都从正面反映了封建社会中知识分子的一种高雅的艺术情趣，也从侧面反映了他们对于功名利禄的淡薄。早在皇祐二年的《答李大临学士书》中，欧阳修曾谈到自己"遭世忧患多，齿发衰，因得闲处而为宜尔"。《归田录序》中更加具体地写出了官场的险恶可怕，"既不能因时奋身，遇事发愤，有所建明，以为补益，又不能依阿取容，以徇世俗。使怨疾谤怒，丛于一身，以受侮于群小，当其惊风骇浪，卒然起于不测之渊。"因此悠游陶醉于琴、棋、书、酒、金石五物，不仅安舒闲适，还有安全感，不会带来任何祸患，何其乐也。由"醉翁"更为"六一"，反映了作者从早年的诗酒雅放、性气外铄转向晚年的文史自娱、恬退闲适。在"六一"中,"酒"只是一个方面,馀皆为艺文活动。酒、山水是传统文士常见的精神活动内容,琴棋书画更是从中唐以来处于发展中的文人雅事。欧阳修于"六一"中致意较多更是有别于传统的文士风雅。欧阳修从庆历五年开始"集前世金石之遗文",他称自己是"性颛而嗜古",是"舍世人之贪,独取世人无用之物而藏之"(《集古录目序》)。这些新的爱好的形成,标志着文人精神世界的拓展和雅化。欧阳修说:"不寓心于物者,真所谓至人也;寓于有益者,君子也;寓于伐性汩情而为害者,愚惑之人也。"(《笔说》)欧阳修的五个"一",都是"寓于有益"的君子之为,显示了趣味的高雅。尤其是"集古",是一种带有首创性的学术活动,更是见出文化创造的品味。文章至此,主旨已明,但馀意未尽,故又有最后一段。

末段则以六一居士的叹语形式出现,写出了作者要求退职的三条理由。第一条,"老而休"是必然规律;第二条,"讫无称"表面上是谦虚,骨子里是牢骚,正是对"受侮于群小"的不满;第三条,"贪过分之荣禄,是将违其素志而自食其言",是儒者功成身退、知足常乐思想的必然结果。因此,最后归到即使没有琴、棋、书、酒、金石等五物可以欣赏,他也要离职退休了。

总之,这篇文章反映了欧阳修晚年"优游田亩,尽其天年"(《归田录序》)的思想,有其豁达开朗、淡泊以明志的积极的一面,也有其明哲保身、远身以避祸的消极的一面。在写法上,融合了阮籍《大人先生传》、陶渊明《五柳先生传》等文的意趣和汉赋主客问答的形式,写得跌宕多姿,情趣盎然,恬淡而难掩激愤,委婉而时显率真。

六一诗话(选一则)

欧阳修晚年自号"六一居士",《六一诗话》原序云:"居士退居汝阴而集,以资闲谈也。"可知是熙宁四年(1071)后作者退休颍州时所作。《六一诗话》虽只有二十八则,但是开创了"诗话"这一种新的论诗体裁。宋代继之而起的便有司马光《续诗话》、刘攽《中山诗话》、陈师道《后山诗话》、阮阅《诗话总龟》、胡仔《苕溪渔隐丛话》、严羽《沧浪诗话》等数十种,明清时代更不胜枚举。"诗话"的缺点是系统性不强,优点是体制灵活,诗人轶事,诗体源流,声韵对偶,乃至一字一句之工,都无所不谈,而且作者多为诗人学者,常有切身体验与精到见解。

圣俞常语予曰[1]:"诗家虽率意[2],而造语亦难[3],若意新语工[4],得前人所未道者,斯为善也[5]。必能状难写之景,如在目前;含不尽之意,见于言外[6],然后为至矣。贾岛云[7]:'竹笼拾山果,瓦瓶担石泉。'姚合云[8]:'马随山鹿放,鸡逐野禽栖。'等是山邑荒僻、官况萧条,不如'县古槐根出,官清马骨高'为工也[9]。"

余曰:"语之工者固如是;状难写之景,含不尽之意,何诗为然?"圣俞曰:"作者得于心,览者会以意,殆难指陈以言也。虽然,亦可略道其髣髴[10]。若严维'柳塘春水漫,花坞夕阳迟'[11],则天容时态,融和骀荡[12],岂不如在目前乎?又若温庭筠'鸡声茅店月,人迹板桥霜'[13],贾岛'怪禽啼旷野,落日恐行人'[14],则道路辛苦,羁愁旅思[15],岂不见于言外乎?"

[1]圣俞:北宋著名诗人梅尧臣,字圣俞,欧阳修的好友。梅死后,欧阳修将他的诗编为《梅圣俞诗集》,并写有著名的《梅圣俞诗集序》。

[2]率意:顺着自己的思路写,自然而不做作。

[3]造语:指字句锤炼。

[4]意新语工:立意上有创新,语言很工巧,要说前人没有说过的话。

[5]斯:这。

[6]含不尽之意,见于言外:意思是诗歌要形象而含蓄,能使人联想到诗句没有写出的很多内容。

[7]贾岛:中唐元和年间著名诗人。这两句诗见于《题皇甫荀蓝田厅》。

[8]姚合:与贾岛同时的诗人。这两句诗见于《武功县中作》。以上几句诗只写出了山野的景象,并不能反映作者所要表现的山城荒凉、官员落寞的内容。

[9]这两句诗大概也是唐人的成句,作者已无从查考。古代官府多植槐树,槐根突出地面,暗喻房屋的古旧,反映出官厅陈旧失修;官府的马匹瘦骨嶙峋,反映了官员的贫困,所以说这两句诗要比贾岛、姚合的诗写得好。

[10]髣髴:通"仿佛",大概模样。

[11]严维:唐肃宗时诗人。这两句诗见于《酬刘员外见寄》,用池塘水满、翠柳轻拂、绿波荡漾、太阳似乎也留恋开满鲜花的花圃而迟迟不肯落山的景色,写春光明媚,万物欣欣向荣的气象。由于作者刻画的景物有其代表性(得于心),能引起读者共鸣(会以意),因此能收到"状难写之景,如在目前"的效果。

[12]骀(dài)荡:南朝齐·谢朓《直中书省》:"朋情以郁陶,万物方骀荡。"形容春意盎然,万物复苏,使人舒畅。

[13]温庭筠:晚唐著名诗人、词人。这两句诗见于《商山早行》,它通过鸡声、茅店、月色、人迹、板桥、浓霜六项景物,写寄居村野小店的旅客听到鸡啼即起来动身赶路,这时月亮还挂在天空,板桥的浓霜已踩上旅客的足迹,突出早起孤身赶路的苦况。

[14]这两句诗见于贾岛《暮过山村》,写旅客日暮道远,尚未找到寄宿处,旷野中只听到怪鸟啼鸣,眼看日落天黑,内心不由恐怖的情状。这些诗句都是通过景物的刻画,使读者感受到旅途的艰辛及旅客的愁苦,能"含不尽之意,见于言外",所以说写得好。

〔15〕羁:马笼头,引申为束缚。此处指长久在外做客,不能回乡。

　　这则诗话在《六一诗话》中颇有代表性,着重谈论诗歌艺术的特点。所谓"意新语工",就是要求诗歌要有创造性,诗人必须把难以描摹的景物和情思,化为既生动而又含蓄的诗的语言,景物要使读者有"如在目前"的感受,含意要能引起读者深广的联想(所谓"见于言外")。它提出了诗歌鉴赏方面的三个可贵见解:一是"意新语工",立意要新颖,语言要锤炼;二是"状难写之景,如在目前",即描写要逼真传神;三是"含不尽之意,见于言外",即讲究含蓄,能引起广泛联想。当然,三者是相互统一的。

　　欧阳修关于诗歌的见解还见于别的著作。如《梅圣俞诗集序》便提出了著名的"穷而后工"的诗歌理论,《归田录》、《笔说》中也有一些"诗话"式的段落。诗话不是严格的诗论,而是关于诗的漫谈,内容十分庞杂,除了评价作家、作品外,如诗人轶事、典章故实、渊源流派、声韵对偶等等,无所不谈。自欧阳修《六一诗话》开创了这一体例以后,群起仿作,即以宋代阮阅编的《诗话总龟》、胡仔编的《苕溪渔隐丛话》计,就收集不下数十家。明、清两代更不胜枚举。由于诗话作者本身大多是诗人,深知做诗甘苦,所以常常有精辟的见解。《六一诗话》虽只有二十几则,同样给我们阅读和欣赏古代诗歌以很多启发。

◎ 附 录

欧阳修年谱简编

宋真宗景德四年丁未(1007),一岁

欧阳修,字永叔,号醉翁,晚号六一居士。谥号文忠。吉州吉水(今江西永丰人),自称庐陵人。先世渤海人。三世孙琮,为吉州刺史,子孙因家于吉州。祖父偃,仕于南唐,生三子:观、旦、晔。父观,仕宦不显。母郑氏。宋真宗景德四年丁未(1007)六月二十一日(公历8月6日),永叔生于绵州(今四川绵阳),时父观为绵州军事推官。

大中祥符三年庚戌(1010),四岁

三月,父观卒于泰州(今江苏泰州)军事判官任上。母郑氏二十九岁,携欧阳修往依叔父欧阳晔,定居随州(今湖北随州)。家贫无资,以荻画地,教欧阳修学字。稍长,多诵古人诗文以学。

大中祥符九年丙辰(1016),十岁

在随州,家益贫,常借书抄诵。与州南大姓李氏子尧辅(字公佐)交游,得《昌黎先生文集》(残本)六卷,乞归苦读。修自幼所作诗赋,下笔已如成人,晔视为"奇儿",预言"他日必名重当世"。

宋仁宗天圣元年癸亥(1023),十七岁

秋,应举随州,试《左氏失之诬论》,因作赋不合官韵,被黜。而其文警句,传诵人口。

天圣四年丙寅(1026),二十岁

秋,参加随州州试中式,荐名礼部。冬,初次赴京。

天圣五年丁卯(1027),二十一岁

春,应礼部试,不中。

天圣六年戊辰(1028),二十二岁

在汉阳携《上胥学士偃启》拜谒学士胥偃,偃大奇之,留置门下。冬,随胥偃到京师。

天圣七年己巳(1029),二十三岁

在开封。春,试国子监,为第一,补广文馆生。秋,赴国学解试,又获第一。

天圣八年庚午(1030),二十四岁

正月,试礼部,资政殿学士晏殊权知贡举,复为第一。三月,御试崇正殿,中甲科第十四名。五月,特授将仕郎,试秘书省校书郎,充西京(洛阳)留守推官。

天圣九年辛未(1031),二十五岁

三月,至西京。钱惟演为留守,幕府多名士。与尹洙、梅尧臣、杨愈、张汝士、王复、张太素结为七友,相与切磋道义,诗酒唱和,日为古文歌诗,遂以文章名冠天下。迎娶胥偃女于东武。

明道元年壬申(1032),二十六岁

春,与杨愈、张谷、陈经游龙门,与梅尧臣、杨愈游嵩山。九月,同谢绛、杨愈、尹洙、王复进香游嵩山,归途遇大雪,钱惟演遣厨传歌伎劳问。梅尧臣等戏立"八老"之名,修请更已"逸老"为"达老"。

明道二年癸酉(1033),二十七岁

正月,以吏事赴京师(开封),绕道随州探省叔晔。三月还洛,胥夫人卒,年方十七。时生女未满月,有《绿竹堂独饮》诗记丧妻之悲。

景祐元年甲戌(1034),二十八岁

二月,西京秩满归襄城。五月,充馆阁校勘。闰六月,授宣德郎,试大理评事兼监察御史,充镇南军节度掌书记、馆阁校勘。七月,预修《崇文总目》。冬,娶杨大雅女。

景祐二年乙亥(1035),二十九岁

七月,胞妹夫张龟正卒于襄城。讣告往视之。修妹携张前妻女来依。九月,续弦杨氏卒,年方十八。与尹洙合撰《十国志》。

景祐三年丙子(1036),三十岁

范仲淹上《百官图》,献四论,讥切时弊,忤权相吕夷简,落职,贬知饶州。修作《与高司谏书》切责司谏高若讷,被贬夷陵令。修奉母携妹冒暑沿汴绝淮溯江赴贬所。经鄂州,召会兄晒于黄陂。至县,与知州朱正基有旧,日相劳问,并建至喜堂以居。

景祐四年丁丑(1037),三十一岁

正月,约尹洙分撰《五代史》。三月讧告,往许州迎娶薛奎女,与王拱辰为连襟,政见每不合。四月,叔晔卒,赴随州奔丧。十二月,移光化军乾德令。

宝元元年戊寅(1038),三十二岁

三月,赴乾德(今湖北老河口市)。经江陵,与兄晒相会,时晒家荆州。

宝元二年己卯(1039),三十三岁

六月,复旧官,权武成军节度判官厅公事。八月,胥偃卒。九月,奉母次南阳(今属河南)。

康定元年庚辰(1040),三十四岁

春,至滑州(今河南滑县)。六月召还,复充馆阁校勘,修《崇文总目》。十月,转太子中允,同修礼书。十一月,仁宗于圜丘祭祀天地,封赠百官,赐修父母封号。

是年，长子发生。

庆历元年辛巳(1041)，三十五岁

《崇文总目》成，改集贤校理，勾管三馆秘阁。曾巩于太学投书修，修推奖教诲之。

庆历二年壬午(1042)，三十六岁

契丹遣使求关南地。修上书引颜真卿使李希烈事留之。不报。五月，诏三馆臣僚上封章事及听请对。修上书言三弊五事，力陈当时之患。八月，请补外。九月，通判滑州。闰九月到任。

庆历三年癸未(1043)，三十七岁

三月，从时相晏殊荐，召还，转太常丞，知谏院。与王素、余靖、蔡襄并为谏官，朝野相欢。修既受命，论事切直，略不以形迹嫌疑顾避，人视之如仇。九月，赐绯衣银鱼五品服。十月，擢同修起居注。十二月，有旨不试，直以右正言知制诰，仍供谏职。是年八月，以范仲淹参知政事，富弼为枢密副使，韩琦为陕西宣抚使。九月，仁宗召辅臣于天章阁，问大略。范仲淹退而奏十事，仁宗用之，为新政之始。

庆历四年甲申(1044)，三十八岁

四月，奉使河东。九月，《三朝故事》书成。以修尝预编纂，赐诏奖谕。十一月，进阶朝散大夫、封信都县开国子，食邑五百户。作《朋党论》。

庆历五年乙酉(1045)，三十九岁

正月，范仲淹、杜衍、富弼罢。三月，韩琦罢。八月贬知滁州。十月到任，作《滁州谢上表》自辩。

庆历六年丙戌(1046)，四十岁

自号醉翁。常游琅琊山，得幽谷泉，建亭。补辑《五代史》。作《醉翁亭记》、《丰乐亭记》等。

庆历七年丁亥(1047)，四十一岁

在滁亲民简政，为政期年，初见成效。夏，曾巩携王安石文来访，住二十日。作《丰乐亭游春三首》等。

庆历八年戊子(1048)，四十二岁

闰正月，转起居舍人、依旧知制诰、徙知扬州。二月到郡。治郡务以镇静为本。建平山堂、美泉亭、无双亭。八月，梅尧臣途经扬州。中秋，招梅尧臣、许元、王琪赏月。是年，病目。

皇祐元年己丑(1049)，四十三岁

正月，以目疾为苦，因少私便，移知颍州(今安徽阜阳)。二月抵任，乐西湖之胜，有卜居意。修陂溉田，民赖其利。建书院以教民子弟。四月，转礼部郎中，八月，复龙图阁直学士。

皇祐二年庚寅(1050),四十四岁

正月人日与吕公著等聚星堂燕集。七月,改知应天府兼南京留守司事,同月至府。十月,因明堂大礼,转吏部郎中,加轻车都尉。

是年,与梅尧臣相约买田颍上。

皇祐三年辛卯(1051),四十五岁

修在南京。陈升之阴访民间,得俚语,谓修为"照天烛"。是年三月,命知亳州,宋祁就州修《唐书》。修从杜衍处得苏舜钦遗稿,为之编集。

皇祐四年壬辰(1052),四十六岁

三月,母郑氏卒,年七十有二。修归颍州守制。

皇祐五年癸巳(1053),四十七岁

八月,护母丧南归,葬吉州泷冈,胥氏、杨氏二夫人祔葬。冬,复至颍州。

是年,整理《五代史》,成七十四卷。

至和元年甲午(1054),四十八岁

五月,服除,除旧官职,赴京。出守同州。八月,诏修《唐书》。九月,拜翰林学士,兼史馆修撰,又差勾当三班院。王安石为群牧判官,始与修相见。

至和二年乙未(1055),四十九岁

修乞补外,改翰林侍读学士、集贤殿修撰,出知蔡州。

嘉祐元年丙申(1056),五十岁

二月,奉使契丹还京,进《北使语录》(今佚)。闰三月,判太常寺兼礼仪事。六月,京师大雨,修居为水所淹。辗转避灾。

嘉祐二年丁酉(1057),五十一岁

正月,权知礼部贡举,与同知韩绛、王珪、范镇、梅挚,参详官梅尧臣,宴游五十日,相与唱和,结集名《礼部唱和诗》,修序之。

嘉祐三年戊戌(1058),五十二岁

三月,兼侍读学士,以员多固辞,不拜。充宗正寺同修玉牒官。同陈旭考试在京百司等人。六月,兼龙图阁学士,权知开封府。致书韩琦,荐梅尧臣任馆职,后以梅尧臣预修《唐书》。

嘉祐四年己亥(1059),五十三岁

二月,免权知开封府,转给事中,同提举在京诸司库务。移居城南。充御试进士详定官,与韩绛、江休复同列。

嘉祐五年庚子(1060),五十四岁

七月,上新修《唐书》二百二十五卷。推赏转礼部侍郎。九月,兼翰林院侍读学士。

嘉祐六年辛丑(1061),五十五岁

时韩琦当国，每诸公聚议，事有未可，修未尝不力争。而琦亦开怀不疑，故嘉祐之政，世多以为得。与曾公亮三人同心辅政，百官奉法循理，朝廷称治。修因假日，以中书所当知之，集为总目。八月，编《内制集》八卷，成。

嘉祐七年壬寅(1062)，五十六岁

三月，提举三馆秘阁写校书籍，同译经润文。是年，编《集古录》一千卷，成。

嘉祐八年癸卯(1063)，五十七岁

是年，英宗初登基，忽得疾，语言失序，既而增剧。韩琦等建言太后权同处分，垂帘听政。修有《请皇太后权同听政诏》。

宋英宗治平元年甲辰(1064)，五十八岁

闰五月，特转吏部侍郎，固辞。不允。

治平二年乙巳(1065)，五十九岁

正月，上三表、二札子，乞外任。不允。春，遽得消渴之症。八月，以雨水为灾待罪，三上表乞避位。不允。

治平三年丙午(1066)，六十岁

修因"濮议"被劾，连上三表、五札子再乞外任。不允。八月，上《乞补馆职札子》。十一月，上《又论馆阁取士札子》，谓进贤路狭，请择人试馆职。

治平四年丁未(1067)，六十一岁

正月，神宗即位。上《荐司马光札子》。殿中侍御史里行蒋之奇、御史中丞彭思永因修妇弟薛宗孺造帷薄不修之谤，飞语污修，修连上《乞根究蒋之奇弹疏札子》等七次自辩。又上三表乞罢政事，三上乞外郡札子。神宗两赐手诏慰安。三月，除观文殿学士、转刑部尚书、知亳州(今属安徽)，改赐推诚保德崇仁翊戴功臣。闰三月，陛辞，乞便道过颍，少留。许之。六月二日就任视事。九月，《归田录》初成。

宋神宗熙宁元年戊申(1068)，六十二岁

转兵部尚书，改知青州(治所今属山东)，充京东东路安抚使。是岁，造屋于颍。

熙宁二年己酉(1069)，六十三岁

冬，二上乞寿州札子，以寿州近颍，便于归计。不允。

熙宁三年庚戌(1070)，六十四岁

四月，除检校太保、宣徽南院使、判太原府、河东路经略安抚监牧使、兼并代泽潞麟府岚石路兵马都总管。令赴阙朝见，中外之望皆谓朝廷方虚相位以待修。修六上章坚辞。诏改新判太原府，欧阳修罢宣徽南院使，复为观文殿学士，知蔡州(今河南汝南)。九月到任。

是年，更号六一居士。作《六一居士传》刻石。

熙宁四年辛亥(1071)，六十五岁

四月起，连上三表二札子告老。六月，以观文殿学士、太子少师致仕。七月，归

颍，家居衣道服。编《诗话》成。九月，杭州通判苏轼赴任途中与苏辙到颍谒见，留颍二十馀日。

熙宁五年壬子（1072），六十六岁

五月，赵概自南京来会。知颍州吕公著与会，置酒于会老堂宴请二公。修亲作口号有"金马玉堂三学士，清风明月二闲人"之句以志盛，天下传之。七月，与子发等编定《居士集》五十卷。闰七月二十三日卒于颍州。年六十六。生前托韩琦为墓志铭。子棐代作遗表。八月，赠太子太师。诏进《五代史》。熙宁七年甲寅（1074）八月，谥文忠。熙宁八年乙卯（1075）九月，葬开封府新郑县旌贤乡。哲宗绍圣三年（1096）五月，追封衮国公。徽宗政和三年（1113），追封楚国公。

欧阳修研究主要文献

一、欧阳修集主要版本

《欧阳文忠公全集》　南宋庆元二年（1196）刻本
《欧阳文忠公集》　明天顺六年（1462）海虞程宗刊本
《欧阳文忠公集》　明弘治五年（1492）程宗刊本重刻
《欧阳文忠公集》　明正德七年（1512）吉州刘乔刻本
《欧阳文忠公集》　明嘉靖二十二年（1543）李冕刊本
《欧阳文忠公全集》　明嘉靖三十九年（1560）刻本
《欧阳文忠公全集》　明隆庆五年（1571）邵廉刊本
《欧阳文忠公全集》　清康熙十一年（1672）吉水曾弘刊本
《欧阳文忠公全集》　清乾隆十一年（1766）庐陵欧阳氏祠堂刊本
《欧阳文忠公全集》　清乾隆五十七年（1792）慄叙堂刊本
《欧阳文忠公全集》　清嘉庆二十四年（1819）悔翁书屋刊本
《欧阳文忠公全集》　清光绪十九年（1893）澹雅书局刊本
《欧阳文忠公全集》　清光绪二十八年（1903）周氏慕濂山房刊本
《欧阳文忠公全集》　《四部丛刊》影印元刊本
《欧阳文忠公全集》　《四部备要》刊本
《欧阳文忠公近体乐府》　吴氏双照楼影印宋刊本
《欧阳文忠公全集》　民国《万有文库》刊本
《欧阳永叔集》　民国十八年（1929）商务印书馆《国学基本丛书简编》本
《欧阳修全集》　1936年世界书局本
《欧阳文忠公文集》　民国二十六年（1937）吉安刘氏排印《宋庐陵四忠集》本

《欧阳文忠公全集》　民国三十七年(1948)上海大东书局排印本
《欧阳修全集》　《四部备要》本上海中华书局据乾隆丙寅祠堂本校印本
《欧阳修全集》　台湾世界书局1964年排印本
《欧阳修全集》　中国书店1986年影印世界书局1936年版，间以《四部丛刊》影印元本参校本

二、欧阳修研究主要著作

《欧阳修诗文选注》　王髣选注　贵州人民出版社1979年版
《欧阳修文选》　杜维沫、陈新选注　人民文学出版社1981年版
《宋欧阳文忠公年谱》　林逸　台湾商务印书馆1981年版
《欧阳修诗选》　施培毅选注　安徽人民出版社1982年版
《欧阳修词研究及校注》　李栖　台北文史哲出版社1982年版
《归田录·渑水燕谈录》　徐世霦选译　浙江古籍出版社1982年版
《欧阳修文选读》　陈蒲清注释　岳麓书社1984年版
《欧阳修的治学与从政》　刘子健　台北新文丰出版公司1984年版
《欧阳修诗词文选》　蔡斌芳选注　中州古籍出版社1985年版
《欧阳修的生平与学术》　蔡世明　台北文史哲出版社1986年版
《欧阳修词笺注》　黄畬笺注　中华书局1986年版
《欧阳修选集》　陈新、杜维沫选注　人民文学出版社1986年版
《欧阳修作品赏析》　陈晓芬撰　广西教育出版社1987年版
《欧阳修研究》　刘若愚　台北商务印书馆1989年版
《醉翁的世界——欧阳修评传》　洪本健　中州古籍出版社1990年版
《欧阳修论稿》　刘德清　北京师范大学出版社1991年版
《欧阳修年谱》　严杰　南京出版社1993年版
《唐宋八大家文总集·欧阳修散文集》(上、下册)　刘德清等　河北人民出版社1995年版
《欧阳修传》　刘德清　哈尔滨出版社1995年版
《欧阳修研究》　宋柏年　巴蜀书社1995年版
《欧阳修资料汇编》　洪本健　中华书局1995年版
《唐宋八大家文集·欧阳修文》(上、下册)　刘德清等　人民日报出版社1996年版
《欧阳文忠公遗迹与祠祀》　欧阳礼　台北文史哲出版社1997年版
《中国十大散文家精品全集·欧阳修》　萧放选注，大连出版社1998年版
《欧阳修传》　卢家明　吉林文史出版社1998年版

《欧阳修评传》 黄进德 南京大学出版社1998年版
《欧阳修全集》 中华书局2001年版
《欧阳修词新释辑评》 邱少华编著 中国书店出版社2001年版
《欧阳修学术研究》 顾永新 人民文学出版社2003年版
《欧阳修散文研究》 黄一权著 华东师范大学出版社2003年版
《欧阳修诗文选评》 黄进德撰 上海古籍出版社2004年版
《欧阳修集编年笺注》 李之亮 中华书局2005年版

《欧阳修集》名言警句

△一阕声长听不尽,轻舟短楫去如飞。(《晚泊岳阳》)(第004页)
△井桐叶落池荷尽,一夜西窗雨不闻。(《宿云梦馆》)(第006页)
△雪消门外千山绿,花发江边二月晴。(《春日西湖寄谢法曹歌》)(第007页)
△夜闻归雁生乡思,病入新年感物华。(《戏答元珍》)(第010页)
△万树苍烟三峡暗,满川明月一猿哀。(《黄溪夜泊》)(第012页)
△初如食橄榄,真味久愈在。(《水谷夜行寄子美、圣俞》)(第018页)
△滩惊浪打风兼雨,独立亭亭意愈闲。(《鹭鸶》)(第024页)
△林外鸣鸠春雨歇,屋头初日杏花繁。(《田家》)(第043页)
△夜凉吹笛千山月,路暗迷人百种花。(《梦中作》)(第049页)
△耳目所及尚如此,万里安能制夷狄?(《再和明妃曲》)(第062页)
△红颜胜人多薄命,莫怨春风当自嗟。(《再和明妃曲》)(第062页)
△玉颜自古为身累,肉食何人与国谋。(《唐崇徽公主手痕和韩内翰》)(第064页)
△月上柳梢头,人约黄昏后。(生查子·去年元夜时)(第068页)
△小楼西角断虹明。阑干倚处,待得月华生。(临江仙·柳外轻雷池上雨)(第070页)
△平芜尽处是春山,行人更在春山外。(踏莎行·候馆梅残)(第071页)
△人生自是有情痴,此恨不关风与月。(玉楼春·尊前拟把归期说)(第074页)
△庭院深深深几许?杨柳堆烟,帘幕无重数。(蝶恋花·庭院深深深几许)(第078页)
△泪眼问花花不语,乱红飞过秋千去。(蝶恋花·庭院深深深几许)(第078页)
△当路游丝萦醉客,隔花啼鸟唤行人。(浣溪沙·湖上朱桥响画轮)(第084页)
△笙歌散尽游人去,始觉春空。垂下帘栊,双燕归来细雨中。(采桑子·群芳过后西湖好)(第086页)
△风清月白偏宜夜,一片琼田。(采桑子·天容水色西湖好)(第087页)
△夜深风竹敲秋韵,万叶千声皆是恨。(玉楼春·别后不知君远近)(第088页)

△节既晚而愈茂,岁已寒而不易。(《黄杨树子赋并序》)(第102页)

△呜呼,在位而不肯自忧,又禁他人使皆不得忧,可叹也夫!(《读李翱文》)(第104页)

△信义行于君子,而刑戮施于小人。(《纵囚论》)(第105页)

△大凡君子与君子,以同道为朋;小人与小人,以同利为朋。此自然之理也。(《朋党论》)(第120页)

△君子则不然:所守者道义,所行者忠信,所惜者名节,以之修身,则同道而相益;以之事国,则同心而共济;终始如一,此君子之朋也。(《朋党论》)(第120页)

△醉翁之意不在酒,在乎山水之间也。山水之乐,得之心而寓之酒也。(《醉翁亭记》)(第124页)

△忧劳可以兴国,逸豫可以亡身,自然之理也。(《五代史伶官传序》)(第135页)

△夫祸患常积于忽微,而智勇多困于所溺。(《五代史伶官传序》)(第135页)

△状难写之景,如在目前;含不尽之意,见于言外。(《六一诗话》)(第163页)

△作者得于心,览者会以意,殆难指陈以言也。(《六一诗话》)(第163页)

图书在版编目（CIP）数据

欧阳修集／（宋）欧阳修著；沈利华，倪培翔解评. —2版. —太原：三晋出版社，2008.8（2012.1重印）
（中国家庭基本藏书·名家选集卷）
ISBN 978-7-80598-983-9

Ⅰ.欧… Ⅱ.①欧…②沈…③倪… Ⅲ.①古典诗歌—作品集—中国—北宋②古典散文—作品集—中国—北宋 Ⅳ.Ⅰ214.412

中国版本图书馆CIP数据核字（2008）第112029号

欧阳修集

著　　者：（宋）欧阳修	解评者：沈利华　倪培翔
责任编辑：宁志荣	审订者：宁志荣
封面设计：敬人工作室	版式设计：敬人工作室
责任校对：宁志荣	责任印制：李佳音

出版发行　山西出版传媒集团·三晋出版社（原山西古籍出版社）
地　　址　太原市建设南路21号
电　　话　（0351）4956036（咨询）　4922268（邮购）
传　　真　（0351）4922102
网　　址　http://sjs.sxpmg.com
邮　　编　030012
E-mail　sj@sxpmg.com

印刷装订　山西出版传媒集团·山西新华印业有限公司
（本书如有破损、缺页、装订错误，请与承印厂联系调换　0351-4120948）

开　本：787mm×960mm　1/16
字　数：220千字
印　张：12.25
版　次：2008年8月第2版
印　次：2012年1月第2次印刷
书　号：ISBN 978-7-80598-983-9
定　价：18.00元

版权所有，翻印必究。本书图文未经书面授权，不得以任何方式转载或公开发表。